U0083533

# 中國語言文字研究輯刊

## 二　編

許 錟 輝 主編

## 第 7 冊

# 西周金文假借字研究（下）

羅 仕 宏 著

花木蘭文化出版社

國家圖書館出版品預行編目資料

西周金文假借字研究（下）／羅仕宏 著 — 初版 — 新北市：
花木蘭文化出版社，2012〔民 101〕
目 2+224 面；21×29.7 公分
（中國語言文字研究輯刊　二編；第 7 冊）
ISBN：978-986-254-863-9（精裝）
1. 金文　2. 西周
802.08　　101003072

中國語言文字研究輯刊
二　編　　第七冊　　ISBN：978-986-254-863-9

西周金文假借字研究（下）

作　者　羅仕宏
主　編　許錟輝
總編輯　杜潔祥
出　版　花木蘭文化出版社
發行所　花木蘭文化出版社
發行人　高小娟
聯絡地址　新北市永和區中正路五九五號七樓之三
電話：02-2923-1455／傳真：02-2923-1452
網　址　http://www.huamulan.tw　信箱　sut81518@gmil.com
印　刷　普羅文化出版廣告事業
初　版　2012 年 3 月
定　價　二編 18 冊（精裝）新台幣 40,000 元

# 西周金文假借字研究（下）

羅仕宏　著

# 目次

# 附錄一：西周銘文索引字表

| 筆劃：一劃 | | | | |
|---|---|---|---|---|
| 序號 | 字例 | 通用釋例 | 使用器號 | 備註 |
| 1 | 一 | 數字 | 00107；02696；02706；02721；02728；02763；02778*3；02816；02830*2；02831；02835*3；02837*3；02838*2；02839*6；02841*4；04112；04159；04195；04208；04238；04292；04293；04302；04311；04318；04320*3；04323；04324；04327*6；04328；04342；04343；04468；04469*3；05426；05430*2；09453；09456；09728；09897；09898；10164*2；10176*3；《近出》0039；《近出》0043；《近出》0356；《近出》0483；《近出》0484；《近出》0943； | |
| 2 | 乙 | 天干 | 00754；02725；02767；02775；02789；02821；02838；02839；04030；04089；04136；04178；04255；04261；04322；04626；05391；05403；05415；05432；06516；09725；09893；09901；10168；10176；《近出》0027；《近出》0356；《近出》0483； | |
| | | 人名 | 00246；00949；02595；02763*2；02785；02789；04021；04134；04168；04201；04205；04207；04288；04311；04321；04342；05352；05384；05400；05411；05419；05425；05986；06002；06008；06514；09896*2；10168；10175*2；10322；《近出》0489； | |

| 筆劃：二劃 | | | | |
|---|---|---|---|---|
| 序號 | 字例 | 通用釋例 | 使用器號 | 備註 |
| 1 | 乃 | 副詞 | 02831；02836；02837*4；04165；04298；04318；00949；02785；02841*5；04274；04328；09901*2；02803；04267；04327*3；02835*2；02816；04178；04276；04330*3；02838*3；10169；04302；04343*3；05428*2；09728；02774；02824*3；04197；04321；04322*2；05401；00061；00063；02813；02830*5；04258；04288；04311*2；04312；04316*2；04324*3；04341*3；04342*6；04468*4；02820；04203；02553；00103*2；00260；04286*2；05392；02733；04464；04469*3；02810*2；04269；04340；10285*7；04296；04331；《近出》0036；《近出》0487；《近出》0489；《近出》0490*2；《近出》0491*2；《近出》0942*4； | |
| | | 人名 | 02532；02712； | |

| 2 | 十 | 數字 | 00048；02712；02784；09723；02678；02728*2；02807；02837*3；02839*2；04125；04238；04251；04298；06512；00753；02719；02735；02785；04216；04328；09901；02778；02803；04030；04327*3；10322；05398；02821*2；02835*4；04271；06007；00204；02763；04244；04300*2；05407；06002；09725；02748；03942*2；02838*4；04112；04240；04320；04343；05399；05419；05426*2；06008；04208*2；04321；04322；02779；02780；10164；04214；04311*2；04324；05431；05433；02706；02718；04213；04323*5；09721；02820；04225；04465*2；09705；10176*2；02682；04466；09453*2；09456*2；04192；04272；04317；05992；06011；09896；02721；04169；04269；04435；04464；05974；02815；04205；04215；00252；10360*2；10173*2；《近出》0027；《近出》0039；《近出》0043*3；《近出》0086；《近出》0352；《近出》0357；《近出》0364*2；《近出》0481；《近出》0483；《近出》0484；《近出》0485；《近出》0486*3；《近出》0489； | |
|---|---|---|---|---|
| 3 | 七 | 數字 | 02783；02838；02839；02720；04256；02821；02835；04287；09725；04454；04320*2；04343；04321；02825；04466；《近出》0352； | |
| 4 | 入 | | 00107；02783；02807；02836；02837；02839*8；04201；04251；04318；02785；02841*2；04256*2；04268；04274；09893；10174；04327；05998*2；02821；04244；04250；04276；09898；10170；04320；04343；04202；04321；02817；04243；04277；04283；04288；04312；04323；02825*2；02819；02827*2；04255；04272；04286；02733； 04285；04340*2；02815；06516；《近出》0035；《近出》0039；《近出》0044；《近出》0045*2；《近出》0097；《近出》0364；《近出》0490；《近出》0942； | |
| | | 通納 | 02825； | |
| | | 通內 | 00107；02456；02786；02804；02814；04209；04246；04253；04257；04267；04287；04294；04296；04316；04324；04342；04343；05387；05428；06001；09728；10169；10176；10322；《近出》0491； | |
| 5 | 又 | 連詞 | 00204；00260；00753；00949；02676；02682；02706；02718；02719；02721；02728；02748；02763；02774；02780；02784；02785；02790；02796；02807；02815；02818；02819；02820；02821*2；02824；02825；02835*7；02837*5；02838*2；02839*2；04112；04125；04192；04208；04225；04237；04238；04240；04244； | |

| | | | | |
|---|---|---|---|---|
| | | | 04251；04256；04269；04271；04272；04287；04293；04298；04317；04320*6；04321；04322*4；04323；04324；04327；04330；04343；04435；04438；04464；04465*2；04466*2；05398；05407；05430；05431；05992；06011；06002；06008；09453；09705；09723；09725；09896；10164；10166；10173；10176；10285；10322；10360*2；《近出》0027；《近出》0035；《近出》0037*2；《近出》0039；《近出》0043*2；《近出》0364*2；《近出》0483；《近出》0484；《近出》0485；《近出》0489； | |
| | | 通佑 | 04131；04246；04261；04266；04279*2； | |
| | | 通有 | 00062；00260；02628；02702；02724；02730；02809；02835；02837；02841*2；03976；04029；04041；04123；04131；04188；04229；04261*2；04271；04285；04292；04293；04302；04313；04327；04330；04331；04340*5；04342；04468；04469*3；05424；05426；10173；《近出》0033；《近出》0352；《近出》0486；《近出》0526；《近出》0942； | |
| 6 | 九 | 數字 | 02831；09723；02796；02837*2；09726；04060；04216；04328；05416；02755；00204；02804；04300；05407；06002；02789；04312；04324；03950；02749；02814；04294；10176；02790*2；04286；04104；02815；05430；04205；06004；06005；04331*2；《近出》0097；《近出》0605；《近出》0969； | |
| | | 地名 | 04267； | |
| | | 通厹 | 02784；04201； | |
| 7 | 丂 | 通考 | 00746；04270； | |
| | | 人名 | 10176*2； | |
| 8 | 八 | 數字 | 02615；02796；02839*5；04238；02735；09901；09893；02777；09714；02816；04438；02833*2；09728；04257；02830；10164；04341；04046；04465；02819；09456；06013*2；09896；04099；04209；04464；02704；04273；02725；《近出》0097；《近出》0357；《近出》0364；《近出》0486； | |
| 9 | 二 | 數字 | 02831*5；02807；02837；02839*3；04251；04298；04318；00753；02719；02832；02841；04268；09901；10322；05398；02821；02835*2；04271；05405；05423；10168；02763*2； 04244；04276；04330；05432；09898*2；10169；02748；02833；02838；04240；04322；05415；02780；04243；04283；05431；04342；02718；02756；06015*2；02820；05391*2；04326；04465； | |

| | | | | |
|---|---|---|---|---|
| | | | 10176*2；00107；02682；02705*2；02818；04466*2；04192；04317；06011；09896；04435；10173；02702；04269；02765；04157；06516；02729；04159；04462；10360；04296；04331；《近出》0035*2；《近出》0350；《近出》0485；《近出》0487；《近出》0489；《近出》0490；《近出》0604； | |
| 10 | 丁 | 天干 | 02807；04165；04298；04318；09726；04261；09901；04229；04267；04327；10322；02734；02835；04271；04287；05405；02763；02804；04300；09898；02748；02838；04454；04320；05418；06008；09455；09728；02776；04194；04208；02809；02830；04311；04312；04324；02718；02756；05997；09897；02820；00089；02682；04045；04246；05409；04192；09896；04099；04209；10173；02702；04273；04340；05985；04159；10360；04296；《近出》0045；《近出》0086；《近出》0357；《近出》0485；《近出》0487； | |
| | | 人名 | 04020；09901*3；04100；09714；03954；05423；02758；04178；04300*4；02674；10170；04320；05399；04042；05410；05983；05997；05391；02818；04466；00246；《近出》0357； | |
| 11 | 人 | | 00246；00247；02836*2；02837*5；02839*7；06001；00065；00949*2；02785；02832*4；02841*3；09901*2；10174*2；00356；04327*2；10322*3；02821；02835*7；02456；02487；02660；00188；04115；04123；04250；04300*4；02674；03942；02838*4；04320*2；04343；05428；09827*2；00133；04321*4；04322*2；00141；02812；02817*2；02830；04219；04241*3；04262*2；04283；04288；04341；04342；02756；04323；02820；02825；04465；06515*3；10176*7；09456*2；02731；04317；02733；04469*6；04340；04215；《近出》0038；《近出》0047*2；《近出》0106*2；《近出》0364*3；《近出》0489*4；《近出》0491*2； | |
| | | 人名 | 00109*3； | |
| 12 | 𠂇 | 通左 | 02839；04318；04274；04279；10175；04316*2；04468；09300；10176*2；《近出》0036； | |
| | | 通佐 | 04279；02820*2； | |
| 13 | 刀 | 族徽 | 05384； | |
| 14 | 乂 | 通𡜊 | 04342； | |
| 15 | 卜 | | 02839；02838； | |
| 16 | 匕 | 通妣 | 02763*2； | |

| 17 | 冂 | 通絅 | 02837；06015； | |
|---|---|---|---|---|
| 18 | ㄐ | 族徽 | 02703； | |
| 19 | 厂 | 地名 | 10176； | |
| 筆劃：三劃 | | | | |
| 序號 | 字例 | 通用釋例 | 使用器號 | 備註 |
| 1 | 子 | | 02783；02784；02831*2；00147*2；02792*3；02796*2；02807*3；02836*7；02837；00065*2；02832；02841*6；04109*2；04216*2；04256*3；04268；04274*3；04279*3；04293*2；04328*3；09901；09713*2；09893*2；10174*2；00109*2；00356*2；02762*2；02777*2；04229*3；02803*2；04267*3；04327*2；04579*2；05998；10175*7；10322*4；00746*2；02734*2；02743*2；02821*4；02835；04188*2；04237；04271*5；04287*3；05423*3；06007；10168*2；02754*2；02755*2；00187*4；00205*3；02768*3；02791*6；02804*2；02816*2；04073*2；04091*2；04115*2；04123*2；04131；04156；04178*2；04244*2；04250*3；04276；04300；04330*2；04438*2；04446*3；04628*3；05427*5；05993；09716；09725*2；09935；09898；10169*2；10170*3；02781*2；02833*2；04047；02838*3；04071；04089*2；04108*2；04122*2；04137；04162*2；04242；04454*2；04580*2；04302*3；04343*2；05426*2；05428；06008*2；09455；09827*3；10152；09728*3；00133*2；0181*2；02774*2；02776*3；02789*2；02805*3；02824*7；04194*2；04197*2；04199*3；04202*3；04208*4；04253*3；04257*2；04321*3；04322*4；05401；06014*2；00062；02730*2；02779*2；02780*2；02812*4；02813*3；02817*3；02830*6；04121；10164*2；04196*2；04214*2；04219*5；04241*2；04243*3；04258*2；04262*2；04277*3；04283*3；05995*2；04288*3；04311*3；04312*3；04313*2；04316*3；04324*3；05431*2；04341*2；04342*4；04468*3；05433*3；09897*2；02703；02786*3；03827；04195；04213*3；04323*3；09721*2；04331*3；06015*4；00082；02749*2；04011；02814*2；02820*2；02825*3；04051*2；04124*2；04147*3；04203*2；04225*2；05411*2；04294*3；04326*2；04465*4；09705*3；10176；00092；00108*3；02790*2；02818*2；02819*2；02827*4；04045*2；04246*3；04255*2；04466*2；05424；09453*2；09456；09694*2；00103*2；00260； | |

| | | | | |
|---|---|---|---|---|
| | | | 02731*2；02767*2；04021；04067*4；04192；04272*3；04286*2；04317；04436*2；06011*5；06012；06013；09718*2；09896*2；00238*5；02733；04169*2；04182*2；04209*3；04469*3；10173*2；02704*2；02810*2；04153*2；04198*2；04207*2；04269*2；04273*4；04285*3；04340*3；05408*2；00143*2；02815*3；04266*2；10166；04107*2；06516；04159；04205*2；05425；04462*3；04215*2；04168*2；06005*2；04296*3；《近出》0027；《近出》0034；《近出》0038；《近出》0046；《近出》0049*2；《近出》0106*4；《近出》0346*2；《近出》0350*2；《近出》0352*2；《近出》0357；《近出》0364*3；《近出》0481*2；《近出》0486；《近出》0487*3；《近出》0489*3；《近出》0490*3；《近出》0491*5；《近出》0604；《近出》0605；《近出》0971*2； | |
| | | 族徽 | 05392；05985； | |
| | | 借巳 | 02837；04165；09726；02841；02777；04229；02755；02748；04262；04195；06015；04255；05985； | |
| | | 地支 | 04206；04293；06002；《近出》0357； | |
| | | 人名 | 02532；02712；03977；04140；05375；04125*2；0420*2；04251；04298*4；04318*3；05375；06001；09726；00753；02832；04330*5；04213；05409*2；00260*2；05392；10173*4；《近出》0478*3； | |
| 2 | 大 | | 02783；02831*2；09723；02792*2；02807*5；02837*2；02839*3；04238；04251*3；09454； 00065；00753；00949；02785；02832；02841*8；04060；04256；04261*2；04268；04279；04292；04328*2；06514；00109；00356；02803；04267*2；10175；03979；04178；02821；04188；04237；04287；02754*2；00187；00188；02758*2；04244；04250；04276；04628；05427；05432*4；05993；09725；09898；10170；02833*3；02838*2； 04132*2；04240；04320；04343；09455；10152；00133；00181；02776；02805；04197；04208；04253；04257；04627；05415；06014*2；00141；00060；02728；02779；02812；02813；02817；02830*4；04196；04243*2；04277；04283；04312；04316；04324；04341*2；04342*3；04468；02671；02756；06015*2；00082；02749；02820；04203；04294；04326*3；10176；00089*2；00108；02818；02827；04466；04466；05424；09453；04272；04286；04317；00238；04464；04191；04207；04273；04285；02815；04266*2；06516；04170*2；04462；04215；00247*3；00251；10285*2； | |

| | | | | |
|---|---|---|---|---|
| | | | 04331*2；《近出》0029；《近出》0041；《近出》0043；《近出》0044；《近出》0045；《近出》0097；《近出》0357；《近出》0486；《近出》0478；《近出》0487；《近出》0490；《近出》0491；《近出》0942； | |
| | | 通文 | 04219； | |
| | | 人名 | 04125；04165*3；04298*5；04692；04271*2；02758；04242；00133*2；04459；06011；05403*2； | |
| | | 通夫 | 02807； | |
| | | 通太 | 02703*3；02819；04140*3；04271；04288；04318；04323；05418； | |
| 3 | 己 | 天干 | 09726；04292；02777；02758；04330；02612；02748；05426；09705；04331；《近出》0484；《近出》0605； | |
| | | 人名 | 02792；02807；00065；02763*2；05432；00089；10321；02733；02702；02729；《近出》0605； | |
| | | 通紀 | 03977*3； | |
| 4 | 上 | | 02836；02841；04261*2；00109；10175*4；00188；04242；02830*2；04241；04341；05410；05983；04326；00260*2；00238；00143；00246；00251；10285；《近出》0047；《近出》0106； | |
| | | 人名 | 09454；05995； | |
| | | 地名 | 02735；04323；05410；10285； | |
| 5 | 才 | 介詞通在 | 00060：02728*2：02783：02784：02831：09723：00147：02775：02792*4：02796：02807：02836：02837：02839：04165：04201*2：04238：04251：04298：04318：09454：06001：06512：09726*2：02720：02735：02785：02841*2：04060：04256：04261：04274：04279：04293：09901：09893：00109：04229：04267：05416：09714：10175：02595：02821：02835：04271：04287：05423：06007：10168：02754：00188：00204：02791：02816：04023：04091：04131：04178：04244：04250：04276：04300：04438：05407：05432：05989：06002：09898：10170：02674：04029：02838*4：04112：04240：04242：04454：04626：04302：04320*2：04343*2：05418：05426：09455：10161：02776*2：02789：02805：04202：04253：04321：04322：05415：06014*2：02780*2：02809：02817：02830：04214：04243：04258：04262：04277*2：04283：04288：04312*2：04316：04324*2：05431*2：04341：09897：02756：02786：03950：04323：05997：06015*2：00948：02749：02820*2：02825： | |

| | | | | |
|---|---|---|---|---|
| | | | 04046：04294：04326：04465：10176：02790：02818：02819：02827：04466：05424：09453：09456*2：00260：02615：04272：04286：04317*3：05992：06011：10321：00238*2：02661：04435：02702：02810：04207：04269：04273：04285：04340：05408：05974：00143：02815：04266：10166：02725*2：05403：05985：06516：02729：04205：05425：02742：04462：04215：06004：00246：10285：04296：《近出》0047*2：《近出》0106：《近出》0357*3：《近出》0364：《近出》0481：《近出》0483：《近出》0484*2：《近出》0485：《近出》0486*2：《近出》0487：《近出》0490：《近出》0491：《近出》0506：《近出》0605*2： | |
| | | 助詞通哉 | 04341*2；04342； | |
| | | 通裁 | 02838； | |
| 6 | 尸 | 通死 | 02786；02837；02841；04219；04272；04311；04327*3； | |
| | | 通夷 | 04258；04342；02731；04464；04191；04273；04215；《近出》0036；《近出》0040； | |
| | | 通夷族名 | 02837*2；04238*2；10175；10174*2；02734；04330；02833*2；05419；04321*7；02728；04288*5；04313*2；04323；04459；02740；04225；00260*2；02739；04435；04464；05425；《近出》0481；《近出》0484；《近出》0489*3； | |
| | | 人名通夷 | 05407*2；05989*2；《近出》0481； | |
| 7 | 干 | | 02839；04201；04468；04167；《近出》0352； | |
| | | 通捍 | 04342； | |
| | | 通扞 | 02841； | |
| 8 | 凡 | | 02839；02835；02838；04322；10176*2；04466； | |
| | | 通汎 | 04261； | |
| 9 | 已 | 歎詞通巳 | 02837；02841；《近出》0603； | |
| 10 | 弓 | | 02784；02839；04328；05398；02816*2；04276；04320*2；04322；02780；00107；04099；10173；05408；《近出》0046；《近出》0352；《近出》0486； | |
| 11 | 工 | | 02792；04184；09901；02778*3；04287；04162；05418；04311；04312；04313；00108；04340；05985； | |
| | | 人名 | 00107*2； | |

| | | | | |
|---|---|---|---|---|
| | | 通功 | 02832；04328；04330；04029；04313；04341；10173； | |
| | | 通空 | 02832；10322；04294*2；10176*2；09456；06013；《近出》0045；《近出》0364*2； | |
| 12 | 小 | | 02831*2；02556；02581；02678；02775*2；02836；02837；04201；04206*2；04238；05352；06001；06512；00949*2；02832；02841*6；04328；09901*2；02803*2；04628；02838；04242；05428*3；09827；04042；06014*2；00062；02812；02817；02830*2；04258；04311；04324*3；05431；04342*2；00082；10176*2；04466*2；05424*2；09456；00260；04317；06011；04464；04273*2；04266；10285；04331；《近出》0038；《近出》0041；《近出》0043；《近出》0478；《近出》0486*3； | |
| | | 人名 | 04123*2；《近出》0343； | |
| 13 | 夕 | | 02837*2；02841*2；04279；04030；02655；00187；03920；04089；04343；05968；04199；05401；02830；04219；04468；09451；06015；04465；02553；04469；04191；04340；02614；04170；06004；00246；00247；00252；06005；04331；《近出》0106；《近出》0491； | |
| 14 | 女 | | 02671*3；04313；04459；05375；10161； | |
| | | 通如 | 04191；05979；05995； | |
| | | 通母 | 02763； | |
| | | 通汝 | 02836*12；02837*6；04318*3；00949*3；02785；02832*2；02841*9；04184；04216*2；04268；04274；04279；04292*2；04328*10；09901；02803；04267；04327*4；02821；02835*6；04271；04287；02804；02816；04244；04250；04276；10169*2；02838*5；04240*2；04302*2；04343*5；05419；05428*4；09728；02805；04199*2；04253；04257；04321*2；00061；02830*2；04258；04283*3；04288；04311*3；04312*2；04313；04316*2；04324*4；04342*5；04468*3；02786；02814；02820*3；02825*2；04294；02818；02827*2；04255*2；04272；04286*2；10321；04469*2；04269；04285*4；04340*4；04266*2；04215*2；10285*13；04296*2；04331；《近出》0357*2；《近出》0487；《近出》0490*2；《近出》0491*3；《近出》0604； | |
| 15 | 士 | | 00147*2；02835；00204；04343；04312；04313；05409；04317；04266；《近出》0486； | |
| | | 通事 | 04628； | |
| | | 人名 | 09454；05985；《近出》0487； | |

| 16 | 巳 | | 06015； | |
|---|---|---|---|---|
| | | 地支借子 | 02748；02755；02777；04165；04195；04229；04255；04262；05985；09726； | |
| | | 歎詞通已 | 02837；02841；《近出》0603； | |
| 17 | 三 | 數詞 | 02831；09723；02792；02796；02807；02837*3；02839*9；04298；04318；09726；00753；00754；02785；04256；04261；04268；09901*2；10174；04229；02835*2；10168*2；02754；04244；04250；04438；04029；02838；04089；04626；04320；04343；06008；09455；00133；04042*2；04194；04197；04202；00060；02809*2；02817*2；04214；04241*2；04277*2；04341；04342；02786；06511；04225；10176；02790；02818；02827；05409；04466*2；05424；09456*3；04272；05992；02661；02704；04285；02765；04266；10166；06516；02742；10285*2；《近出》0035；《近出》0036；《近出》0037；《近出》0364；《近出》0506； | |
| | | 通訖 | 04300； | |
| | | 通參 | 00260；02832 2724"；02841；04292；06013；09456； | |
| 18 | 川 | | 02832；05410； | |
| | | 通剛 | 04320； | |
| 19 | 弋 | | 00246；02774；02824；02838*2；04292；05424；05427；10175；10285； | |
| | | 通柲 | 04321； | |
| 20 | 土 | | 02837*2；04140；02785*2；04292；02835；06002；04320；00260*2；10321；10360；《近出》0028；《近出》0942； | |
| | | 通徒 | 09723；02832；02821；04626；09728；00181；04197；04341；04059；10176、04255；09456；06013；00143；《近出》0364*2；《近出》0489；《近出》0490； | |
| 21 | 亡 | | 04237；05427； | |
| | | 人名 | 04261*2； | |
| | | 通無 | 00103；00147；00187；00188；00238；00260；02660；02812；02836；02841*2；04140；04205；04207；04317；04341*6；04342*3；04464；05430；05431；06005；06014；06015*3； 09897；10174；10175*2； | |

<table>
<tr><td rowspan="2">22</td><td rowspan="2">下</td><td></td><td>02831；02836；02841；10175*2；02833；04241；04326；04317；06011；00238；00143；《近出》0047；</td><td rowspan="2"></td></tr>
<tr><td>地名</td><td>09455；</td></tr>
<tr><td>23</td><td>之</td><td>連詞</td><td>02796；02751；02841；04030；02835*2；04178；04628；02833；04047；04343；06008；10152；00181；04627；06014；02812；04323；06015*2；04011；02820；10176*2；09694；06011；10173；02810；04269；04107；《近出》0043；</td><td></td></tr>
<tr><td>24</td><td>千</td><td>數詞</td><td>02837；02839*2；02768；09716；02833；04320；04459；04147；10176*4；10285*3；</td><td></td></tr>
<tr><td>25</td><td>于</td><td>介詞</td><td>02784；02831；00147*2；02556；02581；02678*2；02775*2；02796；02836*14；02837*3；02839*2；04125；04165；09454*2；06001；00065；00754*2；02720；02751；02785；02832*3；02841*10；04109；04216；04268；04279；04292；04293；04328*5；06514；09713；09893；10174*2；00109；02777；02778；04229；02803*2；04100；04327*4；05416；05998*2；10175*2；10322；00746；02743；03954；05333；02821；02835*10；04237*3；04271*3；06007*2；02754*2；00188；00204；02768；02791；02804；02816；04073；04123；04156；04276*2；04300*5；04330*3；04448*2；05427；05432*3；05993；06002；09716；09936；02612；02833*5；02838*6；04071；04089；04132*2；04137；04240；04242；04302；04320*2；05419；05426；09104；06008；09827；09728*2；02774；02776；02789*2；02824*2；04042；04136*2；04194；04197；04208；04253；04257；04322*3；00061；00062；02695；02730*2；02779；02809*4；02812；02813*2；02830；04196；04219；04243；04262；04283；04311；04316；04324*2；04341*2；04342*3；04468；05433*2；02703；02718；04213*2；04323*7；05410；09451；06015*3；00948；02814*3；02820；02825；04203；05411；04326*2；04465*2；06515；10176*6；00089；00107*2；02531；02682；02705；02790；02818；04246；04255；05409*2；09453；09456*3；02767；04067；04317；04436；06011；06013；09718*2；10321；00238*2；02721；04104；04169；04182；04209；04464*2；10173*3；02704；02810；04153；04191*2；04198；04207；04269*2；04273；02765；02815；04266；10166；05986；04205；00246*2；00251；00253；10285；06005；04296；04331*2；《近出》0028*2；《近出》0031；《近</td><td></td></tr>
</table>

| | | | | |
|---|---|---|---|---|
| | | | 出》0036；《近出》0037；《近出》0045；《近出》0086；《近出》0106；《近出》0343；《近出》0347；《近出》0352；《近出》0356；《近出》0357；《近出》0481；《近出》0484；《近出》0491*3；《近出》0503；《近出》0506；《近出》0943*2；《近出》0969；《近出》0971； | |
| | | 介詞通乎 | 04140；00949；02751；04261*3；09901*7；04030*2；02628；05415*3；06014*5；04241；02706；04059；06015*5；05391；05425；02731；02739*2；00935；《近出》0942*3； | |
| 26 | 山 | | 02836；05410；05983； | |
| | | 人名 | 02825*5； | |
| | | 地名 | 02751；05410； | |

**筆劃：四劃**

| 序號 | 字例 | 通用釋例 | 使用器號 | 備註 |
|---|---|---|---|---|
| 1 | 文 | | 10175*2；10322；02821；04237；04271；04287；05423；02755；00188；02804；02838；02816；04115；04156；04178；04250；04276；04300；05407；05989；05993；04089；10170；04122；04162*2；04242；04343；05419；05426；05968；09728；02774；02789*2；02824*3；04136；04194*2；04199；04253；04321；04322*4；05401；05415；00141；02730；02780；02817；04214；04258；04283；05995；04288；04311；04312；09897；02786；05997；02820；05411；00092；04255；04466；09456；02767；04317*2；06011；06013；09896*2；10321；02733；04169；04209；04153；04207；04273；04285；05430；04139；04157；04205；02742；04462；04168；00246*3；00247*2；00255；《近出》0047*2；《近出》0106*2；《近出》0343；《近出》0485；《近出》0489；《近出》0491；《近出》0502；《近出》0969； | |
| | | 人名 | 04051； | |
| | | 通大 | 02807；05418； | |
| | | 文王 | 02532；02831；02792；02836*2；04692；09726；00065；02832；02841*2；04109；04256；04261*2；04268；04279；00109*4；00356*2；10175*2；04321；04341*2；04342；04468；00260；00251； | |
| | | 通玟 | 02837*4；06014*2；04331； | |

| | | | | |
|---|---|---|---|---|
| 2 | 父 | | 04160；05427；00181；02813；02830*2；04121；04341*2；02721*2；04469；10173； | |
| | | 人名 | 02712；09723；00147*2；02836*3；04201；04206*4；04238*2；04318；05352；09454；00949*2；02785；02832*5；02841*8；04020；04109；04274；09901*3；06514；09713；10174；00109；02777；02778；04327；05416*2；05998；09714；10322*4；00746*2；02595；02734；02743；03954；05333；05384；05398；10101；02835；04188；04271*2；09672*2；02487；02763；03920；04023；04123；04156；04178；04300；04330；04108；04438；04628；05400；05427；06002；09689；09935；02612；02674；02781；02838*3；04122；04242；04454；04580；04320；04343；05399；05419；09104；05428；06008*4；04042；05401*2；05415；02695；02728；02730；02780；02809*3；02813*4；02830；10161；04196；04258；04311；04324；05431；04341*2；02671；02718；03976；04044*2；04134*3；04195；04213；09300；09721*3；00948*2；02749；02825；04203；05391；05411*2；10176*7；04246；09456*2；00103*2；04067；04272*2；02721；04464*4；04469；04207；04269*2；02725；04107；05403；05985；05986；04205；05425*3；06004*2；10285*2；《近出》0045；《近出》0356；《近出》0357；《近出》0486；《近出》0604*2；《近出》0605；《近出》1003； | |
| 3 | 中 | | 02783；02836；02839；04251；04318；04256；04268；04274；04279；04267；04327；02821；04271；04287；02804；09898；10170；04343*4；02805；04253；04257；06014；02817；04243；04277；04283；04288*2；04312；04316；02814；02825；04046；02819；02827；04246；04255；04272；06013；04285；04340；02815；04296；《近出》0044；《近出》0487；《近出》0490； | |
| | | 人名 | 00753；00949*2；02751*2；02785*3；04279；06514*2；04023；02809； | |
| | | 地名 | 00949； | |
| | | 人名通仲 | 02581*2；04165；00065；04184；04268；04274；02762；02777；02803；10322；00746；02734；02743；03747；03954；10101*2；04188；04271；09672*2；02755*2；09725；10169*2；04137；04162；06008；00133*2；00181*2；04202；04208；04627*3；02813；04311；06511；09721；02814；04124*2；04147；04203；10176；04246；06011；02733；04182；04435；04464；02729；04331；《近出》0343；《近出》0357；《近出》0483；《近出》0490*2； | |

| | | | | |
|---|---|---|---|---|
| | | 通芇 | 02836； | |
| 4 | 反 | | 04140；04238；02751；03907；02728；04313； | |
| | | 通返 | 《近出》0043；《近出》0045；《近出》0484；02825；02827； | |
| | | 通鈑 | 02831；《近出》0486*2； | |
| 5 | 丑 | 地支 | 09726；04261；04292；04271；02758；04300；05426；02789；02718；02756；05409；02767；05430；05425；《近出》035&；《近出》0487； | |
| 6 | 卅 | | 02807；02839*3；02841；02835；02754；04438；09725；02838；04320；02776；04322；06014；02779；04262；05997；02825；05411；02818；10166；《近出》0035；《近出》0485；《近出》0491； | |
| 7 | 心 | | 02836；10175；02824；04322；02812；02830；04342；10176；04317；04469；00247；《近出》0027；《近出》0106； | |
| 8 | 王 | | 00082；02783*2；02784*2；02831*3；09723*3；02775*4；02792*4；02796*2；02807*4；02836*8；02837*14；02839*16；04140*3；04165*2；04201；04206；04238；04251*4；04298*3；04318*2；09454*2；06001*3；06512；09726*2；00754；00949*3；02720*3；02734；02735；02751*4；02785*5；02832*2；02841*15；04060*2；04216*4；04256*2；04261*13；04268；04274*2；04279*4；04293；04328；09901*3；06514*4；10174*4；02777；04229；02803*7；04030；04267*2；04327；04579；09714*3；10175*9；02734；03747；05398； 02821*3；02835*2；04237；04271*2；04287*5；05423*2；10168；02456；02487；02754*3；02755； 00187；00188；00204*3；00205；02758*2；02791；02804*3；03748；02816*3；04131；04160*2；04178*3；04244*4；04250*3；04276*4；04300*6；04330；04438；04628；05407；05432*2；06002*3；09725；09898*5；10169；10170*3；02748*3；02781*2；02833*2；03942；04029；04047；02838*9；04112*2；04132；04240*4；04454*2；04580；04626*2；04302*2；04320*7；04343*9；05418*4；05419；05426*4；09104*2；09455*3；10152；10161*2；09728*2；00133；02628；02774*3；02776*4；02789*2；02805*3；02824*3；03907；04194*2；04197*2；04199；04202*3；04208*4；04253*2；04257*2；04321*4；04627；05415*2；06014*5；00060；02695*2；02730；02779；02780*2；02809；02812*3；02813*2；02817*3；02830*7；04121*2；04196*2；04214*4；04241*2；04243；04258*3；04262；04277*3；04283*4；05995*2； | |

| | | | | |
|---|---|---|---|---|
| | | | 04288*3；04311；04312*6；04313；04316*5；04324*5；05431*2；04341*5；04342*7；04468*4；05433*4；09897*2；02756*3；02786*3；03950；03976；04044；04059；04195；04323*6；04459；05410；05983；00935*2；06015*7；02740；04041*2；02814*3；02820*5；02825*3；04046*2；04225*2；04294*4；04326*2；04465*2；05977；10176*2；00107*3；02531；02682*2；02705；02790*3；02818*3；02819*4；02827*5；04246；04255*3；05409*4；04466；05424*3；09453*3；09456；00260*6；02615；02731；02767；04192*2；04272*5；04286*4；04317*4；05979；05992*2；06011*7；06012；06013*5；02661*2；02733；04169*2；04209；04435；04464*3；04469；10173*6；02704*2；02810*7；03732；04191*4；04207*4；04273*4；04285*5；04340*7；05408*3；05974*2；00143*2；02815*3；04266*4；10166*5；02725*3；05403；05985*2；06516*4；04205；02742*2；04170*2；04462*2；04215*3；00247*2；00251*2；00252*2；10285；10360*2；04296*5；04331*5；《近出》0029；《近出》0035*4；《近出》0036*3；《近出》0037*4；《近出》0039；《近出》0040；《近出》0043；《近出》0044*3；《近出》0045*3；《近出》0106；《近出》0357*3；《近出》0364*3；《近出》0356*5；《近出》0481*2；《近出》0483*3；《近出》0484；《近出》0485*4；《近出》0486*6；《近出》0487*5；《近出》0489；《近出》0490*5；《近出》0491*4；《近出》0506*4；《近出》0604；《近出》0605*2；《近出》0942； | |
| | | 人名 | 04060；04268*4；02762；05398；04188；05407*2；04132；04302；02776；06014*4；02830；04341*3；02718*2；04331； | |
| 9 | 弔 | 人名<br>通叔 | 00147；09726；02719；00356*2；04287；04250；04276；02612；02833*2；03942；02838*4；04108；04137；04240；04242；04454；04580；05418；05428；04042；04199；04253*2；00141*2；00060*2；00061；02780；04214；03950；04195；02825；02827；02615；02767*3；04067*2；00238*3；04104；04469；04198*2；04266；06516；02742；《近出》0106；《近出》0491；《近出》0603； | |
| | | 通叔 | 02832；02821；02755；05392；09718； | |
| 10 | 公 | | 02556；06001；02841；04292；04293；06514；02762；04327*2；05998*2；10322*3；02595；05333；02758；04091；04300；04330*7；05400*2；05432*5；02833； | |

| | | | | |
|---|---|---|---|---|
| | | | 05399；09827；06014*2；00061；0062；02728*3；02830；04288；04341*2；05433*5；04326；04167*2；04067；04436；05979；02739*2；04099；04104*2；04191*3；05430*4；05986*2；04159*3；06005*2；《近出》0043；《近出》0484*4；《近出》0605*2；《近出》0943； | |
| | | 人名 | 02837*3；04201*3；04318；06512；00753*2；00754*2；02719；02724；02841；04184*3；04268；04274；04292*2；04293；04328；09901*9；00356；04030；04267；04327；10175*2；10322；02821；02835*11；05405*2；06007*2；02758；02816；04131；04300*3；04330*2；04628；09935；10170；02833*5；04029；04071；04122；04162*2；04320；04343；05399；05419；10152；09728*2；00181*4；02774*2；02776；02789；02805；02824*2；04197；04199；04321；06014；00141；02730；02812*2；02817；04241；04341*2；09897；04323；02740*2；04011；04041；02553；02818*2；04255；04466*2；02676；06013*2；09896*2；10321；02739；04153*2；05430*2；02729；04159；04205；04168；00246*3；00252；06005；04331*2；《近出》0027；《近出》0097*4；《近出》0356；《近出》0485*2；《近出》0486；《近出》0502；《近出》0605；《近出》0943； | |
| 11 | 屯 | 通純 | 00147；02796；02836；04268；04328；00109；10175；02821；04188；0187；00188；00205；02791；04115；04160；04250；10170；02781；04257；04321；00141；02812；02813；02830*2；04243；04258；04341；04342；02814；02820*2；02825；02790；02819；02827*2；04286；04436；00238；04182；02815；00246；00247；04331；《近出》0106；《近出》0346；《近出》0478；《近出》0491； | |
| 12 | 牙 | | 09723；04468*2；04213； | |
| 13 | 分 | | 03977；02818； | |
| 14 | 內 | | 04318；02696*2；02832；02841；04256；04268；04274；02804；04276；04343；05419；10161；02789；04257；02813；04196；04241；04243；04277；04283；04311；04312；04316；04294；04246*2；04466；04285；04296；04340；02815；04266；06516；《近出》0364*2；《近出》0487；《近出》0490*2；《近出》0491；《近出》0605； | |
| | | 地名 | 02833； | |

| | | | | |
|---|---|---|---|---|
| | | 通入 | 00107；02456；02786；02804；02814；04209；04246；04253；04257；04267；04287；04294；04296；04316；04324；04342；04343；05387；05428；06001；09728；10169；10176；10322；《近出》0491； | |
| | | 通納 | 02809；02810；02812；02836*2；04469；05433；06015； | |
| | | 通芮 | 04216； | |
| | | 人名通芮 | 04109；04067； | |
| | | 通入通納 | 02836*2；06001；02809；02812；06015； | |
| 15 | 夫 | | 02796；02836*2；02837*2；02839；04298；00949；02821；09725；02838*9；04320*2；04322；02817*2；02825；04147；04465；10176*2；04466*2；10285；《近出》0037；《近出》0039；《近出》0043*2；《近出》0044；《近出》0364*2； | |
| | | 通敷 | 《近出》0097； | |
| | | 通市 | 02816； | |
| | | 人名 | 04178*2； | |
| | | 人名通矢 | 02792*2； | |
| | | 通大 | 02807； | |
| 16 | 帀 | 通師 | 04313； | |
| 17 | 斤 | | 04020；02674*2； | |
| 18 | 元 | | 04274；04279；02835；02838；04454；04197；00060；04288；04311；04312；04316；04342；04326；09705；00238；04340；02614；《近出》0046； | |
| 19 | 毋 | 通母 | 02724；02841*9；04216；10174*4；04327；05998*2；04271；05427；02838；04343*3；05428；02774；02824；00062；00063；02809；04311；02671；02825；05424*2；04269；04285；04340*2；06516；《近出》0490；《近出》0491；《近出》0526； | |
| 20 | 方 | | 02836；02837*3；02839*2；00949；02841*4；04261；09901*2；10174；10175*2；02835； 02833；04302；00181；05415；04341；04342；04468；04326；04317；10173*2；00251；10360；《近出》0036；《近出》0028；《近出》0097*2；《近出》0106； | |
| | | 人名 | 02833*4；02810*6；04139*3； | |
| | | 地名 | 02751；04328；02809； | |

| | | | | |
|---|---|---|---|---|
| 21 | 井 | 人名 | 02720； | |
| | | 人名通邢 | 02832*2；09893*2；02783；00109；00356；10322；04237；02804；04244；04276；02838*4；04240；05418；09455*3；09728；04253；02813；04196；04241；04243；04283；04316；02706*2；02786；09451*2；06015*2；02676*2；06516； | |
| | | 地名通邢 | 02832；02833；06015；10176*2；02836*3； | |
| | | 通邢 | 04167； | |
| | | 通刑 | 10174*2；02779； | |
| | | 通型 | 02837*2；02841；10175；00187；04330；04242；04302；04343*5；02812；02830；04316；04341；00082；04326；00238；02614； | |
| 22 | 手 | | 04327*2；04328；04237；04287；05423；04302；09728；00133；00181；00063；04324；04225；04294；04246；02810；04340；00143；05430；04331；《近出》0364； | |
| 23 | 曰 | | 02831；02792*3；02836*2；02837*4；02839*3；04165；04298*3；00949*4；02696；02785；02832*5；02841*6；04216；04279；04292*3；04293*3；04328*2；09901*3；06514；00109；02803*2；04327；05998*4；10175；02821；02835*4；04237；05423；00187；02804；02816；04178；04250；04276；04330；05427；10169；02781；02833*3；02838*21；04162；04240；04242；04302；04320；04343*2；05419；05428；09728；00181；02774；02824*2；04042；04197；04199；04321；06014*2；00061；02809；02812；02830；04241；04258；04283；04311；04312；04313*5；04316*2；04324；04341*5；04342*2；04468*2；02671；00082；02740；04011；02814；0282）；02825；04225；04294；10176*2；02553；02818*2；02827；04255；04466；05424；04286；04317；05992；06011*4；06013*4；00238；04469；10173；04269*3；04285；04340*2；02765；04266；04170；04215；00247；00251；10285*2；04296；04331；《近出》0027；《近出》0044；《近出》0106；《近出》0357*3；《近出》0484；《近出》0486；《近出》0487；《近出》0489；《近出》0490；《近出》0491*4；《近出》0604；《近出》0605；《近出》0942； | |
| 24 | 友 | | 02792*2；02807*2；02724；02841；09901；04229；02655；04160；04178；04448；04112；04137；02789；04627；02813；02817*2；04342；02671；02706；06015；04465；06515*2；04466；02733；04469；06005；04331； | |

| | | | | |
|---|---|---|---|---|
| | | | 《近出》0364；《近出》0502； | |
| | | 通有 | 04435；《近出》0343； | |
| | | 通宥 | 02810；09897； | |
| | | 人名 | 02832；02835*8；02660*2； | |
| | | 通昚 | 02783；02784；10175；02835；09672*2；05424；02614；06004； | |
| | | 人名<br>通昚 | 04194*4；《近出》0487； | |
| | | 通賄 | 05416；04466*3； | |
| | | 通休 | 09725； | |
| 25 | 太 | | 《近出》0942； | |
| | | 通大 | 02703*3；02819；04140*3；04271；04288；04318；04323；05418； | |
| 26 | 夨 | 人名 | 05398；09901*2；04300；04320*2；10176*5； | |
| 27 | 不 | 副詞 | 00062；00109；00205；00247；02809*2；02812*3；02825；02830；02832；02835*2；02838*2；02841*3；02842；04170；04205；04213；04241；04269*2；04285*2；04302；04313；04326*2；04327*2；04330*2；04340；04341；04342*2；04343*9；04464*3；04469；05392；05410；05427*3；05428；05433*2；06004；06014；09455；10168；10174*4；10175*2；《近出》0028；《近出》0029；《近出》0106；《近出》0489；《近出》0491；《近出》0603； | |
| | | 助詞<br>通丕 | 00082；00092；00103；00181；00187*2；00238；00247；00260；02778；02786；02804；02807；02810；02812*2；02813；02814；02815；02817；02819；02820；02821；02827；02833*2；02836*2；02837；02839；02841*2；03827；04184；04209；04214； 04246；04250；04251；04256；04261*4；04268；04272；04273；04274；04276；04277；04279；04283；04285；04287；04288；04294；04298；04302；04312；04316；04318；04321；04326*2；04331*2；04340；04341；04342；04343；04465；04468*2；04469；05416*2；05423；06004；06011；06013*2；09455；09728；10169；10170；10173；10175*2；《近出》0046；《近出》0106*2；《近出》0364；《近出》0485；《近出》0490；《近出》0491*2；《近出》0502； | |
| | | 人名 | 04060；04328*3； | |
| | | 人名<br>通丕 | 02735*2； | |

<table>
<tr><td rowspan="3">28</td><td rowspan="3">市</td><td></td><td>02783；02836；02837；02841；04256；04274；04279；10174*2；04267；02821；04287；02804；04244；04250；04276；02781；02838；10170；04240；05418；09728；02805；04197；04202；04257；04321；02813；02830；04196；04277；04288；04312；04324*2；04468；06015；02825；04046；04294；04326；02819；02827；04246；04255；04272；04286*2；06013；04209；04469；02815；04266；06516；04296；《近出》0357；《近出》0487；《近出》0490；《近出》0491；</td><td rowspan="3"></td></tr>
<tr><td>通夫</td><td>02816；</td></tr>
<tr><td>通柭</td><td>04462；10169；</td></tr>
<tr><td rowspan="2">29</td><td rowspan="2">匹</td><td></td><td>00082；02838； 10175；《近出》0029；</td><td rowspan="2"></td></tr>
<tr><td>單位</td><td>00108；00754；02729；02807；02810；02839*2；02841；04044；04099；04225；04229；04302；04318；04343；04468；04469；09898；10168；10174；《近出》0044；《近出》0046；《近出》0364*2；《近出》0485；</td></tr>
<tr><td rowspan="2">30</td><td rowspan="2">引</td><td></td><td>02724；02841*3；04237；02830；</td><td rowspan="2"></td></tr>
<tr><td>人名</td><td>05427；04208；02809*2；02827；</td></tr>
<tr><td rowspan="3">31</td><td rowspan="3">及</td><td></td><td>02841；05415；</td><td rowspan="3"></td></tr>
<tr><td>通彶</td><td>02838；02841；04262*2；04328；04342；《近出》0503；</td></tr>
<tr><td>連詞<br>通眔</td><td>02734；</td></tr>
<tr><td rowspan="2">32</td><td rowspan="2">止</td><td></td><td>04340；</td><td rowspan="2"></td></tr>
<tr><td>人名</td><td>04292；</td></tr>
<tr><td>33</td><td>化</td><td></td><td>《近出》0346；</td><td></td></tr>
<tr><td>34</td><td>勻</td><td>單位<br>通鈞</td><td>00048；02696；02835；04213；《近出》0493；</td><td></td></tr>
<tr><td>35</td><td>厹</td><td>通九</td><td>02784；04201；</td><td></td></tr>
<tr><td>36</td><td>兮</td><td>人名</td><td>00065；10174*3；05399；</td><td></td></tr>
<tr><td>37</td><td>犬</td><td></td><td>02695；02817；</td><td></td></tr>
<tr><td rowspan="3">38</td><td rowspan="3">允</td><td></td><td>04341；</td><td rowspan="3"></td></tr>
<tr><td>通狁</td><td>04342；</td></tr>
<tr><td>通狁<br>族名</td><td>04328*2；04342；</td></tr>
<tr><td rowspan="2">39</td><td rowspan="2">亢</td><td></td><td>04202；04266；06013；《近出》0490；</td><td rowspan="2"></td></tr>
<tr><td>人名</td><td>09901*2；</td></tr>
</table>

| | | | | |
|---|---|---|---|---|
| 40 | 水 | | 04330；05983； | |
| | | 水名 | 04271； | |
| 41 | 毌 | | 00061；02784； | |
| | | 族徽 | 02703； | |
| | | 通貫 | 04343； | |
| 42 | 壬 | 天干 | 02784；02719；04216；02754；02768；04023；09716；04134；04225；02818；09456；04269；04157；《近出》0036；《近出》0481；《近出》0506；《近出》0604； | |
| | | 通任 | 《近出》0097； | |
| | | 人名 | 02718； | |
| 43 | 午 | 地支 | 02784；04251；02719；04216；05416；05423；02816；05432；02674；02781；04202；02780；05433；09721；04046；05424；04104；04269；10166；02742；04215；06004；04168；《近出》0035；《近出》0097；《近出》0969； | |
| 44 | 廿 | | 02796；02837；02839；00949；04256；02835；04287；02748；02838*2；10170；02628；02779*3；05433；05997；04326；09705；02790；02819；02827；04466；09456；00260；02661；04191；10166；《近出》0037*2；《近出》0043；《近出》0356； | |
| 45 | 丮 | | 04341； | |
| | | 通劇 | 04330； | |
| 46 | 天 | | 02783；02784；02792；02807；02836*6；02837*3；04251；04298*2；04318；09726；0753*2；00754*2；02696；02841*6；04020；04184；04256；04261；04268；04274；04279；04229；04267；10175*5；10322*2；02821*2；04271；04287；05423；00187*4；00205；02758；02768；02791*4；02804；04250；04276；04446；09725；10169；10170；02674*2；02833；04302*2；09455；09728；00181*3；02776；02805；02824*2；04199；04202；04253；04321；06014*4；02812；02813；02817；02830*3；04121；04214；04219*3；04241*2；04243；04277；04283；04288；04312；04316；04324；04341*2；04342*3；04468；09897；02786；04195；04323；06015*2；02814；02820；02825；04225；04294；04326；04465*2；00092；00108；02819；02827*2；04246；00260；04272；04317；06011；06013；10321；00238*3；04209；04469*2；02810；04273；04285；04340；00143；0281 5；04205*2；04462；04296； | |

| | | | | |
|---|---|---|---|---|
| | | | 04331*2；《近出》0027；《近出》0046；《近出》0106*3；《近出》0357；《近出》0364*2；《近出》0487；《近出》0489；《近出》0490；《近出》0491*3； | |
| | | 人名 | 04261； | |
| 47 | 孔 | | 04628；02830；10173*2； | |
| 48 | 㕧 | 地名 | 00260； | |
| 49 | 气 | 通訖 | 04261； | |
| 50 | 月 | 月份 | 02783；02784；02831；09723；02678；02775；02792；02796；02807；02837；02839；04125；04165；04201；04206；04238；04251；04298；04318；09454；09726；00753；00754；02719；02720；02735；02785；02832；04060；04216；04256；04268；04274；04279；04292；04293；04328；09901*3；09893；10174；02777；02778；04229；04267；04327；05416；09714；00746；02734；05398；02821；02835；04271；04287；05405；05423；06007；10168；02754；02755；00204；02758；02763*2；02768；02791；02804；02816；04023；04178；04244；04250；04276；04300；04438；05432*2；06002；09689；09716；09725；09898；10169；10170；02748；02781；02838*2；04089；04112；04240；04454；04626；04302；04320；04343；05418；05426；06008；09455；10161；09728；00133；02776；02789；02805；04136；04194；04197；04202；04208；04253；04257；04322；05415；06014；00060；02695；02728；02780；02809；02813；02817；02830；04121；04196；04214；04241；04243；04258；04262；04277；04283；04288；04311；04312；04316；04324；05431；04341；04342；05433；09897；02706；02718；02756；02786；03950；04044；04134；04195；04323*2；05997；09721；06015；00948；02749；02814；02820；02825；04046；04203；04225；04294；04465；09705；10176；00089；00107；02790；02818；02819；02827；04045；04246；04255；05409；04466；05424；09453；09456；02615；02767；04192；04272；04286；05992；06011；06013；09896；10321；02661；02721；04099；04104；04209；04464*2；10173；02704；04207；04269；04273*2；04285；05408；00143；02765；02815；04266；05430；10166；02725；04157；05403；06516；02729；04159；04205；05425；02742；04462；04215；06004；04168；10285；10360；06005；04296；04331*2；《近出》0027；《近出》0035*3；《近出》0036；《近出》0044；《近出》0086；《近出》0097；《近出》 | |

| | | | | |
|---|---|---|---|---|
| | | | 0346；《近出》0350；《近出》0352；《近出》0357*3；《近出》0364；《近出》0481；《近出》0483；《近出》0484；《近出》0485；《近出》0486；《近出》0487；《近出》0489；《近出》0490；《近出》0491；《近出》0503；《近出》0506；《近出》0605；《近出》0943；《近出》0969；《近出》0971； | |
| 51 | 木 | | 02838；04262；10176； | |
| | | 地名 | 10176； | |
| | | 族徽 | 06002；05403；04462； | |
| 52 | 日 | | 02792；02796；00949；04268；00356；04229；05998；10175；06007；02791；10170；04257；04243；04277；04342；06015*2；04465；02682；04286；04269；05430；04139；00247；04331；《近出》0346；《近出》0491； | |
| | | 地名 | 04321； | |
| | | 人名 | 04206；04100*2；05423；02791；05432；05989；05968；02789；02824*2；04322；05401；04316；05997；05411；05979；《近出》0491； | |
| 53 | 亖 | 通四 | 02831；02836；02837*4；02839*2；04318；02832；02841*4；04279；09901*2；06514；10174*2；04229；04327；10175；05423；02758；05432；09689；09898；02748；02833；04454；04302*2；04320；04343；00133；00181；04194；04208；04322；05415；06014；04214；04243；04258；04341；04342；04468*2；05433；09897；04323；09721；04225；04326；00108；02682；00260；04317；04469；10173；02810；05408；02815；10166；02742；04462；00251；《近出》0044；《近出》0046；《近出》0097*2；《近出》0106；《近出》0485；《近出》0491；《近出》0943； | |
| 54 | 今 | | 02836；02837*2；04318；02785；02841*3；04293*2；09901；04327*2；04343*3；04321；00061；02809*2；04283；04312；04313*3；04316；04324；04342*2；04468；02820；04286；04269；04285；04340；00252；10285*4；04296；《近出》0029；《近出》0490；《近出》0491； | |
| 55 | 宁 | 地名 | 《近出》0604； | |
| 56 | 尤 | | 10175；06015*2；04205； | |
| 57 | 㞢 | 地名<br>通有 | 02531； | |
| 58 | 升 | | 04194； | |
| | | 通䰞 | 04170；00247； | |

| 59 | 五 | 數字 | 02712；02784*2；02556；02807；02837*2；02839*3；04125；04201；04206；09454；00754；02832*3；04184；04216*2；04268；04274*3；04292；04328；10174；04229；02734；02835*2；10168；02754；02763；02768；02816；04023；06002；09716；02781；02838*7；04320*2；10161； 00133；02776；02805；04136；04253；04257；04322、05415；06014；00061；02779*2；04243；04311*2；04468；05433；04044；04323*3；05997；09721；04203；04294；10176；02705；02819；02827；04167；04246；04255；04466；04286；05992；04099；10173*2；02810*2；04285；04266；10166；04159；04215；00252；10285*2；10360；04296；《近出》0043；《近出》0487；《近出》0491*2；《近出》0506； | |
|---|---|---|---|---|
| | | 地名 | 04238； | |
| 60 | 尹 | | 09723；02836*2；04318；02841；04184；04274；04279；09901*2；02778*4；04267；10175；02758；04123；04244；04300；10170；04240；04343；09728；02805；04253；04257；02817；04243；04312；04324；05431*3；04323；04465*2；06515；02827；04246；04286；06013；02729；00247*2；《近出》0364；《近出》0490；《近出》0605； | |
| | | 人名 | 00754*3；09901；10322；04287；09898；05391；04198*3；《近出》0481； | |
| 61 | 氏 | | 0147；02836；02841；04279；02803；05419；09455；09728；04253；04257；06014*2；04214；04277；04283；04324；04323；04465*2；06515；02827；04246；04286；06013；02729；00247*2；《近出》0605； | |
| | | 人名 | 02719；04292*5；04293；04328*2；10322*2；04137；04322；00060*2；00061；10176*3；04099；04340*2；02765*2；04139*2； | |
| 62 | 六 | 數字 | 02837；04125；04165；00754；04293；02777；00746；02835；06007；00204；09725；10169；02833*2；04047；02838；04454*2；04320*2；05418；02805；04322；05415；02813；04196；04316；04134；04195；09721；00948；09705；00260；04272；06013*2；04207；04273；05403；《近出》0043；《近出》0044；《近出》0347；《近出》0490； | |
| 63 | 戈 | | 02839；04201；04216；04268；02816；10170；04257；04321；04322；00062；02813；04258；04311；06015；02814；02819；04167；02731；04286；04269；《近出》0352； | |
| | | 族徽 | 《近出》0604；《近出》0605； | |

| | | | | |
|---|---|---|---|---|
| 64 | 殳 | | 02784；04136*2；04323； | |
| | | 人名 | 09713； | |
| 65 | 毛 | | 02729； | |
| | | 人名 | 02724；02841；02821；04162*2；02780；04196；04341*4；04296； | |
| 66 | 介 | 通匄 | 02796；03977；04692；04328；09713；02762；02777；10175；02821；04237；00188；00205；04115；04446；04448；05993；09725；09728；00141；02813；02830；04219；09897；05410；06511；02814；02820；02825；04124；04147；02827；00103；04317；09433；02733；04182；04198；04157；00246；《近出》0478； | |
| 67 | 爪 | | 00468； | |
| 68 | 厄 | 通軶 | 04318；02841；04302；04326； | |
| 69 | 丹 | | 05426； | |
| 70 | 予 | 通寍 | 05399； | |
| | | 通余 | 04466； | |
| 71 | 勿 | | 02836；02837*2；02841；04293；10168；02816；05427；02833*2；04343；04199；00063；04288；04316；04324；04468；04469*2；04340*2； | |
| 72 | 牛 | | 02839*2；09901*2；04327；02838；04132；04194；04313； | |
| | | 人名 | 10285*4； | |
| 73 | 比 | | 04341*2；《近出》0347； | |
| | | 人名 | 02818*5；04466*8； | |

筆劃：五劃

| 序號 | 字例 | 通用釋例 | 使用器號 | 備註 |
|---|---|---|---|---|
| 1 | 用 | | 02532；02712；02783*2；02784*2；02831*2；00147*3；02556；02678；02775；02792*2；02796*3；02807*2；02836*3；02837*3；02839*2；03977*2；04125*3；04140；04165*2；04201*2；04251*2；04298*2；04318；04206；04238；04318；04692*4；05352；09454；06001*3；06512；09726；00065*3；00753；00754；00949*2；02696；02719*2；02720；02724*3；02735；02832*2；02841*7；04020；04060；04109*3；04184*3；04216*2；04256*2；04268*3；04274*2；04279*3；04293*3；04328*4；09901*7；06514*2；09713*3；09893*2；10174*2；00109*4；00356*3；02762*3；02777*2；02778；04229*2；04100*3；04267*3； | |

| | | | | |
|---|---|---|---|---|
| | | | 04327*3；04579*2；05416*3；09714；10175*3；10322*2；00746*3；02595；02655；02734*2；02743*4；03747；03954；05333；05384；05398；10101；02821*4；02835*5；04188*4；04237；04271*2；04287*3；05405；05423*2；09672；10168*2；02456；02487；02660；02754*2；02775；00187*2；00188*3；00205*2；02758；02763；02768*3；02791*2；02804*3；02748；03920*2；02816*3；04023；04073*2；04091*2；04115；04123*2；04131；04156*4；04160*3；04178*2；04244*3；04250*3；04276*4；04300*6；04330*5；04438；04446*4；04448*3；04628*5；05400；05407；05427；05432；05989*2；05993*2；06002；09689；09716*3；09725*3；09935*4；09936*2；09898*2；10169*2；10170；02612；02674；02748；02781*3；02833*3；03942；04089*2；04029；02838*14；04071；04108；04112；04122；04132；04137*2；04162；04240*3；04242*2；04454；04580*3；04626*2；04302*2；04343*4；05399；05418*2；05419；05426*2；09104；05428；06008*2；09455；09827*2；10152；10161*2；09728*4；04042；00133；00181；02628；02774*2；02776*3；02789*2；02805*2；02824*3；03907；04136；04197*2；04194；04199*3；04202*2；04208*2；04253*3；04257*3；04321*3；04322*2；04627*2；05415；06014；00141*4；00062；00063；02695；02728；02730；02779*3；02780；02812*4；02813*5；02817*2；02830*7；04121；04196*2；04214；04219*4；04241；04243*3；04258*3；04262*2；04277；04283*2；05387；05995；04288*2；04311*3；04312*3；04313*2；04316*3；04324*3；05431；04342*3；04468*2；05433；02457；02703；02706*3；02718；02756；02786*2；03827；03976、04044；04134；04195、04213*5；04323*2；04459*3；05410*2；05997；09300；09451*2；09721*3；09897*2；10164；00935；06015*5；00082；00948；02740；02749*2；04011；04041；02814*4；02820*6；02825*4；04046；04051*2；04124*3；04147*3；04203*5；04225*2；05391；05411；04294*2；04326*3；04465*4；05977；06515*4；09705*2；10176*2；00089*4；00092；00108*3；02553；02682；02705*2；02790*3；02818；02819*2；02827*5；04045；04167；04246*2；04255*3；05409；04466；09453；09456*2；09694*4；00103*2；00260；02676；02731；02767；04021*2；04067*6；04192*3；04272*3；04286*3；04317*4；04436*3；05979；05992；06011； | |

| | | | | |
|---|---|---|---|---|
| | | | 06013*2；09433；09718*5；09896*2；10321*2；00238*2；02661；02721；02733*2；02739；04099；04104；04169*2；04182*2；04209*2；04464；04469*3；10173*4；02702；02704；02810*2；03732；04153；04191；04198*3；04207；04273*2；04285*2；04340*2；05408*2；05974；00143*4；02614；02765；02815*2；04266*3；05430；10166；02725；04107*3；04139*2；04157*4；05403；05985；06516；05986；02729；04159；05425；02742*2；04170*2；04462；04215*3；06004*3；04168*2；00246*3；00247*2；00252；00256；10285；10360；06005*2；04296*3；04331*4；《近出》0027；《近出》0029；《近出》0030；《近出》0031；《近出》0032；《近出》0034；《近出》0046*2；《近出》0086*6；《近出》0097*3；《近出》0106*2；《近出》0343*2；《近出》0347*3；《近出》0350*2；《近出》0352*2；《近出》0356*2；《近出》0357*2；《近出》0364；《近出》0478*2；《近出》0481；《近出》0483*2；《近出》0484*2；《近出》0485*2；《近出》0487*2；《近出》0489*2；《近出》0490*3；《近出》0491*3；《近出》0502*2；《近出》0503*2；《近出》0506；《近出》0526*3；《近出》0603；《近出》0604；《近出》0605*3；《近出》0942；《近出》0943*2；《近出》0969*2；《近出》0971*5；《近出》1003； | |
| 2 | 永 | | 02712；02831；09723；00147*2；02792；02796*2；02807；02836*2；04125；04201；04251；04298；04318；04692*2；06001；09726；00065；02832；02841；04109；04216；04256；04268；04274；04279；04328*2；09713；09893；10174；00109*2；00356*2；02762*2；02777*2；02778；04229；04267；04327；04579；05416；10175*2；10322*6；00746；02655；02734；02743；02821；02835；04188；04271；04287；05423；10168；02754；02755；00188*2；00205*2；02768；02804；02816；04073；04091；04115；04123；04156；04160*2；04178；04244；04250；04276；04300；04438；04446；04448*2；04628；05993；06002；09716*2；09725；09936；09898；10169；10170；02781；02838；04071；04089；04108*2；04112；04122；04137；04162；04240；04242*2；04454；04626；04302；04343；05418；05426；06008；10152；09728*2；00133；00181；02776；02789；02805；02824*3；04194；04197；04202；04253；04257；04321；04322*2；00141*2；02730；02779；02780；02786；02812；02813；02817；04196；04213；04214；04219*2；04243；04258；04262；04277；04283；04288；04311；04312；04313； | |

| | | | | |
|---|---|---|---|---|
| | | | 04316；04323；04324；05431；04341；04342；04459；09721；04468；05433；09897；10164；06015；04011；02814；02820；02825*2；04051；04124；04147；04203；04225；05411；04294；04326；04465*2；09705；00089；00092；00108*2；02790*2；02818；02819；02827；04045；04246；04255；04466；09453；09456；09694；02767*2；04067*2；04272；04286；04317；04436；05392；06011；09718；09896*2；10321；00238；02733*2；04099；04169；04182*2；04209；04464；04469；02704；02810；04153；04198*2；04207；04285；04340；05408；00143；02815；10166；04139；04157*2；06516；02742；04462；06004；04168；00246*3；00247*2；00253；00256；06005；04296；04331；《近出》0034；《近出》0050；《近出》0097；《近出》0106*2；《近出》0346；《近出》0350；《近出》0352；《近出》0364；《近出》0478；《近出》0481；《近出》0485；《近出》0487；《近出》0489；《近出》0490；《近出》0491；《近出》0502；《近出》0503；《近出》0605；《近出》0943；《近出》0969；《近出》0971；《近出》1003； | |
| | | 地名 | 04466； | |
| | | 通迹 | 02731； | |
| | | 通虞 | 04199； | |
| 3 | 右 | | 02783；02839；04318*2；02841；04274；10175；09898；04343*2；02809；04313；04316*2；04341；04468；02786；04326；10176*2；《近出》0489； | |
| | | 通佑 | 09723；02781*2；02836；04318；04256；04268；04274；09901；04267；04327；02821；04271*3；04287；02804；04244；04250；04276；10169；10170；04343；05418；09728；00133；04197；04202；04253；04257；04321；02813；02817；04196；04243；04258；04277；04283；04288；04312；04316；04324；04342*2；04213；04323；02814；02825；04294；00107；02819；02827；04255；04466；04272；04286；06013；04209；04285；02815；04266；06516；04462；04296；《近出》0045；《近出》0364；《近出》0486；《近出》0487；《近出》0490；《近出》0491；《近出》0605； | |
| | | 通有 | 02805；04240； | |
| | | 通祐 | 00147；00188；02790；02796；02827；04160；04182；04188；04302；09725；《近出》0106；《近出》0478； | |

| | | | | |
|---|---|---|---|---|
| 4 | 且 | 通祖 | 02796；02836*3；02837*3；04125；04692；09726；04109；04256；04274*2；04279；04293；04328；00109*2；00356；04267；04327*2；10175*6；00746；02743；04188；04287；10168； 00187*2；00188*2；00205；02758；02763*2；02768；02816；04156；04276；04448；05427；05993；09716；10169；02833*3；02838；04321*2；00141；00061；04122；04242*2；04302；09728；00181*4；02789；04197；04253；02817；02830*4；04219；04258；04288；04311；04324*2；04342*2；04468*3；09897；05410；05983；00082*2；02820；04225；04326*2；04465*2；05977；00108；02818；04167；04466；00260；02676；02767；04272；04286；04317；06013；09718；10321；04209；04153；02765；04157；06516；02742；04170*2；04168；00246*3；00247*3；00252；04331*2；《近出》0027；《近出》0032；《近出》0097；《近出》0106*2；《近出》0343；《近出》0364；《近出》0487；《近出》0490*2；《近出》0491*3；《近出》0942；《近出》0969； | |
| | | 人名通祖 | 10176*3； | |
| | | 通租 | 02818； | |
| | | 通叡 | 《近出》0031； | |
| | | 通殂 | 05384； | |
| 5 | 丕 | 助詞通不 | 02807；02836*2；02837；02839；04251；04298；04318；02841*2；04184；04256；04261*4；04268；04274；04279；02778；05416*2；10175*2；02821；04287；05423；00187*2；02804；04250；04276；10169；10170；02833*2；04302；04343；09455；09728；00181；04321；02812*2；02813；02817；04214；04277；04283；04288；04312；04316；04341；04342；04468*2；09897；02786；03827；00082；02814；02820；04294；04320*2；04465；00092；02819；02827；04246；00103；00260；04272；06011；06013*2；00238；04209；04469；10173；02810；04273；04285；04340；02815；06004；00247；04331*2；《近出》0046；《近出》0364；《近出》0485；《近出》0490；《近出》0491*2；《近出》0502； | |
| | | 人名 | 02735； | |
| 6 | 白 | | 02758；04132；05416；00048；10173；06004；《近出》0356*3； | |
| | | 人名通伯 | 02807；02712*2；02783；02678；02837*2；02839*7；04201*3；04206*2；04238*2；04298；04318；00065；00949；02719；02832*10；04109；04256；04292*2； | |

| | | | | |
|---|---|---|---|---|
| | | | 04293*4；04328*3；10174；02777；04100*2；04327*2；05416*2；05998*2；09714；10322*3；02734；03979；04188；04271；02456；02487；00205；02791*4；02804*2；03748；03920；02816；04023；04073；04091；04115；04123；04156；04160；04244；04250；04276；04300*2；04438；04446；04448；04628；05407*2；05989*2；09689；09725*4；09935；02781；02838；04122*2；04302*2；04320；04343；05419*2；09104；09455*3；03907；04253；04257*2；04321；02809*2；02813；02830*4；04196；04243；04262*4；04283；04288；04311；04312*2；04316；04324；04341*3；04342；02786*2；04134*2；04323；00082；02749；04011；0405！；04294*2；00089；00092；00107；02531*2；02819；04167*3；05424；09456*11；09694；02676；04067；04272；04286；02739；04099；04169；04209；10173*4；04153*2；04269*7；04285；02815；04107；04205*2；05425*3；06004*2；10285*2；04296*2；04331*3；《近出》0028；《近出》0347；《近出》0356；《近出》0364；《近出》0481；《近出》0483；《近出》0486*3；《近出》0489*2；《近出》0490； | |
| 7 | 申 | 地支 | 02839；04328；09901*2；02835；02768；02791；04250；09716；04112；00060；02728；04121；05431；02703；04044；04134；04203；09453；06011；10285；《近出》0352；《近出》0357；《近出》0364；《近出》0486；《近出》0943； | |
| | | 人名 | 04267*4；04188； | |
| | | 通神 | 02821；02836；04448；05427；09718； | |
| | | 通龗 | 02836；04318；02841；10175；04242；04343；04283；04312；04324；04342；04468；02820；04326；04317；04340；04296；《近出》0490；《近出》0491； | |
| | | 人名<br>通龗 | 04287； | |
| 8 | 甲 | 天干 | 02839；04206；04251；04274；04279；04293；09901*2；05416；02835；05423；04131；04112；10169；10170；04343；00133；02805；02817；04121；04277；04316；04341；05433；02786；04044；02814；02827；05424；09453；04286；06011；04215；06004；04168；10285；04331；《近出》0097；《近出》0357；《近出》0490；《近出》0491； | |
| | | 地名 | 04466； | |
| | | 人名 | 04206；10174*3；02824*2；02695； | |
| | | 通匣 | 04253； | |

| | | | | |
|---|---|---|---|---|
| 9 | 皮 | | 02831*5；04213； | |
| 10 | 左 | | 04313；04341；《近出》0489； | |
| | | 通𠂇 | 02839；04318；04274；10175；04316*2；04468；09300；10176*2；《近出》0036； | |
| | | 通佐 | 09901；10173；00247； | |
| 11 | 以 | | 04343； | |
| | | 通司 | 10321； | |
| | | 介詞<br>通㠯 | 00252；00949；02553；02671；02740；02807*2；02809*2；02818*2；02825；02827；02832；02833；02835*2；02836；02838*5；02839*10；02841*2；04047；04112；04192；04237；04238；04273；04298；04292*2；04293；04317；04328*2；04330；04341*4；04342；04435；05392；05401；05419；05425；06015；09455；09672；09901；10101；10152；10173；10176*9；10285*3；《近出》0044； | |
| 12 | 戊 | 天干 | 09723；02735；04060；04256；04328；09714；04276；06002；04208；04257；04196；04283；02756；04272；02739；04266；10166；04462；《近出》0035；《近出》0044；《近出》0943； | |
| | | 人名 | 04100；05398；09898；02789；03976；04044；09300；05985； | |
| 13 | 乎 | 召喚<br>通呼 | 00204；02720；02742；02751；02780；02804；02805；02807；02813；02814；02815；02817；02819；02821；02825；02827；02836；02839*4；04191；04192；04202；04207；04214；04244；04250；04251*2；04253；04256；04257；04268；04272；04274；04276；04277；04279；04283；04285；04286；04287；04288；04294；04296；04298；04312；04316；04318；04324；04340；04343；04462；06011；06516；09714；09723；09726*2；09728；09897；09898；10170；《近出》0044；《近出》0487；《近出》0490；《近出》0491；《近出》0506； | |
| | | 人名 | 00181*2；02825；04157*2； | |
| 14 | 母 | | 05375；04292*2；04237；04160；05427；02774*4；02824*2；04322*4；04147；02827；04273；04139；《近出》0526；《近出》0603*2； | |
| | | 通女 | 02763； | |
| | | 人名 | 02762*2；02777*2；02702； | |
| | | 通毋 | 02841*9；04216；04327；02724；05998*2；04271；05427；02838；04343*3；05428；02774；02824；00062；00063；02809；04311；02671；02825；05424*2；04269；04285；04340*2；06516；《近出》0490；《近出》0491*2；《近出》0526； | |

| 15 | 司 | | 02825；04294；04343；10175； | |
|---|---|---|---|---|
| | | 通祠 | 05997； | |
| | | 通嗣 | 00260；02841； | |
| | | 通𤔲 | 00133；00143；00181；00746；02740；02755；02781；02786；02790；02803；02805*2；02813*2；02814*2；02817*2；02821；02825；02827*2；02831；02832*5；02837*3；02838；02841*2；04059；04170；04184；04197；04199；04215；04240；04243；04244；04246；04250；04255*2；04258；04266；04267；04271；04272；04273；04274；04276*2；04277*2；04279；04283*3；04285*2；04286；04287；04288；04293*2；04294*7；04300；04311；04312*3；04316*2；04318*2；04321；04322；04324*2；04326；04327*3；04340*3；04343；04462；04468；04626*2；05418；06013*6；09453；09456*4；09694；09723；09728；09898；10169；10176*8；10322*2；《近出》0028；《近出》0045；《近出》0106；《近出》0357；《近出》0364*4；《近出》0487；《近出》0490*2；《近出》0491*2；《近出》0942；《近出》0943； | |
| 16 | 玉 | | 00754；02841*2；04326*2；02810；04269；10166； | |
| 17 | 卯 | 地支 | 00754；02720；04267；10322；02821；05405；06007；04438；04626；06008；02776；04194；04208；05415；02809；02830；09705；10176；02682*2；05992；04273；02815；05403；06516；04159；10360；《近出》0035；《近出》0356；《近出》0484； | |
| | | 人名 | 04327*4； | |
| 18 | 弘 | 通弛 | 00754； | |
| | | 通弢 | 04302；04343； | |
| 19 | 巟 | | 09713；04628；04198；《近出》0526； | |
| | | 通荒 | 05415； | |
| | | 通貺 | 04300；02671；02705；02704； | |
| | | 人名通貺 | 02785*2；06514；06002； | |
| 20 | 外 | | 02841*4；04311；04340；《近出》0028；《近出》0490； | |
| | | 人名 | 04283；04273； | |
| 21 | 必 | | 00181； | |
| | | 通秘 | 02814；02819；04216；04268；04261；04311；10170； | |
| | | 地名 | 《近出》0489*2； | |

| 22 | 玄 | | 04268；02821；02816；04250；04628；09898；10170；02781；09728；02789；04257；04321；04627；02813；02830；04243；04258；06015；02814；02825；02819；02827；04286；04340；02815；《近出》0491； | |
|---|---|---|---|---|
| | | 水名 | 04271； | |
| 23 | 㔾 | 通介 | 02796；03977；04692；04328；09713；02762；02777；10175；02821；04237；00188；00205；04115；04446；04448；05993；09725；09728；00141；02813；02830；04219；09897；05410；06511；02814；02820；02825；04124；04147；02827；00103；04317；09433；02733；04182；04198；04157；00246；《近出》0478； | |
| 24 | 妟 | 人名 | 00109*3；00110*2 | |
| 25 | 句 | 地名 | 09726；04466； | |
| 26 | 宂 | 地名 | 10174；04073； | |
| | | 人名<br>通夰 | 02838； | |
| 27 | 由 | | 02830*2； | |
| | | 人名 | 05998*2； | |
| | | 通卣 | 02838； | |
| 28 | 丙 | 天干 | 05998；02816；02674；04197；06014；02780；00948；05408；《近出》0352；《近出》0364； | |
| | | 人名 | 05431；《近出》0605； | |
| | | 族徽 | 《近出》0604； | |
| 29 | 戉 | 通越 | 10175； | |
| | | 通鉞 | 04468；10173； | |
| | | 族徽 | 05410；05983；05411； | |
| 30 | 同 | | 04343； | |
| | | 通絅 | 02783；02813；02836；04279；04296；04321；05418；06516； | |
| 31 | 北 | 方位 | 02783；02836；02839；04256；04268；04271；04287；02804；09689；09898；10170；02805；04243；04312；04316；02825；02819；04255；04272；06013；02815；《近出》0036；《近出》0038；《近出》0364；《近出》0487；《近出》0490； | |
| | | 族徽 | 《近出》0604； | |

| | | | | |
|---|---|---|---|---|
| 32 | 史 | | 02784；02836；04318；02696*2；02785；02832；02841；04256；04268；04274；02804；04131；04276；05432*4；04257；04343；10161；02789；02813；04196；04241；04243；04262；04277；04283；04312；04316；04134；02740；02814；02825；04294*2；04326；04465；10176；02818；02819*2；02827；04246；04466*2；04272；09718；04285；04340；02815*2；04266；06516；04462；00251；04296；《近出》0364*2；《近出》0487；《近出》0490；近出》0491；《近出》0943； | |
| | | 通事 | 02805； | |
| | | 通使 | 10175；03954；04300；02838*2；02809； | |
| | | 人名 | 09454；00949；02762；02777；02778*3；04229；04030；04100；04579；09714；10175；10322；03954；05384；02821；09898；04132；05418；00060；05387；04288；04213*2；《近出》0489*2； | |
| 33 | 㠯 | 介詞通以 | 00252；00949；02553；02671；02740；02807*2；02809*2；02818*2；02825；02827；02832；02833；02835*2；02836；02838*5；02839*10；02841*2；04047；04112；04192；04237；04238；04273；04298；04292*2；04293；04317；04328*2；04330；04341*4；04342；04435；05392；05401；05419；05425；06015；09455；09672；09901；10101；10152；10173；10176*9；10285*3；《近出》0044； | |
| 34 | 四 | 通三 | 02836；02831；02837*4；02839*2；04318；02832；02841*4；04279；04293；09901*2；06514；10174*2；04229；04327；10175；05423；02758；05432；09689；09898；02748；02833；02838*3；04454；04302*2；04320；04343；00133；00181；04194；04208；04322；05415；06014；04214；04243；04258；04341；04342；04468*2；05433；09897；04323；09721；04225；04326；00108；02682；0026）；04317；04464；04469；10173；02810；05408；02815；10166；02742；04462；00251；《近出》0044；《近出》0046；《近出》0097*2；《近出》0106；《近出》0485；《近出》0491； | |
| 35 | 民 | | 02836；02837*2；10175；04343；06014；04341；04342；04317； | |
| 36 | 出 | | 02836*2；04201；06001；02841*2；09893；10174；10322*2；04237；02456；02838*2；05428；02812；05410；06015；02825；02827；02733；04340；《近出》0040；《近出》0045；《近出》0097； | |
| | | 通逌 | 04159； | |

| | | | | |
|---|---|---|---|---|
| | | 通徙 | 04341*2；09454；《近出》0486； | |
| 37 | 冊 | | 09723*2；02836；04318；09454；04268；04274；04279*2；09901*2；04267；02821；04287；02758；02804；04244*2；04276；04300；05400；05407；05427；05432；05989；06002；09898*2；10170*2；04240*2；04343；10161；09728；02805*2；04253；04257；02813；02817*2；04196；04243；04258；04277*2；04283；04312；04316；04324；02756；06015；02814；02825；04294；02819；02827*2；04246；04272；04286*2；06013；04285；04340；02815；06516；04462；04296；《近出》0490；《近出》0491； | |
| | | 通典 | 04241； | |
| | | 族徽 | 02758；05403；04462；04300；05400；06002；《近出》0604； | |
| 38 | 生 | | 02783；02784；04298；00753；00754；02751；04216*2；04256；04279；04327；10175；02821；10168；02758；02791；05432；09725；02781；04108；04626；04343；06008；00060；02813；04196；04214；04324；09897；02756；04195；02749；04203；09453；04192；04286；04198；04207；05403；05425；04462；06005；09456；《近出》0035；《近出》0350；《近出》0364；《近出》0483；《近出》0487；《近出》0506；《近出》0943； | |
| | | 通眚 | 04276；02838；04294； | |
| | | 人名 | 06001*2；04292*2；04293；04100；04262；04459*2；06511；00082；04326*2；09705；02827；04045；09896；《近出》0027；《近出》0032；《近出》0364*3； | |
| | | 通姓 | 02820；04137；04229；04320；09454；10174； | |
| 39 | 矢 | | 00107；02780；02784；02810；02816*2；02838；02839*2；04099；04276；04320*2；04322；04328；05398；10173；《近出》0046；《近出》0352；《近出》0526； | |
| | | 通彘 | 09456； | |
| | | 人名<br>通夫 | 02792*2； | |
| 40 | 正 | | 02831；02796；02837*3；04251；02832；02841；04292；09893；04267；04287；10168；00187；02791；04178；05432；10169；10170；04302；09728；04627；02830*2；04121；04214；04262；04288；04311；04044；09897；02825；04225；10176*2；00089；00107；04045；04246；04255；05409；05424；09453；02767；10321；04464；04469*2；10173；02702；04157；04159；05425；04215； | |

| | | | | |
|---|---|---|---|---|
| | | | 04168；04296；《近出》0035；《近出》0503；《近出》0971； | |
| | | 長官 | 02775；02837*2；02832；02841*2； | |
| | | 通足 | 02838； | |
| | | 通征 | 02695；04020；04313；《近出》0481； | |
| 41 | 旦 | | 02783；02836；04251；02821；04287；09898；10170；04321；02817；04196；04277；04312；04294；02819；02827；04272；04285；04340；《近出》0044；《近出》0045*2；《近出》0490； | |
| 42 | 布 | | 05407；05989；10168； | |
| 43 | 弗 | | 02678；04298；00754；02724；02841*4；04292；04328；00109；10175；05384；02833*3；02838*2；04343；02809；02812；02830；04313*2；04341；04342；09300；04326；02818*2；04167；06011；04340；02765；04170；00247；10360；04331*2；《近出》0029；《近出》0343；《近出》0485；《近出》0491； | |
| 44 | 未 | 地支 | 00107；02778；02835；04131；04320；04331；09725；09901；10168； | |
| 45 | 功 | | 05995； | |
| | | 通工 | 02832；04029；04313；04328；04330 04341；10173； | |
| 46 | 冬 | 通終 | 02796；04328；09713；00109；02762；02821；04156；04219；04241；06015*2；02825；04203；02790；02827；09433；04153；04198；00247；00254； | |
| 47 | 矛 | | 04322； | |
| 48 | 未 | 通妹 | 05428； | |
| 49 | 立 | | 02783；02836；02839；04251；04318；04256；04268；04274；04279；04327；02821；04287；02804；09898；10170；04343；02817；04243；04258；04262；04277；04283；04288；04312；04316；04342；02814；02825；02819；02827；04246；04255；04272；06013；04285；04340；02815；04296；《近出》0037；《近出》0044；《近出》0487；《近出》0490； | |
| | | 通涖 | 02778；04320； | |
| | | 通位 | 09723；02836；02839*2；04251；04318；02841*2；04256；04274；04279；04267；02821；04287；04091；04244；10170；04343；02805；04253；04257；02817；；04196；04243；04277*2；04283；04324；04341；0429404326；02819；02827；04272；04286；04317*2；04209；04285；04340；02815；04266；04462；《近 | |

| | | | | |
|---|---|---|---|---|
| | | | 出》0044；《近出》0487；《近出》0490；《近出》0491； | |
| 50 | 冊 | | 04320；04323*2； | |
| 51 | 石 | | 03977； | |
| 52 | 付 | | 02831；02832；10322；02838*2；04323；10176*2；02818；02765；《近出》0364；《近出》0491； | |
| 53 | 帀 | 通席 | 02831； | |
| 54 | 令 | | 02831；02775；02807；02837*3；02839*5；04140*2；04201；04206*3；04298*2；04318*2；09454*2；06001；00949*3；02696；02751*2；02785；02832；04184；04216；04274；04292*3；04293*2；04328；09901*11；09893；10174；02778；04229；02803*4；04100；04327*2；09714；10175*3；02821；04237*3；05405；02755；00188；00204；04330；05407；05989；06002；10169；10170；04029；04047；02838*2；04240；04626；04320；04343*3；05418；05419；09104；10161；09728；04199*2；04208；04321；05415；06014；00060；02695；02809；02817；04241；04277；04288；04311；04312*2；04316*4；04324；04341*6；04468；02671；02703；04059；04323；00048；00082；02740；02825；04046；04326；04465；02531；02790；02818；02827；04255；05409；04466；05424；09456；02731；04192；04317；06013*2；04209；04273；04340*2；02765；05403；04205；00252；06005；《近出》0942； | |
| | | 通命 | 02796*2；02836*6；02837*4；04238；04318*2；04692；02785；04328；10174；02762；02777；04229；04267*3；04327；02821；04271；00205*2；02816；04276；04330*2；04448；09716；09898；10169；04240*2；04242；04302；04343*2；09728*2；02805；02824；04321*2；06014；00141；02817；04219；04241*2；04283*4；04312；04313；04316；04324*4；04341；04342*4；04468*4；02786；06015*3；02814；02820*3；02825*3；04225；04294；04326；04465；00108；02790；02819*2；02827*4；02767；04272；04286*3；04317；04182；04153；04198；04340*5；02815；04157；00246*2；00247；00254；《近出》0036；《近出》0040；《近出》0106*2；《近出》0352；《近出》0357*2；《近出》0486；《近出》0487*2； | |
| | | 人名 | 04300*5； | |

| | | | | |
|---|---|---|---|---|
| | | 通黺 | 02830； | |
| 55 | 召 | | 02556；02807*2；04298；09726*2；00204；04628*2；00061；06011；02742；《近出》0044；《近出》0483；《近出》0506；《近出》0526； | |
| | | 通盄 | 04342；《近出》0029； | |
| | | 人名<br>通盄 | 10360*2； | |
| | | 人名<br>通盄 | 04292*2；04293*2；04100；02749； | |
| | | 人名<br>通盄 | 05416*3；06004*3； | |
| | | 通詔 | 04251； | |
| 56 | 田 | | 02836*7；02839；02832*13；04292；04328*2；04327*4；10322*3；02835；05405；02755；02838*6；04262*2；04323*3；04294；04465；10176*8；02818*2；04255；04466*5；05424；09456*5；02704；《近出》0503； | |
| | | 人名 | 04206*3； | |
| | | 地名 | 02803*2；04466； | |
| | | 通甸 | 02837；09901； | |
| 57 | 古 | | 00251；00948；02809；04030；05411；05419；06008；10175； | |
| | | 地名<br>通姑 | 02739； | |
| | | 副詞<br>通故 | 02837*2；04342； | |
| 58 | 疋 | | 00247；02817；02820*2；04240；04244；04267；04274；04318；04340；10169； | |
| 59 | 它 | | 04331；04160*2； | |
| | | 人名 | 04330*3；09897； | |
| 60 | 弍 | | 02838； | |
| 61 | 禾 | | 02838*3； | |
| 62 | 世 | | 04271；10168；02791；09898；04199；02817；04214；04341；09897；04021；06011； | |
| | | 通𡙡 | 06516； | |
| | | 通枻 | 04205； | |
| | | 地名 | 02835； | |

| | | | | |
|---|---|---|---|---|
| 63 | 分 | 通遂 | 10175；02812； | |
| 64 | 央 | | 10173； | |
| 65 | 仡 | 族名 | 04262； | |
| 66 | 朮 | | 04627； | |
| 67 | ⿴囗卜 | 通稽 | 04029； | |
| 68 | 幼 | | 02833*2； | |
| 69 | 乍 | 通作 | 02532；02712；02783；02784；02831；09723；00147；02556；02581；02678；02775；02792；02796；02807；02836；02837*2；02839；03977；04125；04165；04201；04206；04238；04251；04298；04318；04692；05352；05375；09454；06001；06512；09726； 00065；00753；00754*2；00949；02719；02720；02735；02785*2；02832；02841*3；04020；04060；04109；04184；04216；04256；04261*2；04268；04274；04279*2；04293；04328；09901*2；06514；09713；09893；10174；00109；00356；02762；02778；04229；04100；04267；04327；04579；05416；05998；09714；10175；10322；00746；02595；02655；02734；02743；03747；03954；03979；05333；05384；05398；10101； 02821；02835；04188；04237；04271；04287；05405；05423；06007；09672；10168； 02456；02487；02660；02754；02755；00187；00205；02758*2；02763*2；02768；02791；02804；03748；03920；02816；04023；04073；04091；04115；04123；04131；04156；04160；04178；04244*2；04250；04276；04300*2；04330*2；04438；04448；04446；04628；05400*2；05407*2；05427*3；05432*2； | |
| | | 通信 | 05989*2；05993；06002*2；09689；09716；09725；09935；09898*2；10169；10170*2；02612；02674；02748；02781；02833；03942；04029；02838；04071；04089；04108；04112；04122；04132；04137；04162；04240*2；04242；04454；04580；04626*2；04302；04320；04343*4；05399*2；05418*2；05419；05426；05968；09104；06008；09455；09827；10161*2；09728*2；00133；00181*2；02628；02774；02776；02789；02805*2；02824；03907；04042；04136；04194；04197*2；04199；04202；04208；04253；04257；04321；04322；04627；05401；05415；06014； 00141；02695；02728；02730；02780；02812；02813；02817*2；02830*2；04121；04196；04214；04219；04241；04243；04258；04277*2；04283；05387；05995；04288；04311； | |

| | | | | |
|---|---|---|---|---|
| | | | 04312*2；04313；04316；04324；05431；04341*2；04342*3；04468*2；05433；09897；02457；02671；02703；02706；02718；02756*2；02786；03827；09451；09721；03950；03976；04044；04059；04134；04195；04213；04323；04459；05410；05983；05997；06511；09300；10164；00935；06015*2；00948；02740；02749；04011；04041；02814；02820；02825*2；04046；04051；04124；04203；04225；05391；05411；04294*2；04326；04465；05977；06515*2；00089；00092；00108；02531；02553；02682；02790；02818；02819；02827；04045、04167；04246；00103；00260；02615；02676；02731；02767；04021；04067*2；04192；04272；04286*2；04317*2；04436；05392；05979；05992；06011；06013；09433；09718；09896；10321；00238；02661；02721；02733；02739；04104；04169；04182；04209；04435；04464；04469*2；10173；04255*2；05409；04466；05427；09453；09456；09694；02702；02810；03732；04153；04191；04198；04207；04273；04285；04340*2；05408；05974；00143；02614；02765；02815；04266*2；05430；10166；02725；04107；04139*3；04157；05403；05985；06516；05986；02729；04159；04205；05425；02742；04170；04462；04215；06004；04168；00247；00252；10285；10360；06005；04296*2；04331；《近出》0030；《近出》0046；《近出》0086*2；《近出》0097；《近出》0106；《近出》0343；《近出》00346；《近出》0350；《近出》0352；《近出》0356；《近出》0357；《近出》0364；《近出》0478；《近出》0481；《近出》0483；《近出》0485；《近出》0486；《近出》0487；《近出》0489；《近出》0490；《近出》0491；《近出》0502；《近出》0503；《近出》0506；《近出》0526；《近出》0604；《近出》0605；《近出》0942；《近出》0943；《近出》0969；《近出》0971；《近出》1003； | |
| | | 地名 | 04327； | |
| 70 | 宎 | 通安 | 04262； | |
| 71 | 可 | | 04324；10285*2； | |
| 72 | 示 | | 09721； | |
| 73 | 仩 | 人名 | 02767*3； | |
| 74 | 氐 | | 《近出》0943； | |
| 75 | 冉 | 人名 | 04313； | |

| 筆劃：六劃 | | | | |
|---|---|---|---|---|
| 序號 | 字例 | 通用釋例 | 使用器號 | 備註 |
| 1 | 年 | | 02532；02783；02784；02831*2；09723*2；04201；04206；04251*2；04298；04318*2；09454；06001；09726*2；02696；02751；02832；04109；04184；04216；04256；04268；04274*2；04279*2；04292；04293*2；09713；10174*2；00109；02762；02777*2；04229*2；04267；04327；05416；10175*2；10322*2；00746；02655；02734；02743；03979；02821*2；04188；04271；04287*2；06007；02660；00188；00204；00205；02768；02791；02804；02816；04073；04091；04115；04156；04160；04244*2；04250；04276；04438；04446；04448；05400；05407；05432；05993；09725；10170*2；02748；02781；02833；04047；02838*2；04108；04137；04240；04242；04454；04580；04626；04302；04343*2；05418；05426；06008；10161；09728；00133；00181；02776；02805；02824；04136；04197；04199；04202；04208；04253；04257；04321；04322；00141；00060；02728；02730；02780；02812；02813；02817*2；02830；04196；04219；04243；04262；04277*3；04283；04288*2；04311*2；04312*2；04313；04316；04324*2；05431；04341；04342*2；04468；05433；02786；04323；04459；06511；09721；09897；10164；06015；02749；02814；02820；02825；04051；04124；04203；04225*2；04294；04465*2；06515；09705；02790*2；02818*2；02819*2；02827*2；04045；；04246；04466；09456*2；00103；00260；02767；04067；04192；04272*2；04286；04317；06011*2；06013；09433；09718；09896*2；00238；04169；04182；04209；04464*2；04469；10173*2；02810；04153；04198；04269；04273；04285*2；04340*2；02815*2；04266；05430；04107；04157；04159；02742*2；04170；04462*2；06004；04168*2；00246；00247；00255；06005；04296*2；04331*2；《近出》0033；《近出》0035；《近出》0049；《近出》0097；《近出》0106；《近出》0350；《近出》0364；《近出》0478；《近出》0483；《近出》0485；《近出》0487；《近出》0490*2；《近出》0491*2；《近出》0502；《近出》0503；《近出》0506；《近出》0971； | |
| | | 人名 | 04272；04462； | |

| 2 | 休 | | 02783；02784；09723；02556；02581；02678；02775；02792；02796；02807；02836*2；02837；04140；04165；04201；04206；04251；04298；04318；06001；09726；00753；00754*2；00949；02719；02720；02735；02785；02841；04060；04184*2；04216；04256；04261；04268；04274；04279；04293；04328*2；06514；10174；02778；04229；02803；04267；04327；09714；10175；10322；05384；05398；02821；02835*2；04271；04287；05405；05423*2；06007*3；02754；02755；00187；00205；02791*2；02804；02816；04178；04244；04250；04276；04330*2；05400；05407；05432；06002；09898；10169；10170；02748；02781；02833；02838；04122；04132；04162；04240；04626；04302*2；04320；04343；05399；05418；05419；05426；06008；09455；10161；09728；00133；00181；02776；02789；02805；02824；04042*2；04136*2；04194；04197；04199；04208；04253；04321；04322；02695；02812*2；02813；02817；02830*2；04121*2；04196；04214；04219；04243；04258；04277*2；04283；04288；04311；04312；04313；04324；05431；04342；04468；05433*3；02718；02756；02786；04134；04195；04323；09721；09897；06015*2；02749；02814；02820；02825；04046；04225；05411；04294；04326；04465；00092；00108；02790；02819；02827；04167*3；04246；04255；05409；05424；09453；04192；04272；05992；06011；06013；09896；00238*2；02721；04099；04169；04209；04464；04469；02704；02810*3；04191；04207；04269*3；04273；04285；04340；05408；05974；00143；02765；02815；04266；05430；10166；02725；06516；02729；04159；04205*3；05425；04462；04215；10360*2；06005*2；04296；04331*2；《近出》0027；《近出》0046；《近出》0097；《近出》0106*2；《近出》0352*2；《近出》0356；《近出》0357；《近出》0364*2；《近出》0481；《近出》0483；《近出》0485；《近出》0487；《近出》0489；《近出》0490；《近出》0491；《近出》0506；《近出》0604；《近出》0605*2；《近出》0943； | |
| | | 通友 | 09725； | |
| | | 人名 | 04269；10170*4； | |
| 3 | 𠂤 | 通師 | 02796；02837；04238*3；06512；00949；00204；04123；10169；04047；5419；06008；09728；02805；04341*2；00948；06013*3；05425；《近出》0036；《近出》0043；《近出》0347； | |

| | | | | |
|---|---|---|---|---|
| | | 人名通師 | 09672*2；04195；04273； | |
| | | 地名通師 | 04238；05416；04131；02789；04322；02728；05411；04191；04266；06004；《近出》0357； | |
| 4 | 亥 | 地支 | 02897；04298；04318；04020；04261；09901；09893；04030；04327；02734；04287；02763；02804；04178；05432；09898；02612；02838；04089；04454；05418；09455；09728；04136；04311；04312；04324；05997；02820；05391；00089；04045；04246；04192；09896；04099；04209；10173；02702；04340；05430；02725；04296；《近出》0027；《近出》0045；《近出》0086；《近出》0483；《近出》0485；《近出》0605； | |
| 5 | 汝 | 通女 | 02836*12；02837*6；04318*3；00949*3；02785；02832*2；02841*9；04184；04216*2；04268；04274；04279；04292*2；04328*10；09901；02803；04267；04327*4；02821；02835*6；04271；04287；02804；02816；04244；04250；04276；10169*2；02838*5；04240*2；04302*2；04343*5；05419；05428*4；09728；02805；04199*2；04253；04257；04321*2；00061；02830*2；04258；04283*3；04288；04311*3；04312*2；04313；04316*2；04324*2；04342*5；04468*3；02786；02814；02820*3；02825*2；04294；02818；02827*2；04255*2；04272；04286*2；10321；04469*2；04269；04285*4；04340*4；04266*2；04215*2；10285*13；04296*2；04331；《近出》0357*2；《近出》0487；《近出》0490*2；《近出》0491*3；《近出》0604； | |
| 6 | 在 | 介詞 | 02837*2；00949*2；02751；05432；05431；05983；《近出》0043； | |
| | | 介詞通鼒 | 04208； | |
| | | 介詞通才 | 02783；02784；02831；09723；00147；02775；02792*4；02796；02807；02836；02837；02839；04165；04201*2；04238；04251；04298；04318；09454；06001；06512；09726*2；02720；02735；02785；02841*2；04060；04256；04261；04274；04279；04293；09901；09893；00109；04229；04267；05416；09714；10175；02595；02821；02835；04271；04287；05423；06007；10168；02754；00188；00204；02791；02816；04023；04091；04131；04178；04244；04250；04276；04300；04438；05407；05432；05989；06002；09898；10170；02674；04029；02838*4；04112；04240；04242；02776*2； | |

| | | | | |
|---|---|---|---|---|
| | | | 02789；02805；04202；04253；04321；04322；05415；06014*2；00060；02728*2；02780*2；02809；02817；02830；04214；04243；04258；04262；04277*2；04283；04288；04312*2；04316；04324*2；02756；02786；03950；04323；05997；05431*2；09897；06015*2；00948；02749；02820*2；02825；04046；04294；04326；04465；02790；02818；02819；02827；04466；05424；09453；09456*2；00260；02615；04272；04286；04317*3；05992；06011；10321；00238*2；02661；04435；02702；02810；04207；04269；04273；04285；04340；05408；05974；00143；02815；10166；02725*2；05403；05985；06516；02729；04205；05425；02742；04462；04215；06004；00246；10285；04296；《近出》0047*2；《近出》0106；《近出》0357*3；《近出》0364；《近出》0481；《近出》0483；《近出》0484*2；《近出》0485；《近出》0486*2；《近出》0487；《近出》0490；《近出》0506；《近出》0605*2； | |
| 7 | 夙 | 通殂 | 02836；02837；02841*2；04279；10175；00187；02791；03920；02816；04023；04131；04160；05993；04137；04343；05968；02789；02824；04199；04322；05401；00063；02830；04219；04313；04316；04324；04468；05433；05410；09451；04326；02553；04469；04340；02614；04157；04170；00246；00247；00252；06005；04331；《近出》0036；《近出》0106；《近出》0485；《近出》0491； | |
| | | 通婴 | 02812；04288；04311；04331； | |
| | | 人名通殂 | 02832； | |
| 8 | 百 | 數詞 | 02837*2；02839*5；09454；00753；04184；09901；10174；02777；04229；02835*4；04287；10168；02768；02791*2；04300；09716；02833*2；03942；02838；04137；04320*5；04343；10161；04322*3；05401；02779；02809；04121；04311；04342；04213；04323*3；04459*2；09897；06015；04041；02820；04147；00107；00260；04021；09718；02739；04104；10173；02702；04340；10285*2；04331；《近出》0037；《近出》0039；《近出》0043*2；《近出》0046；《近出》0097；《近出》0489； | |
| | | 人名 | 03920； | |

| | | | | |
|---|---|---|---|---|
| 9 | 夷 | 族名通尸 | 02734；02837*2；04238*2；10174*2；10175；04330；02833*2；05419；04321*7；02728；04288*5；04313*2；04323；04459；02740；04225；00260*2；02739；04435；04464；05425；《近出》0481；《近出》0484；《近出》0489*3； | |
| | | 通尸 | 04258；04342；02731；04464；04191；04273；04215；《近出》0036；《近出》0040； | |
| | | 地名 | 02805； | |
| | | 地名通徲 | 02818；02821；《近出》0364； | |
| | | 人名通尸 | 《近出》0481； | |
| 10 | 兹 | 通茲 | 04140；02785；02841*2；04184；00356；04160*2；04330；02838*4；04162；04302；05428*2；00181；02824；06014*2；02779；06515；09718*2；04435；10285；《近出》0028；《近出》0050；《近出》0491； | |
| | | 通絲 | 05997； | |
| 11 | 朱 | | 04318；02841*3；04256；04268；02821；04250；09898；10170；04302；04343；00133；02789；04202；02830；04258；04277；04288；04312；04468*2；02825；04326*3；02819；02827；04286；04469；02815；《近出》0487； | |
| | | 通叔 | 02836；04324*2； | |
| | | 通󠄁朱 | 04302； | |
| 12 | 仲 | 人名通中 | 02581*2；04165；00065；00753；04184；04268；04274；02762；02777；02803；10322；00746；02734；02743；03747；03954；10101*2；04188；04271；09672*2；02755*2；09725；10169*2；04137；04162；06008；00133*2；00181*2；04202；04208；04627*3；02813；04311；06511；09721；02814；04124*2；04147；04203；10176；04246；06011；02733；04182；04435；04464；02729；04331；《近出》0343；《近出》0357；《近出》0483；《近出》0490*2； | |
| 13 | 西 | 方位 | 02581；02832；02839；04328；02835；04115；04311；10176*3；《近出》0038；《近出》0364；《近出》0481； | |
| | | 人名 | 10176*3； | |
| | | 族名 | 04321；04288； | |
| | | 地名 | 04328；02833*2；05431；09721； | |

| 14 | 吉 | | 09723；02792；04165；04318；02719；02832；02841；04060；04268；04274；04328；09901；00109；02777；04229；04267；10322；00746；02734；04271；05405；05423；06007；00204；02768；04156；04178；04250；04628；09716；09898；10169；04112；05418；09455；10161；09728；00133；02805；04194；04202；04253；04257；04322；02780；02813；02817；04258；04262；04277；04283；04311；04313；04324；04341；05433；02786；03827；04044；09721；02820；02825；04046；04203；04225；04465；09705；00089；00107；02818；04045；04246；02767；04272；06013；09896；10321；04099；04104；04209；10173；02704；04273*2；04285；05408；00143*2；02765；05430；06516；02729；04159；04168；10360；04296；《近出》0030；《近出》0044；《近出》0086；《近出》0352；《近出》0357；《近出》0481；《近出》0485；《近出》0490；《近出》0491；《近出》0503；《近出》0969；《近出》0971； | |
|---|---|---|---|---|
| | | 人名 | 10174； | |
| 15 | 成 | | 02831；09723；02678；02775；02796；02839；04206；09454；06512；04293；09901；10174；02778；04229*2；10175；02835；02758；04330*2；04438；05400；09898；02833；04454；05419；09104；09728*2；06014；02730；04262*2；04341；03950；04323*2；00935；00107；02827；00260；02661；04435；00143；05403；05425；04215；10285*2；《近出》0035；《近出》0043；《近出》0357*2； | |
| | | 人名 | 04320；04466； | |
| | | 族名 | 04321； | |
| | | 通盛 | 04628；04627； | |
| 16 | 至 | | 00204；00260；00949*2；02721；02775；02803*2；02833*2；02835*2；02837；04169；04191；04271*2；04323；04331*2；04464*2；05410；09901；10174；10176*4；《近出》0028；《近出》0036；《近出》0037*2；《近出》0039；《近出》0357； | |
| | | 通致 | 04292； | |
| 17 | 次 | | 《近出》0347； | |
| | | 人名 | 05405*2； | |
| | | 通諫 | 00949；10174； | |
| | | 通師 | 02785； | |

| 18 | 戍 | | 00949；02832；04300*2；05419；06008；00948；02820；05411 ；05425 ； | |
|---|---|---|---|---|
| | | 人名 | 《近出》0487； | |
| | | 族名 | 04321； | |
| 19 | 巩 | 通鞏 | 02841*2； | |
| 20 | 妄 | 通荒 | 02841； | |
| 21 | 仰 | 通印 | 02841； | |
| 22 | 印 | 通仰 | 02841； | |
| 23 | 扞 | 通干 | 02841； | |
| 24 | 圭 | | 09897； | |
| | | 通珪 | 02841；04292；02835；04342；04323； | |
| 25 | 关 | | 04237； | |
| | | 通朕 | 02841； | |
| 26 | 戌 | 地支 | 04060；04256；02754；10170；04253；06014；02817；04196；04277；04316；04341；02786；02814；02825；02827；04272；04157；04462；《近出》0364；《近出》0490；《近出》0491； | |
| 27 | 完 | 人名 | 04268；04294；04285；04340； | |
| 28 | 合 | | 04292； | |
| 29 | 老 | | 09713*2；《近出》0971； | |
| | | 通考 | 04292；05428； | |
| 30 | 名 | | 04293；05427；00181； | |
| 31 | 旨 | | 09713；04627；06011； | |
| | | 人名 | 02628*2； | |
| 32 | 刑 | 人名 | 10176； | |
| | | 通井 | 10174*2；02779； | |
| | | 通荊 | 10175； | |
| 33 | 釆 | 人名 | 00356； | |
| 34 | 匡 | | 04579；02833*2； | |
| | | 人名 | 05423*2；02838*6； | |
| 35 | 伊 | 人名 | 09714；04287*5； | |
| | | 地名 | 04323； | |
| 36 | 后 | | 10321； | |
| 37 | 死 | | 02831；10174；09714；02754；04300；04438；05427；04134；06015；00948；02827；04469；04340；04157；00252；10285；《近出》0036*2；《近出》0106； | |
| | | 通尸 | 02786；02837；02841；04219；04272；04311；04327*3； | |

| | | | | |
|---|---|---|---|---|
| 38 | 多 | | 00147；02836；02839*2；04692；00949；04292；04328*3；00109；02762；05416；10175；02655；02768；04330*3；04446；04628；05427；05432；09716；04112；04242；04343*2；09728；02812；04219；04341；02671；02706；06015；04465；06515*2；00103；00260；02767；04021；04317*2；09896；00238*2；02733；04464；04198；00143；04170；06004；04168；00246；00247；00253；《近出》0048；《近出》0097；《近出》0106*2；《近出》0486；《近出》0502； | |
| | | 人名 | 04109；02835*9；02660*2； | |
| 39 | 舟 | | 06015*2；04246；《近出》0356*3； | |
| | | 族名 | 《近出》0489； | |
| | | 族徽 | 05400； | |
| 40 | 各 | 通格 | 00107；00188；00246；00247；00260；00754；02730；02783；02813；02814；02815；02817；02819；02820*2；02821；02825；02827；02831；02836；02839*3；04021；04121；04196；04197；04240；04266；04272；04277；04283；04288；04244；04246；04250；04251；04253；04255；04256；04257；04267；04268；04271；04274；04276；04279；04285；04286；04287；04294；04296；04312；04317；04318；04321；04323；04324；04340*2；04342；04343；04462；05409；05418；05425；06007；06013；06516；09723；09728；09898；10170；10173；10174；10321；《近出》0035；《近出》0044；《近出》0045；《近出》0046；《近出》0106；《近出》0356；《近出》0483；《近出》0487；《近出》0490；《近出》0491； | |
| 41 | 臣 | | 02831*2；02556；02581；02678；02775*2；02836*2；02837；04201；04206*2；04238；05352；09454；06512；02785*3；02841；04328；02803；02821；04287；06007；00187；00188；02768；04300；04446；06002；03942；02838*3；04162；04042*2；04136；00062；02817；02830*4；04121；04219；04241*2；04277；04288；04311；04313*2；05431；04468*2；06015；02814；04465；02827；04167；04466；04273；02765；04205；04215；《近出》0041；《近出》0043；《近出》0106；《近出》0486*2；《近出》0490；《近出》0491； | |
| | | 人名 | 04184*3；04268*4；02595；10101；04237*3；02824；04321； | |

| | | | | |
|---|---|---|---|---|
| 42 | 有 | | 00251；00746；02671；02740；02803；02831；02832*2；02833；02835*2；02837*4；02839；02841*3；04241；04293*2；04322；04343；04468；05427；06013；09453；09456；10175；10176*7； | |
| | | 通友 | 04435；《近出》0343； | |
| | | 助詞 | 04311；04317；06014*2； | |
| | | 地名<br>通㞢 | 02531； | |
| | | 通右 | 02805；04240；04342； | |
| | | 通又 | 00062；00260；02628；02702；02724；02730；02809；02835；02837；02841*2；03976；04029；04041；04123；04131；04188；04229；04261*2；04271；04285；04292；04293；04302； 04313；04327；04330；04331；04340*5；04342；04468；04469*3；05424；05426；10173；《近出》0033；《近出》0352；《近出》0486；《近出》0526；《近出》0942； | |
| 43 | 自 | 介詞 | 00107；00949；02595；02661；02682；02774*2；02803；02810；02830；02837*2；02841；04044；04051；04071；04122；04156；04162；04191；04192；04203；04238*2；04244；04269；04271；04302；04330；04331；06014*2；06514；09901；10164；10176*2；10285；10360；《近出》0035；《近出》0037；《近出》0038；《近出》0097；《近出》0484； | |
| 44 | 艿 | 通敬 | 02837*2；04140； | |
| 45 | 钔 | 通御 | 02837； | |
| 46 | 伐 | | 02839；04140；04238；02751；04328*2；10174*2；10175；02734；02835*2；02833*5；04300；04029；04320；05419；03907；04322；02728；05387；04341；03976；04059；04323；04459*2；02740*2；04041；00260*2；02739；04169*2；04435；10173；02810；03732；《近出》00336；《近出》0037；《近出》0045；《近出》0484；《近出》0489*3； | |
| 47 | 聿 | | 05391； | |
| 48 | 共 | 人名 | 02817；04277；04285；04462； | |
| | | 通恭 | 04115；04242；02820； | |
| 49 | 好 | | 00089；00143；04448； | |
| | | 通孝 | 04331*2； | |
| 50 | 厈 | 地名 | 05407；05989；06002；05992； | |
| 51 | 劦 | 人名 | 02838； | |

| | | | | |
|---|---|---|---|---|
| 52 | 羊 | | 02839；03942；02838；02779；04313；00255； | |
| | | 族徽 | 06002；05399；05403；04462； | |
| 53 | 先 | | 02775；02837*2；00754；00949；02751；02841*9；06514；02803；04327*3；00187；04330*2；05427；02833；04242；04343*3；00181；04321；02812；02830*3；04283*2；05387；04312；04316*2；04324；04342*2；04468*3；00082；02820*2；00260*2；04317*2；06013；09718；10173；04285；04340*2；04170；00247；10285；04296；04331；《近出》0038；《近出》0097；《近出》0106*3；《近出》0490；《近出》0491*2； | |
| | | 人名 | 02655； | |
| 54 | 因 | | 02765； | |
| 55 | 安 | | 02719；05407；05989；02824*2；02830； | |
| | | 通攵 | 04262； | |
| 56 | 亦 | 副詞通也 | 02830*2；02833*3；02676；02724*2；02841；04293；04327；04331；04342；04343；04628*2；10174；10285*4； | |
| | | 通奕 | 05433； | |
| 57 | 功 | 通工 | 02832；10173； | |
| 58 | 寺 | 人名 | 02832；《近出》0364*2； | |
| 59 | 池 | | 00753；02720；04207；04273；《近出》0356； | |
| 60 | 氒 | 連詞通厥 | 00109；00187；00238；00247*2；00252；00260；00273；00949*5；02457；02532；02655；02660*2；02674；02705*2；02712；02729；02730；02765*3；02774；02789；02791；02807*2；02809*5；02812*2；02824*3；02830；02831*2；02832*5；02833；02836*6；02837*3；02838*5；02839；02841*3；03747；03827；03954；03979*2；04020；04023；04042；04059；04073*2；04100*2；04108；04121；04136；04140；04162*2；04167；04192*2；04194*3；04198；04205；04219；04238；04241；04244；04257；04262*2；04271*2；04293；04313*4；04320*5；04322*4；04323；04326*2；04340*2；04341*3；04342*2；04343*2；04464*4；04466*3；04469*3；05405；05424*3；05426；05427*3；05431；05433；05993*2；05995*2；05998；06005；06011；06516；09451；09456；09689；09705；09827；09893；10174；10175*2；10176*2；10322*7；《近出》0027；《近出》0030*2；《近出》0038；《近出》0097*3；《近出》0106*4；《近出》0343；《近出》0364*5；《近出》0484；《近出》0491*3；《近出》0502； | |

<table>
<tr><td rowspan="5">61</td><td rowspan="5">考</td><td></td><td>00061；00065；00082*2；00092；00109*2；00141；00143；00147*3；00187*2；00188*2；00205；00238*4；00246*2；00247*2；00260；02532；02655；02676*2；02696；02705；02724*2；02730；02733；02742；02743；02755；02762；02767；02768；02777；02780；02786；02790*2；02792*2；02804；02805；02807；02812*3；02813；02814；02815；02816*2；02818；02819；02821；02824*2；02825；02827；02830*3；02831；02832；02833*2；02838；03979；04021；04023；04059；04073；04089；04091；04100；04109；04124；04125；04136；04147；04153；04156；04157；04162*3；04165*2；04167；04168；04169；04170*2；04182；04188；04194；04197；04198；04199；04205；04206*2；04207；04209；04214；04219；04237；04242；04250；04255；04256；04258*2；04261；04267*2；04268；04271；04276*2；04283；04285；04286；04287；04288；04292*2；04293；04294；04296；04298；04302*2；04311*2；04312；04316*3；04317；04318；04324*2；04326*2；04327；04330*4；04331；04341；04342；04343*2；04448；04462；04465*2；04466；04468*3；04628；04692；05401；05407；05411；05419；05423；05430；05968；05989；05993；05995；06007；06011；06014；06516；09456；09716；09721；09725；09726；09728*2；09896*2；09936；10169；10170；10175*2；10322；《近出》0028；《近出》0032；《近出》0086；《近出》0097；《近出》0106*3；《近出》0364；《近出》0478；《近出》0485；《近出》0487；《近出》0489；《近出》0490；《近出》0491*4；《近出》0502；《近出》0969；</td><td rowspan="5"></td></tr>
<tr><td>通姥</td><td>04194；</td></tr>
<tr><td>通老</td><td>04292；05428</td></tr>
<tr><td>通孝</td><td>02614；02743；02768；02777；02838；04067；04071；04241；06015；《近出》0971；</td></tr>
<tr><td>通丂</td><td>00746；04270；</td></tr>
<tr><td rowspan="3">62</td><td rowspan="3">戎</td><td></td><td>02833；04459；10173；</td><td rowspan="3"></td></tr>
<tr><td>人名</td><td>10176；《近出》0027：《近出》0032；</td></tr>
<tr><td>族名</td><td>02837；04328*3；02835*2；04237*2；02824；04322*5；02779*2；04341；04213；《近出》0028；</td></tr>
</table>

| | | | | |
|---|---|---|---|---|
| 63 | 衣 | | 02837；04268；02821；02835*3；02816；04250；04276；09898；10170；02781；04626；09728；02789；04197；04257；04321；02813；04243；04258；04323；06015；02814；02825；02819；02827；04255；04286；04340；02815；06516；《近出》0491；《近出》0605； | |
| | | 地名 | 02776； | |
| | | 通卒 | 02748；04322；05430； | |
| | | 通殷 | 04261*2；04330； | |
| 64 | 光 | | 02841；05416；09901；10175；10168；00188；02833；09451；02749；00103；10173；04205；06004；00246*2；00255；《近出》0029； | |
| | | 族徽 | 05401； | |
| | | 人名 | 09893； | |
| 65 | 行 | | 04579；10175；04580；04322；06013；04469；10173；《近出》0036； | |
| | | 人名 | 09689； | |
| | | 地名 | 00949；02751； | |
| 66 | 此 | | 06515； | |
| | | 人名 | 02821*4； | |
| 67 | 向 | 人名 | 02835；04242； | |
| 68 | 妀 | 人名 | 04137；04147； | |
| 69 | 汓 | 人名 | 04343； | |
| 70 | 甶 | 人名 | 09455*2； | |
| 71 | 旼 | 人名 | 04208； | |
| 72 | 同 | | 04328；09901；04342； | |
| | | 地名 | 10176； | |
| | | 人名 | 04201；04274；05398*2；10322；04271*2；04330；04321；02779；09721； | |
| 73 | 宅 | | 04320；06014*2； | |
| | | 人名 | 04201*2； | |
| 74 | 𢦏 | | 02739； | |
| | | 地名 | 04466； | |
| | | 助詞通𢦏 | 00251；10175； | |
| | | 助詞通哉 | 02833；054237； | |

| | | | | |
|---|---|---|---|---|
| 75 | 州 | 人名 | 10176；《近出》0604； | |
| | | 地名 | 00949；04241；04342；04466；10176；《近出》0604； | |
| 76 | 朿 | | 04059； | |
| | | 人名 | 02758；05333； | |
| | | 族徽 | 02725；02730；04157； | |
| 77 | 耳 | 人名 | 05384*2；06007*3； | |
| | | 地名 | 06007； | |
| 78 | 佀 | 人名 | 《近出》0943； | |
| 79 | 如 | 通女 | 04191；05979；05995； | |
| 80 | 吏 | | 04313；09451； | |
| | | 通使 | 04192；05424；10285*2；10360； | |
| 81 | 亘 | | 05431； | |
| 82 | 囟 | 語助詞通斯 | 04342； | |
| 83 | 而 | | 04213； | |
| 84 | 早 | 地名 | 04323； | |
| 85 | 守 | | 02807；02817*2；02833；04243；《近出》0364； | |
| | | 人名 | 10168*3； | |
| 86 | 弜 | | 05998*2； | |
| 87 | 缶 | 通寶 | 05977； | |
| 88 | 妃 | 人名 | 04269*2；09705； | |
| 89 | 屰 | 地名通逆 | 10176； | |
| 90 | 旬 | | 02682；05430； | |
| 91 | 吒 | | 04466*2； | |
| 92 | 任 | | 04269； | |
| | | 通壬 | 《近出》0097； | |
| 93 | 汎 | 通凡 | 04261； | |
| 94 | 宇 | | 04317；10175； | |
| | | 通圄 | 10175； | |
| 95 | 佣 | 人名 | 02734； | |

| 筆劃：七劃 | | | | |
|---|---|---|---|---|
| 序號 | 字例 | 通用釋例 | 使用器號 | 備註 |
| 1 | 作 | 通乍 | 02532；02712；02783；02784；02831；09723；00147；02556；02581；02678；02775；02792；02796；02807；02836；02837*2；02839；04692；05352；05375；03977；04125；04165；04201；04206；04238；04251；04298；04318；09454；06001；06512；09726；00065；00754*2；00949；02719；02720；02735；02785*2；02832；02841*3；04020；04060；04109；04184；04216；04256；04261*2；04268；04274；04279*2；04293；04328；09901*2；06514；09713；09893；10174；00109；00356；02762；；02778；04229；04100；04267；04327；04579；05416；05998；09714；10175；10322；00746；02595；02655；02734；02743；03747；03954；03979；05333；05384；05398；10101；02821；02835；04188；04237；04271；04287；05405；05423；06007；09672；10168；02456；02487；02660；02754；02775；00187；00205；02758*2；02763*2；02768；02791；02804；03748；03920；02816；04023；04073；04091；04115；04123；04131；04156；04160；04178；04244*2；04250；04276；04300*2；04330*2；04438；04448；04446；04628；05400*2；05407*2；05427*3；05432*2；05989*2；05993；06002*2；09689；09716；09725；09935；09898*2；10169；10170；02612；02674；02748；02781；02833；03942；04029；02838；04071；04089；04108；04112；04122；04132；04137；04162；04240*2；04242；04454；04580；04626*2；04302；04320；04343*4；05399*2；05418*2；05419；05426；05968；09104；06008；09455；09827；10161*2；09728*2；00133；00181*2；02628；02774；02776；02789；02805*2；02824；03907；04042；04136；04194；04197*2；04199；04202；04208；04253；04257；04321；04322；04627；05401；05415；06014；00141；02695；02728；02730；02780；02812；02813；02817*2；02830*2；04121；04196；04214；04219；04241；04243；04258；04277*2；04283；05387；05995；04288；04311；04312*2；04313；04316；04324；05431；04341*2；04342*3；04468*2；05433；02457；02671；02703；02706；02718；02756*2；02786；03827；03950；03976；04044；04059；04134；04195；04213；04323；04459；05410；05983；05997；06511；09300；09451；09721；09897；10164；04215； | |

| | | | | |
|---|---|---|---|---|
| | | | 06004；04168；00247；00252；10285；10360；06005；04296*2；04331；00935；06015*2；00948；02740；02749；04011；04041；02814；02820；02825*2；04046；04051；04124；04203；04225；05391；05411；04294*2；04326；04465；05977；06515*2；00089；00092；00108；02531；02553；02682；02790；02818；02819；02827；04045；04167；04246；04255*2；00103；00260；02615；02676；02731；02767；04021；04067*2；04192；04272；04286*2；04317*2；04436；05392；05979；05992；06011；06013；09433；09718；09896；10321；00238；02661；04436；05392；05979；05992；06011；06013；09433；09718；09896；10321；00238；02661；02721；02733；02739；04104；04169；04182；04209；04435；04464；04469*2；10173；05409；04466；05424；09453；09456；09694；02702；02810；03732；04153；04191；04198；04207；04273；04285；04340*2；05408；05974；00143；02614；02765；02815；04266*2；05430；10166；02725；04107；04139*3；04157；05403；05985；06516；05986；02729；04159；04205；05425；02742；04170；04462；《近出》0030；《近出》0046；《近出》0097；《近出》0106；《近出》0343；《近出》0346；《近出》0350；《近出》0352；《近出》0356；《近出》0357；《近出》0364；《近出》0478；《近出》0481；《近出》0483；《近出》0485；《近出》0486；《近出》0487；《近出》0489；《近出》0490；《近出》0491；《近出》0502；《近出》0503；《近出》0506；《近出》0526；《近出》0604；《近出》0605；《近出》0942；《近出》0943；《近出》0969；《近出》0971；《近出》1003； | |
| | | 通钕 | 02804；04047； | |
| 2 | 伯 | 人名<br>通白 | 02712*2；02783；02678；02807；02837*2；02839*7；04201*3；04206*2；04238*2；04298；04318；00065；00949；02719；02832*10；04109；04256；04292；04293*4；04328*3；10174；02777；04100*2；04327*2；05416*2；05998*2；09714；10322*3；02734；03979；04188；04271；02456；02487；00205；02758；02791*4；02804*2；03748；03920；02816；04023；04073；04091；04115；04123；04156；04160；04244；04250；04276；04300*2；04438；04446；04448；04628；05407*2；05989*2；09689；09725*4；02781；02838；04122*2；04302*2；04320；04343；05419*2；09104；09455*3；03907；04253；04257*2；04321；02809*2；02813；02830*4；04196；04243；04262*4；04283；04288；04311；04312*2；04316；04324；04341*3；04342； | |

| | | | | |
|---|---|---|---|---|
| | | | 02786*2；04134*2；04323；00082；02749；04011；04051；04294*2；00089；00092；00107；02531*2；02819；04167*3；05424；09456*11；09694；02676；04067；04272；04286；02739；04099；04169；04209；04153*2；04269*7；04285；02815；04107；04205*2；05425*3；06004*2；10285*2；04296*2；04331*3；《近出》0028；《近出》0347；《近出》0356；《近出》0364；《近出》0481；《近出》0483；《近出》0486*3；《近出》0489*2；《近出》0490； | |
| 3 | 克 | | 00109；02803；04140；04261；06512； 02835；00187；04131；04330*6；09725；02833*2；05428；04199；04322；06014*2；02809；02812；02830*2；04241；04341；04342*2；04468；04326；00247；04331；《近出》0106；《近出》0491； | |
| | | 人名 | 02712；02796*4；02836*9；04279；00204*3；00205*3；09725*4；04468*4；04465*6；04466；《近出》0942*2； | |
| 4 | 邢 | 通井 | 04167； | |
| | | 人名通井 | 00109；00356；02783；02832*2；09893*2；10322；04237；02804；04244；04276；02838*4；04240；05418；09455*3；09728；04253；02813；04196；04241；04243；04283；04316；02706*2；02786；09451*2；06015*2；02676*2；06516； | |
| | | 地名通井 | 02832；02836*3；02833；06015；10176*2； | |
| 5 | 我 | | 02724*2；02831；02837*4；02839；02841*10；04020；04292*4；04293；04327；04328*3；09901；10174*2；04330*2；04628；02838*2；04242*2；06014；04311*3；04313*2；04342*2；02671；04011；02820；10176*2；02818*2；00260*2；04317；06011；06013；04464*2；04469；04269*2；10285*2；04331； | |
| | | 人名 | 02763； | |
| 6 | 初 | | 00746；02719；02734；02777；02792；02832；04060；04165；04268；04274；04318；04328；04267；09723；10174；10175；10322；04271；05405；05423；06007；00204；02768；04178；04250；09716；09898；10169；04112；04240；04454；05418；09104；09455；10161；09728；00133；02628；02805；04194；04202；04253；04257；04322；06014；02780；02817；04243；04258；04262；04277；04283；04311；04324；05431；04341；05433；02786；04044；09721；02820；02825；04046；04225；04465；09705；00089；00107；02818；04045； | |

| | | | | |
|---|---|---|---|---|
| | | | 04246；02767；04272；06011；06013；09896；10321；04099；04104*2；04209；10173；02704；04191；04273*2；04285；05408；00143；02765；05430；05985；06516；02729；04159；04168；00251；10360；04296；《近出》0044；《近出》0086；《近出》0352；《近出》0357；《近出》0481；《近出》0485；《近出》0490；《近出》0491；《近出》0503；《近出》0969；《近出》0971； | |
| 7 | 即 | | 02581；02805；02815；02817；02818；02819；02821；02827；02836；02837*2；02838*2；02839*5；02841；04196；04209；04240；04243；04244；04251；04253；04256；04257；04266*2；04267；04272；04274；04277；04279*2；04283；04285；04286；04287；04294；04313；04316；04318；04324；04340；04343；04462；04464；04469；05425；09455*2；09453；09723；10170；10174*4；10176；10321；10322；《近出》0031；《近出》0044；《近出》0490；《近出》0943； | |
| | | 通餗 | 04300；04627； | |
| | | 人名 | 04250*3； | |
| 8 | 位 | 通立 | 02836；02839*2；02841*2；04251；04256；04267；04274；04279；04318；09723；02821；04287；04091；04244；10170；04343；02805；04253；04257；02817；04196；04243；04277*2；04283；04324；04341；04294；04326；02819；02827；04272；04286；04317*2；04209；04285；04340；02815；04266；04462；《近出》0044；《近出》0487；《近出》0490；《近出》0491； | |
| 9 | 佑 | 通右 | 02836；04256；04267；04268；04274；04318；04327；09723；09901；02821；04271*3；04287；02804；04244；04250；04276；10169；10170；02781*2；04343；05418；09728； 00133；04197；04202；04253；04257；04321；02813；02817；04196；04243；04258；04277；04283；04288；04312；04316；04324；04342*2；04213；04323；02814；02825；04294；00107；02819；02827；04255；04466；04272；04286；06013；04209；04285；02815；04266；06516；04462；04296；《近出》0045；《近出》0364；《近出》0486；《近出》0487；《近出》0490；《近出》0491；《近出》0605； | |
| | | 通舂 | 04191； | |
| | | 通又 | 04131；04246；04261；04266；04279*2； | |
| 10 | 攸 | | 02720；02792；04203； | |
| | | 人名 | 02818*4； | |

| | | | | |
|---|---|---|---|---|
| | | 通逌 | 04341； | |
| | | 通鋚 | 02805；02814；02815；02816；02819；02827；02830；02841；04209；04253；04257；04258；04285；04287；04288；04312；04318；04321；04324；04462；04468；06013；09728；09898；《近出》0490； | |
| 11 | 貝 | | 02556；02775；02839；04238*2；05352；09454；06512；00949；02735；04020*2；04293；04030；09714；05333；02754；02763；02791；04300；05400；05407；05989；09689；02674；02748；03942；05399；05419；05426；09104；02628；02776；04042；06014；02728；04121；04214；05433*2；02703；04323；05997；00935；02740；02749；05411；05977；02682；02705；09453；05992；02661；02739；04099；04169；02702；04191；05974；10166；05403；05985；05986；04159；《近出》0352；《近出》0356；《近出》00481；《近出》0485；《近出》0604； | |
| 12 | 夙 | 通夙 | 02836；02837；02841*2；04279；10175；00187；02791；03920；02816；04023；04131；04160；05993；04137；04343；05968；02789；02824；04199；04322；05401；00063；02830；04219；04313；04316；04324；04468；05433；05410；09451；04326；02553；04469；04340；02614；04157；04170；00246；00247；00252；06005；《近出》0036；《近出》0106；《近出》0485；《近出》0491； | |
| | | 人名通夙 | 02832； | |
| 13 | 酉 | 地支 | 09454；09901；02835；02748；02838；04322；02695；04214；09897；02749； | |
| | | 人名 | 04288*4； | |
| | | 通鄭 | 10322； | |
| | | 通酒 | 02837*2；02839*4；02841；04020；09713；09726；02674；02838；04207； | |
| 14 | 厌 | 通侯 | 02837；02839*2；03954；03977；06514；09893*2；09901*2；10174；04237*3；06007*4；02816*2；06002；02833*3；04029；04320*3；04343；05428；02628；04136*3；05415；04241；05995；05431；02457；02703；02706*2；04059；09451*3；06015*12；00948*2；02749*2；04041；02820*2；00107*2；00108；04045；09453；00103；04464；04139；04215；《近出》0029；《近出》0036；《近出》0037*2；《近出》0038*2；《近出》0040；《近出》0043；《近出》0044；《近出》0045*2； | |

| | | | | |
|---|---|---|---|---|
| | | | 《近出》0350；《近出》0352*2；《近出》0502；《近出》0503；《近出》0942；《近出》0969；《近出》0971； | |
| | | 族徽 | 02702； | |
| | | 地名通侯 | 02735；05410； | |
| 15 | 卣 | | 02837；09454； | |
| | | 通凷 | 05399； | |
| | | 單位 | 04318；02841；02754；02816；09898；04302；04320；04343；09728；04342；04468；04469；《近出》0356； | |
| 16 | 君 | | 02839；00753*2；00754*3；02696；02832*2；04020；04229；04292*2；04293；09901； 00187；04276；05989；02674*2；02833；04071；04580；04311；04341；04323；09721；04167；09453；10321*2；04469；04269；02765；10360； | |
| | | 人名 | 04178*2；10176； | |
| 17 | 折 | | 02839；02841；04328*2；10174；02835*5；02779；04313；04459；10173；《近出》0037；《近出》0039；《近出》0043*2； | |
| | | 人名 | 06002； | |
| 18 | 吳 | 人名 | 02831；04298；04271*2；09898*4；04343；04283；04316；04341；04195*2；《近出》0364*4；04273； | |
| | | 地名 | 04288*2；09300； | |
| | | 通虞 | 04271；04626；《近出》0106； | |
| | | 族徽 | 03976； | |
| 19 | 告 | | 02839*3；02832；02841*2；04292；04293*3；09901；02835；04330*2；02838*3；04136；06014；02809*2；04324；04341；04323；06015；02818；09456；04340*2；10285*2；06005；04331；《近出》0356；《近出》0357； | |
| 20 | 孚 | 通俘 | 02457；02731；02734；02740；02779*2；02835*7；02839*7；03732；03907；04313*2；04322*2；04323；04459*2；05387；09689； | |
| 21 | 卲 | | 00188；02791；《近出》0046；《近出》0106； | |
| | | 人名 | 《近出》0028； | |
| | | 通招 | 04692； | |
| | | 通昭 | 02832；02841；10175；04330；04241；04341；00089；00103；00260；02815；00246；00247；《近出》0031； | |
| | | 地名通昭 | 02827；04296； | |

| | | | | |
|---|---|---|---|---|
| | | 人名通昭 | 02776； | |
| 22 | 玣 | 介詞通于 | 04140；00949；02751；04261*3；04030*2；09893；09901*7；02612；02628；05415*3；06014*5；04241；02706；04059；00935；06015*5；05391；02731；02739*2；05425；《近出》0942*3； | |
| 23 | 巠 | | 04468；《近出》0106； | |
| | | 通經 | 02836；02837；02841；04317；《近出》0027； | |
| 24 | 孝 | | 00065；00089；00246；00247；00746；02676*2；02762；02789；02790；02821；02824；02827；02836；04067；04073；04091；04107；04124；04137；04147；04157；04182；04188；04203；04219；04322；04436；04446；04448；09433；09694；09713；09716；09721；09827；09935；09936；10175；《近出》0031；《近出》0086；《近出》0106； | |
| | | 通好 | 04331*2 | |
| | | 人名 | 04267； | |
| | | 通考 | 02743；02777；02768；02838；04071；04241；06015；04067；02614；《近出》0971； | |
| 25 | 言 | | 00949； | |
| | | 地名 | 04466； | |
| | | 通歆 | 02456； | |
| 26 | 邑 | | 02595；02832*3；04274；04293；02821；02838；04320；00133；04321；06014；02817；04243；04283；05387；04288；04059；10176*3；02682*2；02818；04466*8；09456；05985；04296*2；《近出》0045；《近出》0487；《近出》0491； | |
| | | 人名 | 02832*2；10322；09456*3； | |
| 27 | 彶 | 地名 | 04466； | |
| | | 通及 | 02838；02841；04262*2；04328；04342；《近出》0503； | |
| 28 | 否 | | 02841；04311；04341； | |
| | | 人名 | 《近出》0603； | |
| 29 | 吾 | | 04330*3； | |
| | | 通敔 | 02841；04342； | |
| 30 | 寽 | 通鋝單位 | 02841；02838*3；04343；02809；05997；04041；05411；04294；04326；04246；04255；04266；04215；10285； | |
| | | 通捋 | 04322； | |

| 31 | 臤 | 通紬 | 06512； |  |
|---|---|---|---|---|
| 32 | 宋 | 人名 | 10322； |  |
| 33 | 沙 |  | 10170；04258； |  |
|  |  | 通綏 | 04216；04268；04257；04321；00061；02814；02819；04286； |  |
|  |  | 通㞕 | 04311； |  |
| 34 | 每 | 通敏 | 04261；06014；04269； |  |
|  |  | 通誨 | 02838； |  |
|  |  | 通姅 | 05416；04178；06004； |  |
| 35 | 佐 | 通左 | 00247；09901；10173； |  |
|  |  | 通𠂇 | 04330； |  |
|  |  | 通𢀡 | 04271*2；04342； |  |
|  |  | 通广 | 02820*2；04279； |  |
| 36 | 男 |  | 09901；04313 位 4311*3；04459； |  |
| 37 | 犺 | 族名 | 02835； |  |
|  |  | 族名通允 | 04328*2；04342； |  |
|  |  | 族名通𤔲 | 10173；10174； |  |
| 38 | 良 |  | 04262； |  |
|  |  | 人名 | 09713； |  |
| 39 | 豖 |  | 02778；10164； |  |
| 40 | 更 |  | 04267；10169；02838；09728；04199；04316；04324；04341；04468；04286；06013；06516；《近出》0487；《近出》0490；《近出》0491； |  |
| 41 | 沥 | 通梁 | 04579；04627；《近出》0526； |  |
|  |  | 人名通梁 | 00187*5；00188*2；02768；04446；09716；04147； |  |
| 42 | 祁 |  | 10175； |  |
| 43 | 𢦏 | 助詞通𢦏 | 00251；10175； |  |
|  |  | 助詞通哉 | 05428；06014； |  |
| 44 | 妓 | 人名 | 02743； |  |
| 45 | 牢 |  | 03979；05409； |  |
| 46 | 夌 | 通鞭 | 02831； |  |

| 47 | 角 | | 00246；00255；10175； | |
|---|---|---|---|---|
| | | 地名 | 04459；02810； | |
| 48 | 甫 | 通害 | 10175； | |
| | | 通撫 | 05423； | |
| 49 | 沮 | 通阻 | 10175；《近出》0343； | |
| | | 通祖 | 03979；04194；04316*2； | |
| 50 | 呂 | | 05391； | |
| | | 人名 | 03979；02754*2；09689；10169*2；04341；04273； | |
| | | 地名 | 05409； | |
| 51 | 車 | | 02831；02837；02839*2；02841；04201；04318；04328*2；05398；10174；02835*6；00204；02816；09898；02833；04302；04343；02779*2；04468；04213；06015；04326；04469；05430；04107；04205；《近出》0037；《近出》0042；《近出》0043；《近出》0484； | |
| | | 族徽 | 05979； | |
| | | 人名 | 02612； | |
| 52 | 祀 | | 02532；02837*2；02839；05375；02832；04261*3；10175；03979；06002；09898；02838；04208*2；04321；05415；06014；02830；04214；06015；04317；09718；05430*2；10166；06516；04170；00247；《近出》0097*2； | |
| 53 | 杞 | 族名 | 《近出》0489； | |
| 54 | 延 | 助詞<br>通誕 | 04059；04237； | |
| | | 通延 | 02754；02763；02838；05415；04214；02671；02661； | |
| | | 人名<br>通延 | 05427；02706； | |
| 55 | 妣 | | 02789； | |
| | | 通匕 | 02763*2； | |
| 56 | 礿 | | 02763； | |
| 57 | 妊 | 人名 | 04123*2；04262；02765*2；04139； | |
| 58 | 似 | 通訂 | 04160； | |
| 59 | 芇 | 通席 | 04331； | |
| 60 | 坯 | 地名 | 02810； | |
| 61 | 攻 | | 02731； | |
| 62 | 矣 | 族徽 | 02702； | |

| | | | | |
|---|---|---|---|---|
| 63 | 利 | | 00260；04131； | |
| | | 人名 | 02804*4；09897；04191； | |
| 64 | ⿰台司 | 通以 | 10321； | |
| | | 通似 | 04160； | |
| | | 通嗣 | 02816；04197； | |
| 65 | 彤 | | 02816*2；10170；04257；04321；00062；02780；04258；04216；04268；04320*2；04311；02814；00107*2；02819；04286；10173； | |
| 66 | 妥 | 通綏 | 00246；00247；00253；02820；02824；02830；04021；04115；04170；04198；04330*2；04342；06015；《近出》0502； | |
| 67 | 求 | | 02838；04326；《近出》0097； | |
| | | 通逑 | 04178； | |
| 68 | 肖 | | 02833； | |
| | | 通⿰亻尗 | 04276； | |
| 69 | 沈 | | 05401； | |
| | | 人名 | 04330*5； | |
| 70 | 杜 | | 04262； | |
| | | 人名 | 04448； | |
| | | 地名 | 04316； | |
| 71 | 𠤳 | 通簠<br>通鈷 | 04628；04580；《近出》0490；《近出》0526； | |
| 72 | 㓝 | | 05427； | |
| 73 | 忘 | 通朢 | 02833；00754；02774；04167；06011；04269；02765；10360；04331；《近出》0485；《近出》0491； | |
| | | 通⿰臣言 | 02812；02830；04205； | |
| 74 | 足 | | 《近出》0491； | |
| | | 通正 | 02838； | |
| 75 | 延 | | 02783；02836；02839*2；04251；04318；02841；04256；04268；04274；04279；04267；04327；02821；04271；04287；02804；09898；10170；04343；02805；04253；04257；06014；02817；04243；04277；04283；04288；04312；04316；《近出》0028；《近出》0044；02814；02825；10176；02819；02827；04246；04255；04272；04317；06013；04469；04285；04340；02815；04296；《近出》0487；《近出》0490； | |

| | | | | |
|---|---|---|---|---|
| 76 | 玫 | | 02807； | |
| 77 | 沖 | 通恖 | 02836； | |
| 78 | 迖 | 通徙 | 02775*2； | |
| | | 通貸 | 05997； | |
| 79 | 身 | | 00147；02841；00187；00188；04242；05428；02824*2；04321；04322*2；00063；02830*2；04341；04342*2；04468；02731；04317；06011；06013；04139；04205；00246*2；00247；00253；00256；06005；《近出》0485； | |
| | | 族名 | 04288； | |
| 80 | 赤 | | 04267；04274；04279；09723；02821；04287；02804；02816；04244；04250；09898；10169；10170；02781；02838*2；04122；04240；06008；09728*2；02805；04197；04202；04253；04257；02817；02830；04196；04277；04288；04312；04316；04324；04468*2；02706；06015；02825；04294；02819；02827；04246；04255；09456；04272；04286；06013；04209；04469；04340；02815；04266；04296；《近出》0097；《近出》0486*2；《近出》0490；《近出》0943； | |
| 81 | [illegible] | | 02831； | |
| 82 | 夆 | 通封 | 02831*3； | |
| | | 人名 | 04331*2； | |
| 83 | 吝 | 通𢿢 | 04298； | |
| 84 | 宏 | 通𠨑 | 02841； | |
| 85 | 𠙵 | 通曾 | 00949； | |
| 86 | 狄 | 通惕 | 10175； | |
| 87 | 完 | 通奐 | 10175； | |
| 88 | 阞 | | 《近出》0489； | |
| 89 | 佋 | | 02835； | |
| 90 | 改 | | 04343； | |
| 91 | 昏 | | 04343； | |
| 92 | 吹 | 通墮 | 05428； | |
| | | 人名 | 09694； | |
| 93 | 佃 | 通甸 | 00133；02805；04262； | |
| 94 | 牡 | | 02776； | |

| | | | | |
|---|---|---|---|---|
| 95 | 谷 | | 05410；05983； | |
| | | 通裕 | 04342；06014； | |
| | | 地名 | 04262*2；04323； | |
| 96 | 究 | 人名<br>通宮 | 00141；02812*2；04288； | |
| | | 通宮 | 09451； | |
| | | 同宮<br>借居 | 09721； | |
| 97 | 辛 | 天干 | 09454；02720；06007；04131；04438；04214；04195；02749；00107；05992；02815；05430*3；05425； | |
| | | 人名 | 02712*3；05998；10175；05333；02660*2；05427；04122；05968；02730；02817；02749；05979；02725；05403；04159；00246；06005；《近出》0604； | |
| 98 | 辰 | | 09901；02835；06007；02754；02816；04023；04276；02838；04302；04320；05426；02776；02830；05431；05997；02820；10176；02818；04466；06011；02739；04269；02725；04215；《近出》0481；《近出》0483；《近出》0486；《近出》0605； | |
| | | 地支 | 02831；02839；04201；02735；04208； | |
| | | 人名 | 09454； | |
| | | 通晨 | 02837； | |
| 99 | 邦 | | 02792*2；02836；02837*2；02839*4；00949*3；02832*2；02841*4；10175*2；00187；04276；02833；04242；04302；04321；04313；04341；04342*3；04468；09453；00260；04192*2；05392；06013；04464；04469；00251；04331*3；《近出》0086；《近出》0097； | |
| | | 人名 | 02832；04580；04464；04469；04273； | |
| 100 | 走 | | 02803；02807；02837；04318*2；04274*2；04023；10170；04241；05433；09451；06015；04255；10360；《近出》0491*2； | |
| | | 族名 | 04321； | |
| | | 人名 | 04244*4； | |
| 101 | 余 | | 00109；00147；00949*2；02696；02803；02832*3；02836*2；02837*3；02841*6；04140；04206*2；04292*6；04293*6；04298*2；04318*2；04327*3；04328*2；02835；04237；00188；04156；05989；02838*2；04242*2；04302*2；04343*3；05428*3；02774；04321；06014；00061；02830*2；04283；04311； | |

| | | | | |
|---|---|---|---|---|
| | | | 04312；04313*3；04316；04324；04342*2；04468*3；00082；02820*3；04294；10176*2；00260*3；04286；04317*4；06011*2；09896；04469；04285；04340；00246*2；00247*2；00254；00256；10285；04296；《近出》0029；《近出》0031；《近出》0048；《近出》0106；《近出》0490；《近出》0604；《近出》0942； | |
| | | 通予 | 04466； | |
| | | 人名 | 10169*3； | |
| 102 | 巩 | 通恐 | 10175；04324； | |
| 103 | 穸 | 人名 | 02755*2； | |
| 104 | 姅 | 通每 | 05416；04178；06004； | |
| 105 | 叙 | 人名 | 02712； | |
| 106 | 甬 | | 02841；04302；04318；04468；04469；09898；10175； | |
| 107 | 豆 | | 04692；06012； | |
| | | 人名 | 04276*2；10176*2； | |
| 108 | 弘 | 通弜 | 00754； | |
| 109 | 夾 | | 02837；02833；04342； | |
| 110 | 肙 | | 00949；00187；02830；00948； | |
| 111 | 束 | | 04292；04298*2；04328；10168；02838*2；05399；04195；04099；02810；《近出》0352； | |
| 112 | 兊 | 人名 | 04318*4；04274*4；04168*2； | |
| 113 | 兵 | | 04322； | |
| 114 | 汸 | | 04312； | |
| 115 | 甸 | | 00204；04294； | |
| | | 通田 | 02837；09901； | |
| | | 通佃 | 00133；02805；04262； | |
| 116 | 里 | | 02831*2；04229；04298*3；09901；04215；10360； | |
| | | 通裏 | 02816； | |
| 117 | 見 | | 00107*2；00108；00252；00260；02612；02628；02831；04104；04330；04331；04340；04464*2；05428；05432*2；06015；10175*2；《近出》0486； | |
| 118 | 何 | 人名<br>通痾 | 04202*4；06014； | |
| | | 族徽 | 05979； | |
| 119 | 屎 | 地名 | 04313； | |
| 120 | 步 | | 《近出》0035； | |

| 121 | 佋 | | 04213； | |
|---|---|---|---|---|
| 122 | 㕯 | | 10285； | |
| 123 | 旲 | 通斁 | 04342； | |
| | | 人名 | 00082； | |
| 124 | 妘 | 人名<br>通媍 | 04459； | |
| 125 | 豸 | | 《近出》0942； | |
| 126 | 秅 | 地名 | 06015； | |
| 127 | 戒 | 人名 | 《近出》0347； | |
| 128 | 甹 | 人名<br>通甹 | 00048*2； | |
| 129 | 孛 | 人名 | 10176； | |
| 130 | 杙 | 人名 | 04045； | |
| 131 | 孥 | 通孥 | 05424 | |
| 132 | 弟 | | 09713；04237；04330；09300；02553；04167； | |

筆劃：八劃

| 序號 | 字例 | 通用釋例 | 使用器號 | 備註 |
|---|---|---|---|---|
| 1 | 隹 | 助詞<br>通唯 | 02783；02784；02831*2；09723；00147；02837；02839；02678；02792；02796；02807；02836；02837*5；02839；04125；04201；04206；04251；04298；04318*2；09454；06001；09726；00753；00754；02719；02720；02724；02735；02751；02785*2；02832*2；04060；04216；04256；04261；04268；04274；04279；04292；04293；09901*2；10174*2；02777；04229；04267；04327*2；09714；10175*2；10322；00746；05398；02821；04237*2；04271；04287；05405；05423；06007；10168；02660；02755；00204；02758；02763；02768；02791；02804；02816；04023；04115*2；04131；04156；04244；04250；04300*3；04330；04438；04628*2；05400；05407；05432；06002*2；09716；09725；09898*2；10169；10170；02748；02781；02833；04047；02838*2；04089；04112；04132；04240；04454；04626；04302；04320；04343*2；05418；05426；09104；05428；06008；09455；10161；09728；00133；02774；02789；02728；02805；04136；04194；04197；04202；04253；04257；04322；06014*3；00060；02730；02780；02813；02817*2；04121；04196；04214；04241；04243；04258；04262；04277；04283；04288；04311；04312*2； | |

| | | | | |
|---|---|---|---|---|
| | | | 04316*2；04324*2；05431*2；04341*4；04342*3；04468*3；05433；02671；02706；02718；02756；04134；04323*2；05997；09721；09897；00948；02740；02749；02814；02825；04046；04225；04294；04465*2；09705；00089；00107；02790；02818；02819；02827；04045；04246；04255；04466；05424；09453；09456；00260*3；02615；02767；04272；04286；04317；05992；06011；09896*2；10321；02661；02721；02739；04099；04169；04209；10173；04191；04207；04269*2；04273；04285*2；04340*2；05408；00143；02614；02765；02815；05430；10166；02725；04157；05403；06516*2；05986；02729；04159；04205；05425；02742；04168；10285；10360；06005；04296*2；04331；《近出》0027；《近出》0035；《近出》0043；《近出》0086；《近出》0350；《近出》0352；《近出》0357；《近出》0364；《近出》0481；《近出》0483；《近出》0485；《近出》0486；《近出》0487；《近出》0489；《近出》0491；《近出》0503；《近出》0506；《近出》0605；《近出》0942；《近出》0943；《近出》0969；《近出》0971； | |
| | | 通雖 | 04311；04317； | |
| | | 人名 | 02774*2； | |
| 2 | 叔 | 人名 | 04132*3； | |
| | | 通弔 | 02832；02821；02755；05392；09718； | |
| | | 人名<br>通弔 | 00147；09726；02719；00356*2；04287；04250；04276；02612；02833*2；03942；02838*4；04108；04137；04240；04242；04454；04580；05418；05428；04042；04253*2；00060*2；00061；04199；00141*2；02780；04214；03950；04195；02825；02827；02615；02767*3；04067*2；00238*3；04104；04469；04198*2；04266；06516；02742；《近出》0106；《近出》0491；《近出》0603； | |
| | | 通朱 | 02836；04324；09898； | |
| 3 | 命 | | 00147；02796；02804*2；02841*13；04268；04279*2；10322*5；02835*3；04287*2；02816；04160；04178；04250；04276；02833*3；02838；04108；04202；04253；04257；00063；02812；02813；04196；04258*2；04288*2；04195；04246；10321；04104；04464*3；04469*2；04285*3；04266*2；05425；04215*2；04296*4；04331*5；《近出》0029；《近出》0038；《近出》0346；《近出》0364*2；《近出》0489；《近出》0490*4；《近出》0491*3； | |

| | | | | |
|---|---|---|---|---|
| | | 人名 | 04112*2； | |
| | | 通令 | 02796*2；02836*6；02837*3；04238；04318*2；04692；04328；10174；02762；02777；04229；04267*3；04327；02816；04276；04330*2；04448；09716；09898；10169；04240*2；04242；04302；04343*2；09728*2；02805；02824；04321*2；06014；00141；02817；04219；04241*2；04283*4；04312；04316；04324*4；04341；04342*4；04468*4；02786；06015*3；02814；02820*3；02825*3；04225；04294；04326；04465；00108；02790；02819*2；02827*4；02767；04272；04286*3；04317；04182；04153；04198；04340*5；02815；04157；00246*2；00247；00254；《近出》0036；《近出》0040；《近出》0106*2；《近出》0352；《近出》0357*2；《近出》0486；《近出》0487*2； | |
| 4 | 夌 | | 02775*3； | |
| 5 | 采 | | 02839；02785；05992；《近出》0357*2； | |
| 6 | 兩 | | 02775；04195；04201；04298；10164；09456*2；06011； | |
| | | | 05430；02729；02742；《近出》0364；《近出》0943； | |
| | | 單位 | 02831*2； | |
| | | 通輛 | 02839*2； | |
| 7 | 其 | 助詞 | 02532；02712；02831*2；09723；00147*2；02796*2；02807；02836*2；02837；02839；04125；04201；04251；04298；04318；04692；06001；09726；00065；02696；02724；02832*2；02841；04109；04184；04256；04268；04274；04279；04292*4；04293*2；04328；09713；09893；10174*6；00109*2；00356；02762；04229；02803；04030；04267*2；04327；04579；10175*3；10322*2；00746*2；02655；02734；02743*2；03979；02821；02835；04188；04271；04287；05423；09672；10168； 02660；02754；02755*2；00188*2；00205；02768*3；02804；02816；04115；04123；04156；04160；04178；04244；04250；04330*2；04448*2；04628*2；05993*2；06002；09716；09725；09898；10169；10170；02781；02833；02838*3；04071*3；04089*2；04112；04122；04162；04240；04242*2；04454；04580；04626；04302*2；04343；05418；05419；05426；06008；10161；09728；00133；00181；02789*2；02805；02824；04136；04197；04199；04202*2；04253；04257；04322；04627*3；05401；06014；00141；02730；02779*2；02780；02812；02813；02817*2；04196*2；04219； | |

| | | | | |
|---|---|---|---|---|
| | | | 04243；04258；04262；04277*3；04283*2；04288；04311；04312；04313；04316；04324；05431*2；04341；04342；04468；05433；02786；03827；04213*2；04323；04459*2；09721；10164；06015；02820*2；04051；04124；04203*3；04225；05411；04294；04465*4；06515；02705；02790；02818*2；02819；02827；04045；04246；04255；04466*6；09453；09456*4；00260*3；02731；02767*3；04021；04067*2；04272；04286；04317*3；06011*3；06013；09718；09896；10321；00238；02721*2；04169*2；04182；04209；04464；10173；02704；02810；04153*2；04198；04207；04269；04273；04285；04340；05408；02614；02815；04266；05430；10166；04139；04157；04159；04170；04462*2；04215；04168；00246；00247*3；00254；06005；04296；04331；《近出》0027；《近出》0029*2；《近出》0032；《近出》0034；《近出》0047；《近出》0048；《近出》0086*4；《近出》0097；《近出》0106；《近出》0346*2；《近出》0350；《近出》0352；《近出》0364；《近出》0478；《近出》0483；《近出》0485*2；《近出》0487*2；《近出》0489；《近出》0490；《近出》0491*2；《近出》0502；《近出》0503*2；《近出》0526；《近出》0605；《近出》0943；《近出》0971； | |
| | | 通斯 | 02809； | |
| | | 通朞 | 05428*2；02776； | |
| | | 通諆 | 05428； | |
| | | 人名 | 00187*5；00188*2；02768；04446；09716；04147； | |
| 8 | 易 | 通賜 | 02783；02784；09723；02581；02775*2；02792*2；02807；02836*13；02837*4；04125；04140；04165；04201；04238*2；04251；04298*3；04318；06001；06512；09726*2；00753；00754；02696；02720；02735；02785；02841*2；04060；04109；04184；04256；04268；04274　；04279；04328；09901*2；06514；09893；10174；02778；04030；04100；04327*6；09714；10322；02595；02743；05384；05398；02821；02835*2；04188；04287；05405*2；06007；10168；02754；00204；02791；02804；02816；04131；04156；04244*2；04276*2；05400；06002*2；09725；09898；10169；10170；02748；02781；03942；02838*2；04112；04122；04162*2；04240；04626；04302；04320*5；04343*2；05418；05419；05426；06008；10161；09728；00133；02776；02789；02805；04136；04194；04197；04199；04202； | |

| | | | | |
|---|---|---|---|---|
| | | | 04253；04257；04321；05415；06014；00061；02728；02780；02812；02813；02817；02830；04121；04196；04214；04219；04241；04243；04258*2；04277*2；04283；05995；04288；04311；04312；04316；04324；05431；04341；04468；05433*2；02706；02718；02756；02786；04213*2；04323；09451；09721；09897；00935；06015*3；00048；00948；02749；04041；02814；02820；02825；04051；04203；04225；05391；05411；04326；04465；05977；00107；00108；02705；02790；02819；02827；04167*2；04255；09453；02767；04067；04192；04272；04286*2；05992*2；06011*2；06012；06013；09718*2；00238；02661；02721；04099；04169；04209；04469；02704；02810；04191；04207；04269*3；04273；04285；04340；05408；05974；00143；02815；04266；05430；02725；05403；05985；06516；04159*3；02742；04170；04462；04215；06004；00247；04296；04331；《近出》0044；《近出》0106；《近出》0347；《近出》0350；《近出》0356；《近出》0357；《近出》0483；《近出》0484；《近出》0485；《近出》0486；《近出》0487；《近出》0490；《近出》0491；《近出》0506；《近出》0604；《近出》0605； | |
| | | 人名 | 02830； | |
| | | 人名通錫 | 04268； | |
| 9 | 東 | 方位 | 02595；02831；02832*2；04238*2；04271；00204；02833；04029；04047；04320；05415；04262；04311；04313；04341*2；05433；10176*4；02731；05425；《近出》0035；《近出》0036；《近出》0364；《近出》0487；《近出》0489*2； | |
| | | 通董 | 04311； | |
| | | 族名 | 00260；02739；02740；02833；《近出》0484； | |
| | | 通童 | 10175； | |
| | | 地名 | 04238；02838*3； | |
| | | 人名 | 02839； | |
| 10 | 周 | | 《近出》0489； | |
| | | 通琱 | 04269； | |
| | | 族名 | 04321； | |
| | | 周朝周地 | 02783；02784；02831；09723；02678；02775；02796*2；02836*2；02837；02839*4；04206；04251；04318； | |

| | | | | |
|---|---|---|---|---|
| | | | 09454*2；02841*2；04256；04274；02734；09901；10174；02778；04229*2；04267；10175*2；10322；02821；04271；04287；10168；00204；04244；04438；05400；05432；09898；10170；02838；04132；04240*2；04454；04626；04302；04343；05419；09104；10161；09728；02628；04321；05415；06014；02730；02780；02817；04214；04241；04262；04277；04283；04312；04324；05431；04468；04341；04342*2；02703；03950；04323*2；09897；00935；06015；02814；02820；02825；04294；04465；10176；00107*2；02705；02790；02818；02819；02827*2；00260；04272；04286；06013；02661；02739；04169；04435；10173；04191；04285；00143；02815；04266；05403；06516；05986；02729；04462；04215；00252；04296；《近出》0035*2；《近出》0043；《近出》0357*3；《近出》0364；《近出》0484；《近出》0486；《近出》0487；《近出》0490；《近出》0491；《近出》0506； | |
| | | 人名 | 06512；09901*2；10175；03920；04330；02774；04241；04041；02739；04273；《近出》0486； | |
| 11 | 服 | | 02836；02837；02839*4；02841；04237；05432*2；04241；05431；04341；10169；04326；04464*2；04273；06516；《近出》0106； | |
| | | 族名 | 04321； | |
| | | 人名 | 10169*3；05968；09456； | |
| 12 | 門 | | 02836；02839*3；04251；04318；04256；04274；02821；09898；10170；02838；02817；04262；04277；04283；02814；02825；10176；02819；02827；04272；04285；02815；04296；《近出》0044；《近出》0490； | |
| | | 族名 | 04321；04288； | |
| 13 | 武 | | 02830；10173； | |
| | | 武王 | 02839；02841*2；10175*5；02758；04321；04342；04468；00260；00251；00252*2； | |
| | | 人名 | 02835*5；02833*4；04071；02805；04262；04323；10176*3；04153；04331； | |
| | | 通珷 | 02837；02785；04131；04320；06014*2；02661；04331； | |
| 14 | 或 | 副詞 | 02835*2；02838*2；02839；04285；04292；04343；09456；10174；10285*2；《近出》0490； | |
| | | 通國 | 00260*2；00949；02740；02751；02833*3；02841*2；04029；04320；04341*2；05415；06014；《近出》0035*2；《近出》0357；《近出》0489； | |
| | | 族徽 | 05430； | |

| | | | | |
|---|---|---|---|---|
| 15 | 征 | | 02839*2；04140；04238*2；06001；04579；04131；09689；02674；04162；04580；02809*2；04341；02706；03950；03976；04459；05410；05983；09451；04225；05977；02615；02731；02739；04435；02810*2；04331；10175；《近出》1003； | |
| | | 通正 | 02695；04020；04313；《近出》0481； | |
| | | 通政 | 02841；10173； | |
| 16 | 明 | | 02836；02839*2；00754；02841；10175；00187；04242；04343*2；05968；02830；04342；06015；00238；04469；00247*2；《近出》0027；《近出》0106；《近出》0485；《近出》0491；《近出》0942； | |
| | | 人名 | 09901*7；04029；05400； | |
| | | 通盟 | 02791；02812； | |
| 17 | 舍 | | 02831*7；2796；00949；02832*2；02841；02803；09901*2；10175；02838；10176；09456*2；00252； | |
| | | 人名 | 04011； | |
| 18 | 凥 | 通居 | 02775*2；00949；02735；02751；04279；02838；09455；05424；02615；04340；《近出》0357；《近出》0506； | |
| | | 通究<br>通宮 | 09721； | |
| 19 | 居 | 通凥 | 02775*2；00949；02735；02751；04279；02838；09455；05424；02615；04340；《近出》0357；《近出》0506； | |
| | | 通凥 | 04316；04316；04294； | |
| 20 | 帛 | | 02831*3；04298*2；04292；04136；04195；《近出》0604； | |
| 21 | 夜 | | 02836；10175；02791；02816；04023；04160；05993；04137；02789；02824；04322；00063；02812；04288；04311；04313；04316；04324；05433；05410；04326；04317；04157；《近出》0485； | |
| 22 | 玟 | 通文 | 02837*4；06014*2；04331； | |
| 23 | 金 | | 02831*2；02678；02839；04201；04318*2；06001；02696；02841*7；04184；09901*2；09893；04229；02595；02734；05398；10101；04131；04156；04628*2；06002；09935；09898*3；02838*3；04122；04132；04454；04302*3；04343；06008；03907；04136；04257；04627；02779；02830；04283；05387；05995；04311；04313；04324；04468；02457；02706；04134；04213*2；04459；09451；09721；06015*2；00048；00948；02749；04041；04203；04326*4；02721；04469；00143；02725； | |

| | | | | |
|---|---|---|---|---|
| | | | 05403；04205；10285；《近出》0097；《近出》0484；《近出》0486*2；《近出》0604；《近出》0943； | |
| 24 | 彔 | 地名 | 02817；04277；04285；04462；《近出》0490； | |
| | | 人名 | 04122；04140；04302*2；05419*2；10176； | |
| | | 通祿 | 00188；00246；00247；00356；02777；02827；04182；04331；05427；09718；10175； | |
| 25 | 京 | | 06014；04341； | |
| | | 地名 | 04206；09454；09714；09901；02835*6；00204；02791；02756；04207；04273；05408；02725；10166；06015；《近出》0356； | |
| | | 族名 | 04321；04288； | |
| | | 人名 | 06007*2； | |
| | | 通亯 | 04318；04343；04324；04342；04468；04340；04296；《近出》0490； | |
| 26 | 牧 | | 02719；04271；04626；02805；04311； | |
| | | 人名 | 04343*6；02818*4；10285*4； | |
| | | 地名 | 04238； | |
| 27 | 祈 | 通旂 | 04692；04628； | |
| | | 通禪 | 04182； | |
| | | 通旛 | 00356；00746；02762；02777；09713；00188；02768；03920；04073；09716；09936；00141；04219；02825；04124；02827；09694；00103；04436；04182；04198；00143；04107；04168；04331；《近出》0032；《近出》0086；《近出》0971； | |
| 28 | 畀 | 通毗 | 02678； | |
| | | 通臾 | 02785；10322；04341；《近出》0526； | |
| 29 | 季 | | 02775；02796；02836； | |
| | | 人名 | 00141；02832；02743；04327；09713；04287；02781*2；02838*2；04454*2；09827；02830；04283；04195；04225；10173；04266；04168；《近出》0086*3； | |
| 30 | 宗 | | 00109；00147；02796*2；02836；02837；09454；06001；04229；04293*2；04327；04271；04276；04300；04330；05427；05432；05993；04132；04137；10152*2；02628；03907；05401；05415；06014；02830；04283；04341*2；02703；06015；02820*3；00089*2；02790；00260；02676；02767；04317；06011*2；09718；04169；04153；05408；05974；04266；05430；05986；02729；04159；06005；04331*2；《近出》0035；《近出》0343；《近出》0357；《近出》0491；《近出》0603；《近出》0971； | |

| | | | | |
|---|---|---|---|---|
| 31 | 並 | | 02712； | |
| 32 | 兒 | 人名 | 00949； | |
| | | 地名 | 04466； | |
| 33 | 受 | | 02712；02831；02837*3；02841；09901；10175*3；06007；02791*2；04160；04330；028382；04302；04321；04627；06014；05431；04341；04342；04468；02825；10176；02827；04182；02815；04139；04205；00246；00251；04331；《近出》0044；《近出》0086；《近出》0352；《近出》0526； | |
| | | 通授 | 00247；00254；02819；02827；04240；04323；09456； | |
| 34 | 尙 | | 02824；04107；05428；《近出》0491； | |
| | | 人名 | 02785； | |
| | | 通當 | 02838； | |
| 35 | 空 | 通工 | 02832；10322；04294*2；10176*2；09456；06013；《近出》0045；《近出》0364*2； | |
| 36 | 知 | 通智 | 02841；《近出》0490； | |
| | | 通䛗 | 00062； | |
| 37 | 宕 | | 04292*4；04328；02824；04322；04469； | |
| 38 | 戻 | | 04292；04293； | |
| 39 | 祇 | | 04293；10175； | |
| 40 | 㣚 | | 04140； | |
| 41 | 弦 | | 10175； | |
| 42 | 官 | | 02813；02814；02817*2；02825；02827；04206；04246；04255；04258；04266；04267；04279；04283；04287；04288；04294；04312；04316*2；04321；04324；04327；《近出》0491；《近出》0364； | |
| | | 通館 | 05425；05986；《近出》0605； | |
| 43 | 芮 | 人名通內 | 04067；04109； | |
| | | 通內 | 04216； | |
| 44 | 宜 | | 04330；05409； | |
| | | 地名 | 04320*5； | |
| | | 祭祀名 | 04261； | |
| | | 通義 | 00246；00255；02809；10175；10285*2； | |
| 45 | 來 | | 00252；00260；02682；02728；02730；02765；02838；04047；04122；04292；04328；09455；10175；《近出》0942； | |

| | | | | |
|---|---|---|---|---|
| | | 人名 | 04273； | |
| | | 通逨 | 00082； | |
| | | 族徽 | 02728； | |
| 46 | 典 | | 04293*2；04262；04465；00247； | |
| | | 通冊 | 04241； | |
| 47 | 孟 | 人名 | 04267；04328；04071*2；04108；04162；04213*2；04011；09705；09456；《近出》0364； | |
| 48 | 姒 | 人名<br>通始 | 02743；02628；02827； | |
| | | 人名 | 02831；09713；04341；02718*2； | |
| 49 | 秉 | | 00109；00187；04115；02838；04242；04341；02820；00238；00247； | |
| 50 | 免 | 人名 | 04579；04240*4；04626*2；05418*4；10161*2； | |
| 51 | 炎 | | 06005； | |
| | | 地名 | 05416*2；04300；06004*2； | |
| 52 | 㧊 | 通丕 | 05416；09455；02813；04214；04316；04341；02820；04326；06004；04331；《近出》0491； | |
| 53 | 泃 | 人名 | 10322； | |
| 54 | 眔 | 連詞<br>通及 | 02734； | |
| 55 | 卓 | | 02831； | |
| 56 | 長 | | 10175；04237；04323； | |
| | | 人名 | 09455*2； | |
| | | 地名 | 《近出》0489*2； | |
| | | 通懲 | 10175； | |
| | | 人名<br>通徵 | 06007； | |
| 57 | 㚸 | | 04269；06015；10175； | |
| | | 人名 | 02702*2；02725；04208；10101； | |
| 58 | 依 | | 02816； | |
| 59 | 卑 | 通俾 | 10175；02838*6；04240；04322*2；02830；04466；05424；04469；10176*2；《近出》0030；《近出》0357； | |
| 60 | 阻 | 通俎 | 10175；《近出》0343； | |
| | | 通戲 | 04469； | |

| | | | | |
|---|---|---|---|---|
| 61 | 取 | | 02807；02831；02841；04327；04343；04262；04341；04294；04326；04246；04255；09456*2；04464；04266；04215；《近出》0030；《近出》0364；《近出》0486； | |
| 62 | 亟 | 通鞃 | 02831*2；04318；02841；09898；04302；04343；04468；04326；04469； | |
| | | 通弘 | 04302；04343； | |
| | | 通宏 | 02841； | |
| 63 | 劼 | | 《近出》0030； | |
| 64 | 者 | | 02831； | |
| | | 通書 | 04240； | |
| | | 人名 | 03748； | |
| | | 通諸 | 02831；02839；09901*2；09713；10174；03954*2；04628*2；04627；02706；06015；09453；09456；04464；04215；04331；《近出》0526*2； | |
| 65 | 虎 | | 02784；02831；04251；04318；02841*2；04292；04293；02816；09898；04302；04343；04288；04313；04468*2；02814；04326；04469；《近出》0347；《近出》0356； | |
| | | 通琥 | 09456； | |
| | | 人名 | 02824；04321；04316*4；10176；《近出》0364*4；《近出》0491*6； | |
| | | 地名 | 02751；《近出》0489； | |
| 66 | 協 | | 00181；00247；《近出》0030；《近出》0086； | |
| 67 | 𦥑 | 人名通舀 | 00204；04251；02838*17；09728*4；04340；10285； | |
| 68 | 𣎆 | 通市 | 04462；10169； | |
| 69 | 玥 | 人名通揚 | 02612*2 | |
| 70 | 叀 | 助詞通惟 | 02831；06014； | |
| | | 通惠 | 02836；10175；04302；04342；《近出》0346*3； | |
| | | 人名通惠 | 04271；02814*3；02818；04466；00238*2；04182；04198；04285； | |
| 71 | 侃 | | 00147；00065；00109；00188；04137；00141；06515；00143；00246；《近出》0106； | |
| 72 | 青 | 通靜 | 10175； | |
| | | 人名 | 09898；《近出》0943； | |

| | | | | |
|---|---|---|---|---|
| 73 | 𥄎 | 通擊 | 04330；02824； | |
| | | 通斁 | 04341； | |
| 74 | 卒 | 通衣 | 02748；04322；05430； | |
| 75 | 禹 | 人名 | 02833*7；04242*3； | |
| 76 | 匌 | | 02833； | |
| 77 | 婜 | 人名<br>通肇 | 04047； | |
| 78 | 奔 | 人名<br>通宄 | 02838； | |
| 79 | 𦤳 | 通致 | 02838；04331；10285； | |
| 80 | 呼 | 召喚<br>通乎 | 00204；02720；02742；02751；02780；02804；02805；02807；02813；02814；02815；02817；02819；02821；02825；02827；02836；02839*4；04191；04192；04202；04207；04214；04244；04250；04251*2；04253；04256；04257；04268；04272；04274；04276；04277；04279；04283；04285；04286；04287；04288；04294；04296；04298；04312；04316；04318；04324；04340；04343；04462；06011；06516；09714；09723；09726*2；09728；09897；09898；10170；《近出》0044；《近出》0487；《近出》0490；《近出》0491；《近出》0506； | |
| | | 歎詞<br>通虖 | 02824*2；02833；02841；04330*2；04341；05392；05428；05433；06014； | |
| 81 | 豖 | 人名 | 04298*5； | |
| 82 | 哭 | | 04269； | |
| 83 | 佩 | | 02839；02718；02825；02827；04170；00247； | |
| 84 | 承 | | 04238；04342； | |
| 85 | 宓 | | 05375； | |
| 86 | 具 | | 02818；02838；04627*2；10164； | |
| | | 通俱 | 00260；02831；04627；《近出》0364； | |
| 87 | 盂 | | 02742；02807；10321；10322；《近出》0971； | |
| | | 人名 | 02837*7；02839*12；05399*2；09104； | |
| 88 | 享 | 通鄉 | 《近出》0097； | |
| | | 通亯 | 00065；00089；00109；00141；00147；00238；02553；02614；02705；02743*2；02762；02767；02768；02777；02789；02790*2；02791；02814；02821；02824*2；02837；03920；04051；04067*2；04089；04107；04108；04109*2；04124；04125；04137；04147*2；04153；04156*2；04157；04168；04182；04188*2；04198； | |

| | | | | |
|---|---|---|---|---|
| | | | 04203；04208；04219；04283；04287；04293；04296；04300；04311；04313；04322；04328；04331*3；04436；04446；04448；04465；04579；04628；04692；05968；05993；06014；06015；06515；09694；09713；09716；09718*2；09725；09827；09935；《近出》0086*2；《近出》0106；《近出》0478；《近出》0485；《近出》0491；《近出》0942；《近出》0969；《近出》0971； | |
| 89 | 始 | 人名 | 02792*4； | |
| | | 人名<br>通姒 | 02628；02743；02827； | |
| 90 | 庚 | 天干 | 02831；02792；02785；02832；04268；10174；02778；00204；02791；04244；04250；05432；02781；04302；04202；02728；02813；04316；05431；04342；02703；09721；02825；04046；04203；04294；04465；02819；04104；04273；04285；02729；04205；02742；《近出》0045；《近出》0350；《近出》0357；《近出》0486；《近出》0503；《近出》0969； | |
| | | 地名 | 06514； | |
| | | 通賡 | 04261； | |
| | | 人名 | 05375；02791；02612；02748；05426*3；02824*2；04322；05997；《近出》0364；《近出》0491； | |
| 91 | 朋 | 單位 | 02556；02702；05985；10168；06512；02735；04030；02754；02763；02791；04300；02748；03942；05419；05426；02628；02776；04042；06014；02728；04121；04214；05433*2；04323；05997；05977；02682；02705；09453；09456*2；05992；02661；02739；04099；04169；04191；05974；04159；10166；《近出》0352；《近出》0356；《近出》0481；《近出》0485；《近出》0604； | |
| | | 通倗 | 02783；02784；02655；02835；09672；04160；04448；04137；04465；02733；04331；《近出》0502； | |
| 92 | 招 | 通卲 | 04692； | |
| 93 | 曶 | 人名<br>通舀 | 04251；00204；02838*17；09728*4；04340；10285； | |
| 94 | 旻 | 通敃 | 02841； | |
| 95 | 定 | 人名 | 02832*2；04250；09456*2； | |
| 96 | 卹 | | 02832；04219；04313；04342；04269；00252； | |
| 97 | 底 | | 04258； | |
| 98 | 昊 | | 10175； | |
| 99 | 河 | 通[illegible] | 04271； | |

| | | | | |
|---|---|---|---|---|
| 100 | 㕕 | 通川 | 04320； | |
| 101 | 㽕 | 通卣 | 05399； | |
| 102 | 姑 | | 05426；09827；04011；04067；04436； | |
| | | 地名<br>通古 | 02739； | |
| | | 地名 | 《近出》0485； | |
| 103 | 臤 | 人名 | 05428*3； | |
| 104 | 姛 | 人名 | 09827； | |
| | | 人名<br>通姒 | 02718*2； | |
| 105 | 匋 | | 04167； | |
| | | 通陶 | 02774； | |
| 106 | 卹 | 人名 | 04197； | |
| 107 | 直 | | 04199； | |
| 108 | 囲 | 通甲 | 04253； | |
| 109 | 林 | | 02831*3；04271； | |
| | | 通鐳 | 00133； | |
| | | 通鐳 | 00181；00246；00252； | |
| | | 通耆 | 00141； | |
| | | 地名 | 00754*2；04322； | |
| | | 通簪 | 00065；00092；00103；00108；00109；00143；00147；00238；《近出》0106； | |
| | | 通歡 | 00205； | |
| 110 | 畁 | 族名 | 04321；04288； | |
| 111 | 袚 | 通祐 | 05415； | |
| 112 | 返 | 通反 | 02825；02827；《近出》0043；《近出》0045；《近出》0484； | |
| 113 | 臾 | 人名 | 00141*2； | |
| 114 | 事 | | 02581；02836；02837；02839；06001；00754；02785；02841*3；04184；04261；04268；04279；04292*2；04328；09901*6；09893；04229；04100*2；04267；10175；02835；04287；10168；02487；00187；02804；02816；04023；04244；04276；10169；02612；02748；02838*2；04089；04240；04343*2；05428*2；09728；00133；02628；02824；04197；04199；04257；04321；00060；02830；04219；04258；04311；04312；04313； | |

| | | | | |
|---|---|---|---|---|
| | | | 04316*2；04324；04341；04342；02671；02706；05410；09300；09451*2；00948；02820；04326；02827；04255；05424；04272；04286*2；06013；10321*2；02765；02815；04266；05430；04139；04215；00252；10285；10360*2；04296；《近出》0106；《近出》0357；《近出》0484*2；《近出》0490*2；《近出》0491*3；《近出》0605； | |
| | | 通史 | 02805； | |
| | | 通士 | 04628； | |
| | | 通使 | 02831；02678；04201；06001；00949；02696；02832；02456；04132；02789；02824*2；04324；04323；02818；10321；02733；04104；04469；04340；《近出》0526；《近出》0943； | |
| 115 | 使 | | 00753；02719；04100；02835；04123；02809；02756；00948；10285； | |
| | | 通吏 | 05424；04192；10285；10360； | |
| | | 通史 | 03954；10175；04300；02838*2；02809； | |
| | | 通事 | 02831；02678；04201；06001；00949；02696；02832；02456；04132；02789；02824*2；04323；04324；02818；10321；02733；04104；04469；04340；《近出》0526；《近出》0943； | |
| 116 | 昔 | | 02836；04327；02838；04343；06014；04324；04468；02820；04340；04296；《近出》0490； | |
| 117 | 妾 | | 02836；04287；00062；04311；《近出》0490； | |
| 118 | 奔 | | 02836；02837；04322；04241；05433；《近出》0040； | |
| 119 | 非 | | 04206；02696；02841*2；04327；02838；04341；04469；04340； | |
| 120 | 希 | | 02831； | |
| 121 | 枏 | 人名 | 00746； | |
| 122 | 法 | 通灋 | 02837； | |
| 123 | 芇 | 通中 | 02836； | |
| 124 | 妹 | 通昧 | 02837； | |
| | | 通末 | 05428； | |
| | | 通敉 | 04330*2； | |
| 125 | 昏 | 通聞 | 02841*2； | |
| | | 通憂 | 04285； | |
| 126 | 卣 | 通由 | 02838； | |

| 127 | 羌 | | 《近出》0942； | |
|---|---|---|---|---|
| 128 | 旨 | 人名 | 04071； | |
| 129 | 宾 | | 02779； | |
| 130 | 妻 | 通規 | 02812； | |
| | | 通乂 | 04342； | |
| 131 | 奎 | 人名<br>通奎 | 02813*4； | |
| 132 | 析 | | 04262； | |
| 133 | 紉 | | 04262； | |
| 134 | 姓 | 通生 | 04229；09454；10174；04137；04320；02820； | |
| 135 | 宜 | 通居 | 04316；04294； | |
| 136 | 拙 | 通徭 | 04341； | |
| 137 | 於 | | 04342； | |
| 138 | 肱 | | 04342； | |
| 139 | 股 | | 04342； | |
| 140 | 往 | | 02682；《近出》0036； | |
| 141 | 沬 | 地名<br>通湝 | 04059； | |
| 142 | 昂 | 地名 | 04323； | |
| 143 | 所 | | 04323； | |
| 144 | 亟 | 通極 | 02841；04341；04446；10175； | |
| 145 | 畠 | 通復 | 06015； | |
| 146 | 叡 | | 04203； | |
| 147 | 刼 | 人名 | 05977； | |
| 148 | 匊 | 人名 | 09705； | |
| 149 | 乖 | 人名 | 04331*4；09705； | |
| 150 | 奉 | 通封 | 10176*18； | |
| 151 | 沽 | 水名 | 10176； | |
| 152 | 奄 | 人名 | 02553； | |
| 153 | 陂 | | 02790； | |
| 154 | 放 | | 02818； | |
| 155 | 鈜 | 地名 | 04466； | |
| 156 | 妻 | | 05424； | |
| 157 | 糾 | 通䦆 | 02831； | |

| 158 | 孚 | 通孚 | 05424； | |
|---|---|---|---|---|
| 159 | 臽 | 通陷 | 00260； | |
| 160 | 㑆 | | 02676； | |
| 161 | 夌 | 人名 | 02676； | |
| 162 | 戾 | 通盭 | 00251；04229；04317；10175； | |
| 163 | 陀 | | 04317*2； | |
| 164 | 拘 | | 6011；06012； | |
| 165 | 咎 | | 04469； | |
| 166 | 戒 | 通職 | 10173； | |
| 167 | 疾 | 通疾 | 04340*2； | |
| 168 | 坏 | 地名<br>通壐 | 05425； | |
| 169 | 念 | | 02836*2；02841；04330；05427；02774*2；02824；04208；04046；06515； | |
| 170 | 延 | | 02839*3； | |
| | | 通延 | 02754；02763；02838；05415；04214；02671；02661； | |
| | | 人名<br>通延 | 05427；02706； | |
| 筆劃：九劃 | | | | |
| 序號 | 字例 | 通用<br>釋例 | 使用器號 | 備註 |
| 1 | 既 | 月相 | 00060；00753；00754；00948；02695；02735；02748；02749；02754；02755；02758；02781；02783；02784；02789；02791；02807；02813；02814；02815；02819；02821；02827；02831；02838*2；02839；04089；04134；04157；04192；04195；04196；04203；04206；04207；04214；04216；04244；04251；04256；04269；04276；04279；04286；04287；04294；04298；04300；04312；04316；04327；04340；04342；04343；04438；04462；04626；05403；05415；05425；05426；05432*2；06005；06008；09453；09454；09456；09714；09725；09897；10166；10168；10170；10174；10285；《近出》0035*2；《近出》0036；《近出》0350；《近出》0357；《近出》0364；《近出》0483；《近出》0487*2；《近出》0506；《近出》0943；00251；02756；02820；02835；02836；04194；04268；04283；04285；04292；04293*2；04296；04298；04312；04313；04316；04318；04324；04327；04340；04343；04468；06005；06014；09901*2；10175； | |

| | | | | |
|---|---|---|---|---|
| | | | 10176*2；10285*3；02838；《近出》0484；《近出》0490；《近出》0491；《近出》0971； | |
| 2 | 室 | | 02783；09723；04251；00754*2；02832；04256；04261；04268；00109；04267；04327；03979；02821；04287；02754；04073；04178；04244；04250；04276*2；09898；10170；02838；04137；04343；05418；02776；03907；04197；04253；04257；06014；00061；00062*2；02813；02817；04196；04243；04277；04283*2；04312；04316；04324；04342；02814；02820；02825；04294；06515；02818；02819；02827；04255；02676；04272；04286；04317；09718；04153；04191；04269*2；04285；02815；06516；04462；04331；《近出》0041；《近出》0043；《近出》0044；《近出》0045；《近出》0357；《近出》0483；《近出》0485；《近出》0487；《近出》0490；《近出》0491；《近出》0971； | |
| 3 | 拜 | 通捧 | 02783；02784；09723；02775；02807；02836；02839；04165；04257；04298；04318；09726；00753；00754；02735；04184；04256；04268；04274；04279；04328；02803；04327；09714；10322；04237；04287；05423；02755；02804；02816；04244；04276；04330；09898；10170；02781；02838；04302；04343；05419；06008；09728；00133；00181；02789；02805；02824；04199；04202；04253；04322；00063；02780；02813；02817；02830；04214；04241；04243；04277；04283；04288；04311；04312；04316；04324；04341；02756；02786；09721；09897；00048；02820；02825；04225；05411；04294；04465；02819；02827；04246；04255；05424；04272；04286；06011；06013*2；04469；02810；04207；04273；04285；04340；05408；00143；02765；02815；04266；05430；06516；02742；04215；04296；04331；《近出》0044；《近出》0045；《近出》0364*2；《近出》0483；《近出》0487；《近出》0490；《近出》0491；《近出》0506；《近出》0605； | |
| | | 通頪 | 04167； | |
| | | 通捑 | 04194； | |
| 4 | 首 | | 02783；09723；02775；02807；02836；02839；04165；04251；04298；04318；09726；00753；00754；02735；04184；04256；04268；04274；04279；04328*2；10174；02803；09714；10322；02835*5；04237；04287；05423；02755；02804；02816；04244；04276；04330；09898；10170；02781；02838*3；04302；04343；05419；06008； | |

| | | | | |
|---|---|---|---|---|
| | | | 09728；00181；02789；02805；02824；04194；04202；04253；04321；04322；02779；02780；02813；02817；02830；04214；04241；04243；04258；04277；04283；04288；04311；04312；04313；04316；04324；04341；04342*2；02756；02786；04323；04459；09721；09897；00048；02820；02825；04225；05411；04294；04465；00092；02819；02827；04167；04246；04255；05424；04272；04286；06011；06013*2；04469；10173；02810；04207*2；04273；04285；04340；05408；00143；02765；02815；04266；05430；06516；04215；04296；04331；《近出》0037；《近出》0039；《近出》0043*2；《近出》0044；《近出》0045；《近出》0097*2；《近出》0364*2；《近出》0483；《近出》0487；《近出》0490；《近出》0491；《近出》0506；《近出》0605； | |
| | | 通[illegible] | 02839*6；04313； | |
| 5 | 旮 | 通友 | 02783；02784；02724；10175；02835；09672*2；05424；02614；06004； | |
| | | 通佑 | 04191； | |
| | | 通宥 | 02810；09897； | |
| | | 人名<br>通友 | 04194*4；《近出》0487； | |
| 6 | 胄 | | 02839；04322；02457；04167；《近出》0352； | |
| | | 通冒 | 02784；02816； | |
| 7 | 皇 | | 00147*3；02581；02796；02836；04125；04165；04298；04318；09726；00065；02841*4；04109；04216；04274；04328；00109*2；02762；02777；02778；04267；00746；02743；02821；04188；04237*3；04287；00187*3；00188*2；00205；02758；02768；02804；04073；04091；04156；04300*4；04448；09716；09936；02833；04242*2；04302；04343；00181*2；00141；02812*3；02830*4；04219；04311；04324；04341；04342；09721；00082*2；02820；02825；04124；04147*2；04225；04326*2；04465*2；00108；02790*2；02818*2；02819；02827*2；04466；00260*2；04272；04317*3；06011；09718；00238*3；04182；04153*2；04191；04198*2；00143；02765；02815；04139；04157；05425；02742；04170；04168；00246*2；00247；10360；04296；04331；《近出》0027；《近出》0028；《近出》0031；《近出》0032；《近出》0086；《近出》0106*2；《近出》0364；《近出》0478；《近出》0969； | |
| | | 人名 | 10164； | |

| | | | | |
|---|---|---|---|---|
| 8 | 降 | | 00147；04140；04261*2；00109；10175；00188；02833；04242；10152；10164；04342；04465；10176*2；00260；04317*2；00238；04469；00247；00251；《近出》0037；《近出》0048；《近出》0106； | |
| | | 族名 | 04321； | |
| 9 | 祖 | 通且 | 02796；02836*3；02837*2；04125；04692；09726；04109；04256；04274*2；04279；04293；04328；00109*2；00356；04267；04327*2；10175*6；00746；02743；04188；04287；10168； 00187*2；00188*2；00205；02758；02763*2；02768；02816；04156；04276；04448；05427；05993；09716；10169；02833*3；02838；04122；04242*2；04302；09728；00181*4；02789；04197；04253；04321*2；00141；00061；02817；02830*4；04219；04258；04288；04311；04324*2；04342*2；04468*3；05410；05983；09897；00082*2；02820；04225；04326*2；04465*2；05977；00108；02818；04167；04466；00260；02676；02767；04272；04286；04317；06013；09718；10321；04209；04153；02765；04157；06516；02742；04170*2；04168；00246*3；00247*3；00252；04331*2；《近出》0027；《近出》0032；《近出》0097；《近出》0106*2；《近出》0343；《近出》0364；《近出》0487；《近出》0490*2；《近出》0491*3；《近出》0942；《近出》0969； | |
| | | 人名通且 | 10176*3； | |
| | | 通俎 | 03979；04194；04316*2； | |
| | | 通䖑 | 04100； | |
| 10 | 剌 | 通烈 | 02807；04298；04293；10175*3；00204；04091；04330；10152；02805；02824*2；04322；00141；02813；02830*2；04316；04341；04342；04459；09721；00082；02814；04294；04317；06013*2；00246；00251；《近出》0040*2；《近出》0490；《近出》0491； | |
| | | 人名 | 02776*3； | |
| 11 | 保 | | 02836*3；02837；04140*3；02841；10175；04242；10152；00181；02728；02830*2；04262*2；04277*2；04342；00082；00260*2；02676；04192；04317；06011；06013；04269；《近出》0034；《近出》0097； | |
| | | 通僄 | 02758；04132*2；02703*2；02749；02765；《近出》0942； | |

| | | | | |
|---|---|---|---|---|
| | | 人名通僳 | 05400； | |
| | | 人名 | 09901；05415*2；《近出》0484*2； | |
| 12 | 若 | | 02841*2；02838*2；02836；02837*3；02839；02841；04302；04343；04321；00061；04311；04312；04313；04316；04324；04342；04468；06015*2；04294；04340；04266；04331；《近出》0487； | |
| | | 族徽 | 02763； | |
| | | 通諾 | 02838； | |
| 13 | 省 | | 02775；02837；00949*2；02751；06514；02595；04320*2；02731；02721；《近出》0035；《近出》0357； | |
| | | 通復 | 04229；04123； | |
| | | 通眚 | 02831；04261；02838；02818；00260；《近出》0037； | |
| 14 | 遂 | | 02839； | |
| | | 假遂 | 02814；10321； | |
| | | 通墜 | 02837；04238； | |
| 15 | 侯 | 通医 | 02837；02839*2；03977；09901*2；06514；09893*2 10175；10174；03954；04237*3；06007*4；02816*2；06002；02833*3；04029；04320*3；04343；05428；02628；04136*3；05415；04241；05995；05431；02457；02703；02706*2；04059；09451*3；06015*12；00948*2；02749*2；04041；02820*2；00107*2；00108；04045；09453；00103；04464；04139；04215；《近出》0029；《近出》0036；《近出》0037*2；《近出》0038*2；《近出》0040；《近出》0043；《近出》0044；《近出》0045*2；《近出》0350；《近出》0352*2；《近出》0502；《近出》0503；《近出》0942；《近出》0969；《近出》0971； | |
| | | 族徽 | 02702； | |
| | | 地名通医 | 02735；05410； | |
| 16 | 昧 | | 02839；04240； | |
| | | 通忞 | 04341； | |
| | | 通妹 | 02837； | |
| 17 | 剋 | 通能 | 02837； | |
| 18 | 型 | 通井 | 02837；02839；02841；10175；00187；04330；04242；04302；04343*5；02812；02830；04316；04341；00082；04326；00238；02614； | |

| 19 | 亯 | 通享 | 00065；00089；00109；00141；00147；00238；02553；02614；02705；02743*2；02762；02767；02768；02777；02789；02790*2；02791；02814；02821；02824*2；02837；03920；04051；04067*2；04089；04107；04108；04109*2；04124；04125；04137；04147*2；04153；04156*2；04157；04168；04182；04188*2；04198；04203；04208；04219；04283；04287；04293；04296；04300；04311；04313；04322；04328；04331*3；04436；04446；04448；04465；04579；04628；04692；05968；05993；06014；06015；06515；09694；09713；09716；09718*2；09725；09827；09935；《近出》0086*2；《近出》0106；《近出》0478；《近出》0485；《近出》0491；《近出》0942；《近出》0969；《近出》0971； | |
|---|---|---|---|---|
| 20 | 畏 | 通愧 | 02837；04464； | |
| 21 | 威 | | 00238；00247；04170；04242； | |
| | | 通愧 | 02837；02841*2；04341；04342； | |
| 22 | 南 | 是 | 06001；00949；02751；02832；10174；10175；02734；02833；03976；04459；05983；04225；10176*3；00260；02615；05979；04435；04464；02810；《近出》0035；《近出》0037；《近出》0357；《近出》0364； | |
| | | 族名 | 02833；04323；00260；04435；04464；05425； | |
| | | 地名 | 05410；《近出》0489； | |
| | | 人名 | 02837*3；02751；04256；06514；04188；00181*3；02805；02814；02825；02818；04464；《近出》0486； | |
| 23 | 狩 | 通獵 | 02837； | |
| | | 通獸 | 02695；《近出》0503； | |
| 24 | 酓 | | 04627； | |
| 25 | 品 | 類別 | 00754；02839；04241；05415；10166； | |
| 26 | 紀 | 通己 | 03977*3； | |
| | | 人名<br>通㠱 | 06511； | |
| 27 | 耶 | 通聖 | 04140；04157；10175； | |
| 28 | 阦 | 地名 | 04238； | |
| 29 | 侲 | 地名 | 02807；04298； | |
| 30 | 胥 | 通楚 | 04253； | |
| 31 | 昭 | 通瑠 | 10166； | |
| | | 通鉊 | 10175； | |

| | | | | |
|---|---|---|---|---|
| | | 通卲 | 02832；02841；10175；04241；04341；04330；00089；00103；00260；02815；00246；00247；《近出》0031； | |
| | | 地名 | 02827；04296； | |
| | | 人名通卲 | 00260；02776； | |
| 32 | 洛 | | 10322； | |
| | | 地名 | 04323*2；10173； | |
| | | 通格 | 04692；05986； | |
| 33 | 癸 | 天干 | 04020；09901；02778；02835；02695；04262；02703；02682；05430；《近出》0035； | |
| | | 人名 | 09454；02832；02821；02763；05407；05989；05401*3；05415； | |
| 34 | 後 | | 06512；04300*2；02774；04321；02812；04313；02790；06515； | |
| | | 人名 | 09725； | |
| 35 | 俎 | | 09726*2； | |
| | | 人名通卿 | 02789；04206； | |
| 36 | 叚 | | 00949；06013；《近出》0029； | |
| | | 通暇 | 04313； | |
| | | 通遐 | 02833；04313； | |
| | | 通嘏 | 00205；02815； | |
| 37 | 厚 | | 02724；04216；04268；00109；10175；10170；04321；04311；04342；02814；02819；00246；00247；00253； | |
| | | 人名 | 02730； | |
| 38 | 是 | 助詞 | 02724；02838；02841；04107；04330；09713；10173*2；《近出》0971； | |
| 39 | 俗 | 人名 | 02832*2；10322*2；02781*2；02817；《近出》0489*2； | |
| | | 通欲 | 04464； | |
| | | 通裕 | 02841*2； | |
| 40 | 帥 | | 00082；00109；00187；00238；00247；02812；02832；02841；04170；04229；04242；04302；04316；04326；04343；10175；《近出》0106； | |
| | | 人名 | 02774*2； | |
| 41 | 政 | | 02841*2；10174；10175；02833；04343；00061；00063；04341；04342；00251；《近出》0106；《近出》0347；《近出》0491； | |

| | | | | |
|---|---|---|---|---|
| | | 人名 | 02832； | |
| | | 通征 | 02841；10173； | |
| 42 | 恪 | 通[illegible] | 02841； | |
| | | 通[illegible] | 02841；10175；04242；04326；04317；00247； | |
| 43 | 昊 | 通斁 | 02841；10175；00188； | |
| 44 | 曷 | 通害 | 02841； | |
| 45 | 屛 | 通[illegible] | 02841； | |
| | | 通龠 | 10175；00063；04341；04326；00251； | |
| 46 | 敄 | 通侮 | 02841； | |
| 47 | 侮 | 通敄 | 02841； | |
| 48 | 豖 | 通墜 | 00063；00205；02841；04241；04302；04313；04464；06516；10175；《近出》0106； | |
| 49 | 約 | | 02841； | |
| 50 | 盾 | | 04216； | |
| | | 通睪 | 04322； | |
| 51 | 柲 | 通必 | 02814；02819；04216；04268；04261；04311；10170； | |
| | | 通弋 | 04321； | |
| 52 | 契 | | 02779； | |
| 53 | 帝 | | 00251；00260；02705；02743；04241；04261；04317*2；04342；05392；05997；10175*2； | |
| 54 | 助 | 通得 | 04261； | |
| 55 | 宣 | 地名 | 04296；10173； | |
| 56 | 城 | 人名<br>通𩏂 | 04274；04341； | |
| | | 通𩏂 | 04341； | |
| | | 地名<br>通𩏂 | 10176；《近出》0037；《近出》0038； | |
| 57 | 幽 | | 02786；02805；02816*2；04266；04287；06013；09728；10169；10175；《近出》0490；《近出》0491； | |
| | | 人名 | 04293*2；04250；02833；04242；00141；《近出》0490； | |
| 58 | 俞 | 地名<br>通艅 | 04328； | |
| | | 人名<br>通艅 | 04276；04277*5；05995*3； | |
| 59 | 牲 | | 09901*3； | |

| | | | | |
|---|---|---|---|---|
| 60 | 泉 | 人名 | 02762；02777； | |
| | | 地名 | 04323； | |
| 61 | 故 | 副詞 | 04343；04341； | |
| | | 通辜 | 04469； | |
| | | 通古 | 02837*2；04342； | |
| 62 | 爯 | | 04317；04327；06014；06515；09456；《近出》0027； | |
| | | 人名 | 03747；04188；《近出》0485*2；《近出》0502*2； | |
| 63 | 頁 | 通頣 | 04327； | |
| 64 | 者 | | 10175；06007；04156；02813；04277；04051；04203；02767； | |
| 65 | 眉 | 人名 | 10322；《近出》0489； | |
| 66 | 奎 | 人名 通奎 | 02813*4；10322； | |
| 67 | 殂 | 通且 | 05384； | |
| | | 通段 | 04324； | |
| 68 | 佭 | | 10168； | |
| 69 | 耇 | | 《近出》0033； | |
| 70 | 𣤿 | 人名 | 10360； | |
| 71 | 音 | | 《近出》0030；《近出》0086； | |
| | | 人名 | 《近出》0487； | |
| 72 | 宬 | 人名 | 02487； | |
| 73 | 泧 | | 02791；《近出》0485； | |
| 74 | 客 | 通格 | 02748；02804；04209；04214； | |
| 75 | 飵 | 通作 | 02804；04047； | |
| 76 | 冟 | 通幎 | 02816；02831*3；02841；04302；04318；04326；04343；04468；04469；09898； | |
| 77 | 姜 | 人名 | 02831；03977*2；04060；04293；02791*3；03920；04300*2；05407*2；04108；04132；02789*2；04195；04045；00103；04436；04182*2；02704；04340*2；04266；04139*2；《近出》0364；《近出》0490； | |
| 78 | 宅 | 人名 | 02678； | |
| 79 | 毗 | 通畀 | 02678； | |
| 80 | 柔 | 通擾 | 02836；04326； | |
| 81 | 𢦚 | 人名 | 04115；04302*2；05419；02789*2；02824*8；043224； | |
| 82 | 俏 | 通肖 | 04276； | |

| 83 | 寏 | 人名 | 04276； | |
|---|---|---|---|---|
| 84 | 刹 | 地名 | 04330； | |
| 85 | 狢 | 通格 | 04330；04316；05391； | |
| 86 | 哀 | | 02833；04342； | |
| | | 通愛 | 04330； | |
| 87 | 祜 | | 00247；05427； | |
| 88 | 祏 | | 05427； | |
| 89 | 哉 | 助詞通才 | 04341*2；04342； | |
| | | 助詞通𢦏 | 02833；05427； | |
| | | 助詞通𢦏 | 05428；06014； | |
| 90 | 相 | | 06002； | |
| | | 地名 | 04136；《近出》0357； | |
| 91 | 限 | | 04466； | |
| | | 人名 | 02838*2； | |
| 92 | 恆 | 人名 | 02838；04199*2； | |
| 93 | 㗊 | 通靈 | 《近出》0603； | |
| 94 | 眉 | | 02831；02705；《近出》0032； | |
| | | 人名 | 04331*2； | |
| | | 通賓 | 04067； | |
| | | 通監 | 04168；09728； | |
| | | 通鬚 | 02827；04160；04465；09694；04182；02815；《近出》0106； | |
| | | 通亹 | 00746；04156；04446；02814；04051；04203； | |
| | | 通貿 | 02743；04188；00103； | |
| | | 地名 | 04238； | |
| | | 通釁 | 02796；04125；04109；04328；09713；10174；02762；02777；10175；02821；00188；04091；09725；09936；04108；00181；00141；02813；04219；04277；04459；02825；04124；04147*2；00108；02790；04436；09718；04198；04340；04107；04157；00247；04296；《近出》0350；《近出》0478； | |
| | | 通彎 | 02768；04628；09716； | |
| 95 | 盄 | 通淑 | 02836；00109；04327；02830；《近出》0030； | |

| | | | | |
|---|---|---|---|---|
| 96 | 咸 | | 02839*3；09714；09901*2；02763；05432；06014；05431；04341*3；06015；05409；02661；02739；02810；06516；《近出》356*2； | |
| 97 | 祝 | | 02839；04267*2；09455；04041*2；04296*2； | |
| 98 | 牲 | | 02839； | |
| 99 | 姑 | 人名 | 00753*2；00754*3；05405*2；05992；04469；04198；04273；《近出》0481； | |
| 100 | 敃 | | 04011； | |
| | | 通愍 | 00187；00238；02812；02836；10174； | |
| | | 通旻 | 02841； | |
| 101 | 俘 | 通孚 | 02457；02731；02734；02740；02779*2；02835*7；02839*7；03732；03907；04313*2；04322*2；04323；04459*2；05387；09689； | |
| 102 | 臭 | 通畀 | 02785；04341；10322；《近出》0526； | |
| 103 | 韋 | | 《近出》0364；《近出》0943； | |
| 104 | 胡 | 地名<br>通麸 | 02721；04122；04322； | |
| 105 | 虘 | | 04343；04469*2； | |
| 106 | 苟 | 通敬 | 04341；04343；06014； | |
| 107 | 枏 | 單位 | 05426； | |
| 108 | 姦 | | 09455； | |
| 109 | 柞 | 人名 | 00133*3；《近出》0486*3； | |
| 110 | 柳 | 人名 | 02805*3； | |
| | | 地名 | 1017； | |
| 111 | 待 | | 04136； | |
| | | 地名 | 02704； | |
| 112 | 曶 | 人名 | 04197*2； | |
| 113 | 痾 | 人名<br>通何 | 04202*4；06014； | |
| 114 | 段 | 人名 | 04208*2； | |
| 115 | 壴 | 人名 | 05401； | |
| 116 | 訇 | 人名<br>通詢 | 04321*4；04342*5； | |
| 117 | 弜 | | 02780； | |
| | | 人名 | 04253*2；04257；04627*3； | |

| | | | | |
|---|---|---|---|---|
| 118 | 耽 | | 04322；05430；06005； | |
| | | 通畀 | 04273； | |
| 119 | 湇 | | 05983； | |
| | | 通復 | 《近出》0484； | |
| 120 | 郣 | 人名 | 《近出》0526； | |
| 121 | 冒 | | 02831； | |
| 122 | 迺 | 副詞 | 02831*2；02837；02832*5；02841*2；09901；02803；04030；10175；10322*2；02835*5；04156；04330*2；02833*2；02838*9；04343；02809；04203；10176*2；02818；05424；09456*2；00238；04469*4；04191；10285*2；《近出》0364； | |
| | | 地名 | 04343； | |
| 123 | 神 | | 00246；00247*2；00255；00260；00356；04021；04115； | |
| | | | 04170*2； | |
| | | 通申 | 02836；02821；04448；05427；09718； | |
| 124 | 祐 | 通右 | 00147；00188；02790；02796；02827；04160；04182；04188；04302；09725；《近出》0106；《近出》0478； | |
| | | 通祓 | 05415； | |
| 125 | 匽 | | 02556；02836； | |
| | | 地名 | 02749；《近出》0942*2； | |
| | | 地名<br>通燕 | 02628；02703； | |
| 126 | 虒 | 人名 | 09723； | |
| 127 | 前 | 通歬 | 00065；00109*2；00188；04115；00141；02830；04219；04317；00246；《近出》0046*2；《近出》01006*2； | |
| 128 | 持 | | 《近出》0346； | |
| 129 | 郱 | 地名 | 02835； | |
| 130 | 兔 | | 05423*2； | |
| 131 | 畁 | | 02779； | |
| 132 | 建 | | 02556；02841；《近出》0028； | |
| 133 | 重 | 地名 | 04241； | |
| 134 | 昜 | 人名 | 04042； | |
| | | 通揚 | 02678；04216；04287； | |
| | | 通場 | 04271； | |
| | | 通陽 | 10322； | |
| | | 通錫 | 04201；04216； | |

| | | | | |
|---|---|---|---|---|
| 135 | 匍 | 通敷 | 00251；02837；10175；04468； | |
| | | 人名 | 《近出》0943*3； | |
| 136 | 畯 | 助詞<br>通畯 | 02836；02837；10175；02821；02768；04091；04446；00181；04219；04277；04465；02827；00260；04317；《近出》0033；《近出》0106； | |
| 137 | 宿 | 通復 | 04241；10285； | |
| 138 | 柬 | 地名 | 02682；《近出》0943； | |
| 139 | 扁 | 通偏 | 04311*2； | |
| 140 | 殳 | 通殂 | 04324； | |
| 141 | 忞 | 通昧 | 04341； | |
| 142 | 奕 | 通亦 | 05433； | |
| 143 | 甚 | 通湛 | 《近出》0503； | |
| 144 | 斷 | 人名 | 《近出》0969； | |
| 145 | 革 | 通勒 | 02786； | |
| 146 | 迺 | | 05410； | |
| 147 | 祠 | 通司 | 05997； | |
| 148 | 朏 | 人名 | 02831*2；09898；02838； | |
| 149 | 則 | 連詞<br>通劓 | 00252；02818*2；02824；02831；02838*6；04208；04262；04292*3；04293；04321；04342；04468；04469；05995；06011；06014；06515；10174*2；10175；10176*3；10285*2；《近出》0486*2；《近出》0971； | |
| 150 | 封 | | 04293；《近出》0364；《近出》0942； | |
| | | 通奉 | 10176*18； | |
| | | 人名 | 04192；04287； | |
| | | 通夆 | 02831*3； | |
| 151 | 酱 | 通將 | 02841*2；10173； | |
| 152 | 貞 | | 04208； | |
| | | 人名 | 10176； | |
| 153 | 爰 | | 10173；10176*2； | |
| | | 通援 | 04469； | |
| | | 單位<br>通鍰 | 02712； | |
| 154 | 要 | 通縷 | 10176； | |
| 155 | 宝 | 通寶 | 02705； | |
| 156 | 信 | 人名<br>通仁 | 02767*3； | |

| 157 | 逑 | 通永 | 02731； | |
|---|---|---|---|---|
| 158 | 戻 | | 02774； | |
| 159 | 陴 | | 04269； | |
| 160 | 畀 | 通眈 | 04273； | |
| 161 | 某 | 通謀 | 04041；04285； | |
| 162 | 枻 | 通世 | 04205； | |
| 163 | 宥 | 通囿 | 04285； | |
| | | 通友 | 02810；09897； | |
| 164 | 囿 | 通宥 | 04285； | |
| 165 | 咢 | 通鄂 | 00949； | |

筆劃：十劃

| 序號 | 字例 | 通用釋例 | 使用器號 | 備註 |
|---|---|---|---|---|
| 1 | 朕 | | 02831；00147；02796*2；02807；02836*4；02837*2；04165；04206*2；04298；04318；04692；02696；02832；02841*2；04184；04256；04261；04268；04279；04293*2；04328；00356；02762；02777；04267；10322；02655；02821；04237；04271；04287；02755；00187；00205；02804；02816*2；04250；04276；04330；05989；09725；09936；10170；02833；02838*2；04162*3；04242*2；04302；04343*2；09728；00181；02805；02824；04199；04253；04322；00141*2；00063*2；02780；02812；02817；02830*2；04219；04241；04283；04288*2；04311；04312；04313；04316*2；04324*2；04342；04468；02786；09721*2；00082；02814；02825；04124；04147；04225；04294；05977；00092；00108；02790*2；02818；02819；02827；04167；04255；04466；09456；00260；04272；04317*4；06011；06013*3；09896；00238；04169；04209；04469；04285；04340；00143；02765；02815；04205*3；04241；04168；04296；04331*2；《近出》0106*3；《近出》0364；《近出》0478；《近出》0489；《近出》0490；《近出》0491； | |
| | | 人名 | 04214； | |
| | | 通賸 | 02833*3； | |
| 2 | 孫 | | 00147*2；02792*2；02796*2；02807*2；02836*3；04125*2；04201*2；04298*2；04318*2；00065*2；02841*2；04109*2；04216*2；04256；04274*2；04279*2；04293*2；04328*2；09713*2；09893*2； | |

| | | | | |
|---|---|---|---|---|
| | | | 10174*2；00109*2；00356*2；02762*2；02777*2；04229*2；04267*2；04327*2；04579*2；10175；10322*2；00746*2；02734*2；02743；02821*2；02835；04188；04271*4；04287*2；05423*2；06007；10168*2；02754*2；02755*2；00205*2；02768*3；02791*2；02804；02816；04073*2；04091*2；04115*2；04123*2；04156；04178*2；04244*2；04250*2；04330；04438*2；04446*2；04628*2；05427*2；05993；09716；09725；09936；09898；10169*2；10170*2；02781*2；02833*2；02838*2；04071；04089*2；04108*3；04122*2；04137*2；04162*2；04454；04580*2；04302*2；04343*2；05426*2；06008*2；09827*2；09728*2；00133*2；02774*2；02776*2；02789；02805*2；02824*2；04194；04197*2；04199；04202*2；04208*4；04253*2；04257*2；04321*2；04322*2；02730；02779*2；02780*2；02812*2；02813；02817*2；02830；10164*2；04196；04214；04219*2；04243*2；04258*2；04262*2；04283*2；05995*2；04288*2；04311*2；04312*2；04313*2；04316*2；04324*2；05431*2；04341*3；04342*2；04468*2；05433*2；02786*2；03827；04213*2；04323*2；04459；09721*2；09897；06015*2；02749*2；02814；02825*2；04051*2；04124*2；04147*3；04203*2；04225；05411；04294*2；04326；04465*2；09705*2；00108*2；02790；02818*2；02819；02827*2；04045*2；04246*2；04255*2；04466*2；09453*2；09694*2；00103*2；00260；02731；02767；04021；04067*4；04192；04272*2；04286*2；04436；06011*2；09718*2；09896*2；00238*2；02733；04169*2；04182*2；04209*2；04469*2；10173*2；02704；02810；04153；04198*2；04207*2；04269*2；04273*2；04285*2；04340；05408*2；00143；02815*2；04266*2；10166；04107*2；06516；04159；05425；04462*2；04215*2；04168*2；06005*2；04296*2；04331；《近出》0034；《近出》0049*2；《近出》0106*2；《近出》0346*2；《近出》0350*2；《近出》0352；《近出》0364；《近出》0478*2；《近出》0481*2；《近出》0487*2；《近出》0489*2；《近出》0490；《近出》0491*2；《近出》0605；《近出》0971*2； | |
| 3 | 師 | | 02836*3；04238；04251*2；02841；04279；02803；06007；04628；09725；04240；05419；02812；02830*4；04214；04243；04283；02740；02820*2；04465；10176；04246；04286；06013*3；04469*2；10285*2；《近出》0478；《近出》0490； | |

| | | | | |
|---|---|---|---|---|
| | | 通帀 | 04313； | |
| | | 族名 | 04321； | |
| | | 人名 | 04206*3；04251*2；04298；04318*5；04692；09726；04216；04274*4；04279；09901；10322*5；00746；02743；10168*3；04276；04343；06008；00133*2；04253*3；04257*2；04322；00141*2；02779；02780；02809*2；02812*2；02813*3；02817*3；02830；04196；04214*2；04277*2；04283*2；05995*2；04288*3；04311；04312*4；04313*2；04316；04325*5；04342*2；04468；09897*3；00948*2；05411*2；02705；06011；02721；02704；《近出》0357；《近出》0486；《近出》0489*4； | |
| | | 地名 | 02835*6；02817；04277；04283；04466；04285；04462；《近出》0491； | |
| | | 通𠂤 | 02796；02837；00949；00204；04123；10169；02833*5；04047；05419；06008；09728；02805；04341*2；00948；05425；《近出》0036；《近出》0037*2；《近出》0043；《近出》0347； | |
| | | 地名<br>通𠂤 | 04131；04238；05416；02789；04322；02728；05411；04191；04266；06004；《近出》0357； | |
| | | 人名<br>通𠂤 | 09672*2；04195；04273； | |
| 4 | 家 | | 02836；02841*2；04328；02803；04327；06007；02660；04300；04242；00181；04042；00062；04311*2；02786；09721；06015；02827；04272；04317；05392；04340；02765*2；04205；04215；《近出》0490； | |
| | | 人名 | 04156； | |
| | | 通寓 | 02836； | |
| 5 | 般 | 地名 | 02783；02804； | |
| | | 通鞶 | 04279；04462； | |
| | | 通盤 | 09456；10161；10164；10169；10170；10174；《近出》1003； | |
| 6 | 宮 | | 02783；02784；02831；09723；02792*3；02807；04251；04298；04060；09901*2；09893；02803；04267；04327；05416；09714；03979；02821*2；02835*2；04287*2；00204；02791；02804；02816；04115；04178；04250*2；10170；02748；04047；02838*3；04343；05426；09728；04202；04321；02780；02817；04214；04243；04258；04277；04283；04312；05431；04342；05433；02786；09721；00048；02820；04046；05391；04294；04465； | |

| | | | | |
|---|---|---|---|---|
| | | | 10176；02531；02818；02819；02827*2；04246；04466*2；04272*2；04286；10321；04209；04273；04285；02815；04462；10285；04296；《近出》0044；《近出》0045；《近出》0343；《近出》0364*2；《近出》0481；《近出》0483；《近出》0487；《近出》0490*2；《近出》0491； | |
| | | 通究<br>借居 | 09721； | |
| | | 通究 | 09451； | |
| | | 人名 | 02751；09901；06514；10168*3；00181；02805；02825；10176*3；00143；06004；10360；《近出》0486；《近出》1003； | |
| | | 人名<br>通究 | 02812*2；00141；04288； | |
| 7 | 格 | 通各 | 02783；02831；09723；02836；02839*3；04251；04318；04692；00754；04256；0426；04274；04279；10174；04267；02821；04271；04287；06007；00188；04244；04250；04276；09898；10170；04240；04343；05418；09728；04197；04253*6；04257；04321；02730；02813；02817；04121；04196；04277；04283；04288；04312；04324；04342；04323；02814；02820*2；02825；04294；00107；02819；02827；04246；04255；05409；00260；04021；04272；04286；04317；06013；10321；10173；04285；04340；02815；04266；06516；05425；04462；00246；00247；04296；《近出》0035；《近出》0044；《近出》0045；《近出》0046；《近出》0106；《近出》0356；《近出》0483；《近出》0487；《近出》0490；《近出》0491； | |
| | | 通洛 | 05986；04692； | |
| | | 人名 | 04262*4； | |
| | | 通洜 | 05426； | |
| | | 通佫 | 04330；04316；05391； | |
| | | 通客 | 02804；02748；04214；04209； | |
| 8 | 倗 | | 04469；06011； | |
| | | 人名 | 04262；06511；04246；04272； | |
| | | 通朋 | 02783；02784；02655；02835；09672；04160；04448；04137；04465；02733；04331；《近出》0502； | |
| | | 地名 | 《近出》0352； | |

| 9 | 眚 | 人名 | 10176； | |
|---|---|---|---|---|
| | | 通省 | 02831；04261；02838；02818；00260；《近出》0037； | |
| | | 通生 | 04276；02838；04294； | |
| 10 | 馬 | | 02831；02775；02807；02837；02839*2；04201；04298；04318*3；00754；02719；02832；02841；04184；044274*2；06514；10174；04229；02803；04327；05416；02835；05405；10168；00204；04244；04276；05432；09898；10170；02612；02838*2；04302；04343；02779；02813；02817；04243；04262；04277；04283*2；04468；04044；04195；09300；06015；04225；10176；00107；04255；09456；06013；04099；04469；10173；02810；04285；04266；05430；02729；04462；06004；《近出》0046；《近出》0364*2；《近出》0485；《近出》0491*2；《近出》0605； | |
| | | 人名 | 《近出》0971； | |
| 11 | 羔 | | 09726； | |
| | | 人名 | 02831； | |
| 12 | 逆 | | 02831；09726；02832；03747；02487；03748；04300；02838；05428；06015；04466；09456；00260；04464*2；《近出》0484； | |
| | | 通屰 | 10176； | |
| | | 人名 | 00061*2；《近出》0097*4； | |
| | | 通朔 | 02832*2；04271； | |
| 13 | 殷 | 朝代 | 02837*3；04206；04238；09454；10175*2；05400；05415；00251； | |
| | | 人名 | 《近出》0487*4； | |
| | | 地名 | 02833*2；04262； | |
| | | 通衣 | 042612；04330； | |
| | | 通瘢 | 05403； | |
| 14 | 熒 | 通榮 | 02837；02839； | |
| | | 人名<br>通榮 | 04327*4；10322；04271；04257；04121*2；04241；04342；02786；04323；00107；09456*2；04192；04286；04209；《近出》0490； | |
| | | 通營 | 02832； | |
| 15 | 愄 | 通畏 | 02837；04464； | |
| | | 通威 | 02837；02841*2；04341；04342； | |

| | | | | |
|---|---|---|---|---|
| 16 | 鬯 | | 02837；04318；09454；06001；02841；09901*2；02754；02816；05400；09898；04132；04302；04320；04343；05399；09728；04342；04468；04469；《近出》0045；《近出》0356；《近出》0357；《近出》0942； | |
| 17 | 旂 | | 02837；02839；02841；04268；04267；02821；04287；02804；04244；04250；04276；10169；10170；02781；02838；04343；09728；04199；04202；04257；04321；02813；02830；04243；04258；04277；04312；04468；06015；02814；02820；02825；04046；04294；04326；02819；02827；04246；04255；09456；04192；04286；02815；04266；06516；04296；《近出》0357；《近出》0491； | |
| | | 人名通旅 | 02809*3； | |
| 18 | 訊 | | 02839；04292；04293*2； | |
| | | 人名 | 02815； | |
| | | 通⿰口䜌 | 02832；04328*2；10174；02835*6；04343*2；04322；02779；04313；04323*2；04459；04294；04469；10173；04266；04215；《近出》0037；《近出》0039；《近出》0043*2； | |
| | | 通⿰彳䜌 | 02839； | |
| 19 | 高 | | 00246*2；00247；04125；05977；10175；《近出》0097； | |
| | | 人名 | 05431；04464； | |
| | | 地名 | 04328； | |
| 20 | 茲 | 通𢆶 | 04140；02785；02841*2；04184；00356；04160*2；04330；02838*4；04162；04302；05428*2；00181；02824；06014*2；02779；06515；09718*2；04435；10285；《近出》0028；《近出》0050；《近出》0491； | |
| | | 通絲 | 02838；《近出》0352； | |
| 21 | 朔 | 通逆 | 02832*2；04271； | |
| 22 | 宰 | | 04324；09897；00048；10176；04340*2；02815； | |
| | | 人名 | 04251；04188；09898；02780；04258；02819；02827；04272；04191；《近出》0490*2； | |
| 23 | 害 | | 04468； | |
| | | 人名 | 04258*3； | |
| | | 通曷 | 02841； | |
| | | 通甫 | 10175； | |

| 24 | 兼 | 通黚 | 04318；02841；04277；04468；04326；02790；06013；04285；04340；《近出》0106； | |
|---|---|---|---|---|
| | | 通繫 | 04287；00062；04311；04296； | |
| 25 | 梋 | 人名<br>通眘 | 02735*2； | |
| 26 | 徣 | 通出 | 09454；04341；《近出》0486； | |
| | | 通拙 | 04341； | |
| | | 通遂 | 04320；04169； | |
| | | 通造 | 09901*2；02779； | |
| 27 | 追 | | 00065；04216；04328*3；09901；00109；02762；02777；05416；02835*6；04073；04047；04071；04322；02813；04241；04323；09721；04147；04203；00089；02827；09433；09718；04182；06004；00246；00247；《近出》0030；《近出》0086；《近出》0106；《近出》0352； | |
| | | 人名 | 04219*4； | |
| 28 | 眘 | 人名<br>通梋 | 02735*2； | |
| 29 | 貞 | | 02756； | |
| | | 地名 | 02751； | |
| 30 | 荊 | | 04316*2； | |
| | | 地名<br>通刑 | 10175； | |
| | | 地名 | 02832；03907；03950；03976；03732； | |
| 31 | 屖 | 人名 | 02832；04258；04134*2；04269*2；05425*2； | |
| | | 地名 | 04258； | |
| | | 通遲 | 10175； | |
| 32 | 配 | | 02841*2；00181；06515*2；00260；04317；06005； | |
| 33 | 荒 | 通妄 | 02841； | |
| | | 通兄 | 05415； | |
| 34 | 烏 | 歎詞<br>通嗚 | 02824*2；02833；02841；04330*2；04341；05392；05428；05433；06014； | |
| 35 | 圂 | | 02841； | |
| 36 | 虔 | | 02841；00187；02812；04219；04313；04326；00252；《近出》0106； | |
| | | 地名 | 04320*2； | |

| | | | | |
|---|---|---|---|---|
| 37 | 尃 | 通溥 | 04326； | |
| | | 地名<br>通薄 | 02739； | |
| | | 通敷 | 00205；02830；02841*4； | |
| | | 人名 | 04454；10285； | |
| 38 | 效 | | 02841；04340；04469； | |
| | | 通號 | 02820；04115； | |
| | | 人名 | 02838*3；05433*3； | |
| | | 通斆 | 04330； | |
| | | 通學 | 02803 ； | |
| 39 | 圅 | 通陷 | 02841；04328；04342；《近出》0038； | |
| | | 人名 | 10322；10164； | |
| 40 | 卿 | | 02841；09901*3；04628；04326； | |
| | | 人名 | 02595；05985； | |
| 41 | 珪 | 通圭 | 02841；04292；02835；04342；04323； | |
| 42 | 葡 | 通箙 | 02841；04326； | |
| | | 通備 | 04243； | |
| 43 | 速 | 通績 | 04216； | |
| | | 通迹 | 04313； | |
| 44 | 訖 | 通乞 | 04261； | |
| | | 通三 | 04300； | |
| 45 | 退 | | 04261；04327；04469； | |
| 46 | 益 | 人名 | 04268；04279；04267；10322；04244；10170；04343；04321；04342；06013；04153；04331*2；《近出》0490； | |
| | | 通謚 | 04341； | |
| 47 | 𢍰 | 通誥 | 04030；06014*2； | |
| 48 | 丕 | 通杯 | 05416；09455；02813；04214；04316；04341；02820；04326；06004；04331；《近出》0491； | |
| 49 | 迨 | | 00251；10101；10175； | |
| | | 通會 | 05415；06015； | |
| 50 | 恐 | 通巩 | 10175；04324； | |
| 51 | 剛 | | 10175； | |
| | | 地名 | 10176*3； | |
| 52 | 桓 | 通趄 | 00246*2；02833*2；10173*2；10175；《近出》0027*2； | |

| 53 | 散 | 通微 | 06004；10175；《近出》0942； | |
|---|---|---|---|---|
| | | 人名通微 | 00251；02790；04331*2；09456；10175；10176*2； | |
| 54 | 俾 | 通畀 | 10175；02838*6；04240；04322*2；02830；10176*2；04466；05424；04469；《近出》0030；《近出》0357； | |
| 55 | 亞 | | 10175；04237；00181*2；05431；04215；00247；《近出》0038；《近出》0489； | |
| | | 族名 | 04321； | |
| | | 族徽 | 02763；02702；02725； | |
| 56 | 峻 | 通駿 | 02836； | |
| 57 | 原 | | 02836；04262；《近出》0503； | |
| | | 地名 | 10176*2； | |
| 58 | 敁 | | 《近出》0489； | |
| 59 | 冢 | | 09728；04341；04266； | |
| | | 地名 | 02835； | |
| 60 | 晉 | 地名 | 《近出》0029；《近出》0036*2；《近出》0037；《近出》0038*2；《近出》0040；《近出》0043；《近出》0044；《近出》0045*2；《近出》0350；《近出》0352；《近出》0503；《近出》0969；《近出》0971； | |
| 61 | 涇 | 水名 | 00204； | |
| 62 | 祁 | 通禦 | 02763；04317；05427； | |
| 63 | 衃 | | 02763； | |
| 64 | 袋 | | 09723； | |
| 65 | 矩 | 人名 | 02456；02831*3；02832；05403*2； | |
| 66 | 烈 | 通剌 | 02807；04298；04293；10175*3；00204；04091；04330；10152；02805；02824*2；04322；00141；02813；02830*2；04316；04341；04342；04459；09721；00082；02814；04294；04317；06013*2；00246；00251；《近出》0040*2；《近出》0490；《近出》0491； | |
| 67 | 納 | 通內 | 02809；02810；02812；02836*2；04469；05433；06015； | |
| | | 通入 | 02825； | |
| 68 | 素 | | 04286；04468； | |
| | | 通鏉 | 04257； | |
| 69 | 皋 | 通虢 | 02826； | |
| 70 | 莽 | 人名 | 04123；10176； | |
| | | 地名 | 02809； | |

| | | | | |
|---|---|---|---|---|
| 71 | 䣊 | 人名 | 04156； | |
| 72 | 𢍜 | 通敬 | 04300； | |
| 73 | 㞷 | 通揚 | 02702；04300*2； | |
| 74 | 遉 | 通復 | 04300； | |
| 75 | 陟 | | 00247；04317；04330；04341；10176*5； | |
| 76 | 㚤 | 通佐 | 04330； | |
| 77 | 𣪊 | 族徽 | 05400； | |
| 78 | 剢 | | 05427； | |
| 79 | 酌 | | 09935； | |
| 80 | 盉 | | 10169；10161；10164；09453；09433；10285； | |
| 81 | 𢦏 | 通戟 | 02813；02814；02819；02839；04216；04257；04258；04268；04286；04311；04321；10170； | |
| 82 | 穽 | | 04331； | |
| 83 | 秭 | 單位 | 02836*7； | |
| 84 | 陪 | 人名 | 02838； | |
| 85 | 唐 | 人名 | 《近出》0356； | |
| 86 | 狼 | | 《近出》0356； | |
| 87 | 剸 | | 《近出》0942； | |
| 88 | 飤 | | 04112；04627*2；《近出》0526； | |
| 89 | 哲 | 通質 | 00109； | |
| | | 通誓 | 04326； | |
| | | 通悊 | 02836；00187； | |
| | | 通悊 | 02812； | |
| | | 通悊 | 02836；10175； | |
| 90 | 席 | 通帀 | 02831； | |
| | | 通帍 | 04331； | |
| 91 | 冑 | 通胄 | 02784；02816； | |
| 92 | 致 | 通致 | 02838；04331；10285； | |
| 93 | 疾 | | 02841；04342；04469；《近出》0603； | |
| | | 通疾 | 04340*2； | |
| 94 | 書 | | 02809；02815；02819；02827；04262；《近出》0364； | |
| | | 通者 | 04240； | |

| | | | | |
|---|---|---|---|---|
| 95 | 羊 | 通騂 | 04165； | |
| 96 | 海 | 地名 | 04238； | |
| 97 | 遗 | 通微 | 02836； | |
| | | 人名<br>通微 | 10321； | |
| 98 | 酒 | 通酉 | 02837*2；02839*3；09726；02841；04020；09713；02674；02838；04207； | |
| 99 | 洛 | 通格 | 05426； | |
| 100 | 田 | 族徽 | 09827；04059； | |
| 101 | 罠 | | 00181； | |
| 102 | 員 | | 03950； | |
| | | 通鼎 | 02789； | |
| | | 人名<br>通鼎 | 02695；05387*3；《近出》0484*2； | |
| 103 | 過 | 地名<br>通過 | 03907； | |
| 104 | 旁 | | 06011；06012； | |
| | | 人名 | 04042； | |
| | | 地名 | 05431； | |
| 105 | 秦 | | 02739； | |
| | | 族名 | 04321*2；04288； | |
| 106 | 捋 | 通孚 | 04322； | |
| 107 | 訓 | 通順 | 06014； | |
| 108 | 秖 | | 《近出》0486； | |
| 109 | 能 | | 02836；02841；04330；04326；02818；04269； | |
| | | 通能 | 10175； | |
| 110 | 欨 | | 02780； | |
| 111 | 徒 | | 10322；02833*2；04313；02814；04294； | |
| | | 通土 | 09723；02832；02821；04626；09728；00181；04197；04341；04059；10176；04255；09456；06013；00143；《近出》0364*2；《近出》0489；《近出》0490； | |
| 112 | 烝 | 通𦍕 | 02837*2；04692； | |
| | | 通登 | 04208；04317；05431； | |
| 113 | 晉 | 通䇶 | 02831*2； | |
| 114 | 赦 | 通赦 | 10285*2； | |

| | | | | |
|---|---|---|---|---|
| 115 | 純 | 通屯 | 00147；02796；02836；04268；04328；00109；10175；02821；04188；00187；00188；00205；02791；04115；04160；04250；10170；02781；02812；02813；02830*2；04243；04258；04341；04342；02814；02820*2；02825；02790；02819；02827*2；04286；04436；00238；04182；02815；00246；00247；04331；《近出》0106；《近出》0478； | |
| 116 | 旅 | | 00948；02487；02678；02816*4；02821；02839*2；04047；04237；04320*2；04435；04446；04459；04464；04465；04468；04579；04626；05387；05399；05410；05983；06514；10285；10360；《近出》0038；《近出》0483；《近出》0506；《近出》0526； | |
| | | 人名 | 00238*6；02728*2；02818*2；10176*2； | |
| | | 人名<br>通旂 | 02809*3； | |
| | | 通肇 | 02457；02724；04029；05401；05416；05432；05989；06004；06008； | |
| 117 | 宮 | | 02712；09901；02758；02791；04300*2；04162；04139；《近出》0485*2； | |
| 118 | 恭 | 通龔 | 02784；02836*2；02832；06014； | |
| | | 通共 | 02820；04115；04242； | |
| | | 人名<br>通龔 | 02833；04208； | |
| 119 | 射 | | 02784*2；02803*2；09455；02780；04258；06015；09453；02810*2；04273*3；04266；《近出》0356；《近出》0486； | |
| | | 通謝 | 02818； | |
| | | 地名 | 05423；04321； | |
| | | 地名<br>通榭 | 04296； | |
| 120 | 眔 | 連詞 | 00089；00092；00103；00147；02724；02733；02740*2；02767；02803*3；02817；02831*3；02832*6；02838；02839；04047；04059；04137*2；04162；04194；04195；04215；04238；04241；04244；04267；04269；04273*3；04292*4；04324；04340；04459；04466*2；04626*2；06013；09453；09454*2；09456；09672；09898；09901*6；10322*2；《近出》0357；《近出》0364*4；《近出》0491；《近出》0942； | |

| 121 | 俱 | | 04464； | |
|---|---|---|---|---|
| | | 通具 | 02831；04627；00260；《近出》0364； | |
| 122 | 乘 | | 02831；02719；04184；00205；04262；06015*3；10173；《近出》0356； | |
| | | 單位 | 02835*3；02833；02779； | |
| 123 | 舀 | | 00949；04132；04165；04294； | |
| | | 地名 | 10176*3； | |
| | | 人名 | 02832； | |
| 124 | 姬 | 人名 | 00089；00092；02676*2；02767*3；02815；02819；04067；04071*2；04195*2；04198；04288；04321；04328；04342；05997； | |
| 125 | 振 | | 06514； | |
| 126 | 紋 | 人名 | 09713； | |
| 127 | 涖 | 通立 | 02778；04320； | |
| 128 | 歬 | 通前 | 00065；00188；00109*2；04115；00141；02830；04219；02820；04317；00246；《近出》0046*2； | |
| 129 | 䎕 | 通肇 | 04330； | |
| 130 | 敉 | 通妹 | 04330*2； | |
| 131 | 豩 | | 《近出》0478*3； | |
| 132 | 徧 | 通箙 | 02831； | |
| 133 | 耿 | | 02841；02833； | |
| 134 | 鬲 | | 02615； | |
| | | 鬲人 | 02837*2；04300； | |
| 135 | 鬼 | | 02839*3； | |
| 136 | 隻 | 通獲 | 02839*2；02833；04322；02457；《近出》0343；《近出》0486；《近出》0489； | |
| 137 | 㚸 | 通夙 | 02812；04288；04311；04331； | |
| 138 | 旅 | 人名 | 04214； | |
| 139 | 㪅 | 人名<br>通救 | 04243*2； | |
| 140 | 旂 | | 04262； | |
| 141 | 迹 | 通速 | 04313； | |
| 142 | 捍 | 通干 | 04342； | |
| 143 | 豹 | | 04213；《近出》0347； | |
| 144 | 桐 | 地名 | 04459； | |

| | | | | |
|---|---|---|---|---|
| 145 | 桑 | | 04262； | |
| 146 | 涉 | | 04262；05433；10176*2； | |
| 147 | 截 | 通裁 | 04311； | |
| 148 | 班 | | 04323； | |
| | | 人名 | 04341*2； | |
| 149 | 秬 | | 02754； | |
| | | 人名 | 09456*2； | |
| | | 通鬯 | 02816；04318；02841；09898；04302；04343；09728；04342；04468；04469；《近出》0045；《近出》0356； | |
| 150 | 酓 | | 05430*2；06015； | |
| 151 | 敃 | | 06011*2；06015； | |
| 152 | 弜 | 通弼 | 《近出》0347； | |
| 153 | 梈 | | 《近出》0347； | |
| 154 | 袅 | 地名 | 02825； | |
| 155 | 柞 | 地名 | 10176*3； | |
| 156 | 剈 | 地名 | 10176； | |
| 157 | 租 | 通且 | 02818； | |
| 158 | 徝 | 人名<br>通德 | 02661；03942； | |
| 159 | 佫 | 人名 | 05424； | |
| 160 | 倉 | | 00260*2； | |
| 161 | 奚 | 人名 | 10321； | |
| 162 | 留 | 人名 | 02815*2； | |
| 163 | 叚 | 人名 | 04169； | |
| 164 | 宴 | | 02810； | |
| 165 | 洍 | | 04153； | |
| 166 | 𠂤 | 通靳 | 04462； | |
| 167 | 昪 | 通登 | 04216；04341；10176*2； | |
| | | 人名<br>通鄧 | 09104；《近出》0343； | |

筆劃：十一劃

| 序號 | 字例 | 通用釋例 | 使用器號 | 備註 |
|---|---|---|---|---|
| 1 | 唯 | 助詞 | 04165；04238；02724；09901；05416；02754；04178；04073；04330*2；09689*2；02833；02838；04343； | |

| | | | |
|---|---|---|---|
| | | | 05428；09827；02776；02824*2；02695；04283；05431；02786；03950；04195；06015*2；02820*3；04051；04203；10176；05409；02615；04192；06013；04104；04464；04469*2；02704；02810；10166；04215；06004；《近出》0097；《近出》0490； |
| | | 助詞通隹 | 02783；02784；02831*2；09723；00147；02678；02792；02796；02807；02836；02837*6；02839*2；04125；04201；04206；04251；04298；04318*2；09454；06001；09726；00753；00754；02719；02720；02724；02735；02751；02785*2；02832*2；02841*8；04060；04216；04256；04261；04268；04274；04279；04292；04293；04328；09901*2；10174*2；02777；04229；04267；04327*2；05998；09714；10175*2；10322；02734；05398；02821；02835*3；04237*2；04271；04287；05405；06007；10168；02660；02775；00204；02758；02763；02768；02791；02804；02816；04033；04115*2；04131；04156；04244；04250；04276；04300*3；04330；04438；04446；04628*2；05400；05407；05432；06002*2；09716；09725；09898*2；10169；10170；02748；02833；04029；04047；02838*2；04089；04112；04132；04240；04454；04626；04302；04320；04343*2；05418；05426；09104；05428；06008；09455；10161；09728；00133；02774；02789；02805；04136；04194；04197；04202；04208；04253；04257；04321；04322；06014*3；00060；02728；02730；02780；02809；02813；02817*2；02830；04121；04196；04214；04241；04243；04258；04262；04277；04283；04288；04311；04312*2；04316*2；04324*2；05431*2；04341*4；04342*3；04468*3；05433；02671；02706；02718；02756；04134；04323*2；05997；09721；09897；00948；02740；02749；02814；02825；04046；04225；04294；04465*2；09705；00089；00107；02790；02818；02819；02827；04045；04246；04255；04466；05424；09453；09456；00260*3；02615；02767；04272；04286；04317；06011；09896*2；10321；02661；02721；02739；04099；04169；04209；10173；04191；04207；04269*2；04273；04285*2；04340*2；05408；00143；02614；02765；02815；04266；05430；10166；02725；04157；05403；06516*2；05986；02729；04159；04205；05425；02742；04168；10285；10360；06005；04296*2；04331；《近出》0027；《近出》0035；《近出》0043；《近出》0086；《近出》0350；《近出》0364；《近出》0481；《近出》0483；《近出》0484；《近出》0485；《近出》0486；《近出》0487；《近 |

| | | | | |
|---|---|---|---|---|
| | | | 出》0489；《近出》0491；《近出》0503；《近出》0506；《近出》0605；《近出》0942；《近出》0943；《近出》0969；《近出》0971； | |
| | | 通雖 | 06014； | |
| 2 | 黃 | | 04274；04279；04267；05416；10175；04287；06007；04156；04628；10169；10170；05418；09728；00133；02805；04321；04627；02813；04277*2；04288；04312；04324；04468；04051；04203；04326；04286*2；06004；04296；《近出》0033；《近出》0487；《近出》0491； | |
| | | 通璜 | 04269； | |
| | | 人名 | 09454；04195； | |
| | | 通衡 | 02783；02841；04256；04268；02821；04250；02813；02830；02786；02825；02819；02827；02815；06516； | |
| 3 | 較 | | 04326；04469； | |
| | | 通軏 | 02831； | |
| | | 通較 | 04318；02841；02816；09898；04343；04468； | |
| | | 通較<br>通轂 | 04302； | |
| 4 | 康 | | 00147；02796；02841；04274；10175；04188；04237；04287*2；00188；10170；02813；04342；02790；02827；04317；04182；《近出》0106；《近出》0478； | |
| | | 人名 | 04160*2；04197；02786*2；04059； | |
| | | 通康 | 02836；04317； | |
| | | 地名 | 09901；04267；02821；00204；04178；04250；02805；04312；09897；02786；《近出》0364；04294；04465；00107；02818；02819；02827；04246；04272；04286；04209；02815；《近出》0483；《近出》0490； | |
| 5 | 寅 | 地支 | 09723；02792；02785；04268；04274；04279；10174；09714；00204； 04023；04244；04276；10169；04302；04343；00133；02805；04197；04257；02813；04283；04342；02756；00948；04225；04294；04465；02819；09456；04286；04273；04285；05408；00143；04266；02729；04205；04331；《近出》0036；《近出》0044；《近出》0045；《近出》0350；《近出》0481；《近出》0503；《近出》0506；《近出》0604； | |
| 6 | 徙 | 通过 | 02775*2； | |
| 7 | 章 | 通璋 | 02792；02825；02827；04195；04229；04292；04298*3；04327；05425；09456；09897；《近出》0364*2； | |
| | | 人名 | 04466； | |

| 8 | 終 | 通冬 | 02796；04328；09713；00109；02762；02821；04156；04219；04241；06015*2；02825；04203；02790；02827；09433；04153；04198；00247；00254； | |
|---|---|---|---|---|
| 9 | 悤 | | 00260*2；04326；《近出》0106*2； | |
| | | 通沖 | 02836； | |
| | | 通蔥 | 028366；02841； | |
| 10 | 寍 | 通寧 | 02836； | |
| 11 | 淑 | 通盄 | 02836；00109；04327；02830；《近出》0030； | |
| 12 | 悊 | 通哲 | 02836；00187； | |
| 13 | 鈇 | 通遡 | 02836；04326； | |
| | | 人名 | 03976；09300； | |
| 14 | 㝵 | 通得 | 00109；02836； 10179；00187；02812；00238；《近出》0343； | |
| 15 | 得 | | 02809；02838；03976； | |
| | | 通㝵 | 00109；00187；00238；02812；02836；10179；《近出》0343； | |
| | | 通助 | 04261； | |
| 16 | 參 | | 02836；02838； | |
| | | 地名 | 04323； | |
| | | 通三 | 00260；02832；02841；04292；06013；09456； | |
| 17 | 埜 | 通野 | 02836； | |
| 18 | 野 | 通埜 | 02836； | |
| 19 | 酖 | 通醆 | 02837； | |
| | | 通酟 | 02704； | |
| 20 | 匿 | 通慝 | 02837； | |
| 21 | 祟 | | 02837； | |
| 22 | 率 | 助詞 | 02671；02835；02837；04342；《近出》0489*2；《近出》0486*2； | |
| | | 助詞通衒 | 02841； | |
| | | 通達 | 02824；02833*2；04238；04313；04322；04464；10322*2；《近出》0036；《近出》0038；《近出》0041； | |
| 23 | 異 | | 00187*2； | |
| | | 地名 | 02838； | |
| | | 通翼 | 02837；00238；10360；04331；《近出》0047； | |
| | | 通禩 | 02758； | |

| | | | | |
|---|---|---|---|---|
| 24 | 鼤 | 通剋 | 02837； | |
| 25 | 紹 | 通鑻 | 02837*3；02833； | |
| 26 | 爽 | 助詞 | 09901；10176*2； | |
| | | 通遱 | 00109；00246；10175； | |
| | | 通喪 | 02839；04240； | |
| 27 | 執 | | 02839*2；02832；04328*2；10174；02835*5；04322；02695；02779；04313；04323；04459；06011；10173；10176；《近出》0037；《近出》0039；《近出》0043*2；《近出》0357；《近出》0489；《近出》0506； | |
| | | 人名 | 05391*2； | |
| 28 | 虘 | | 02839；10175； | |
| | | 人名 | 04251*4；04692*2；04091； | |
| | | 人名<br>通戲 | 00089*2； | |
| 29 | 從 | 介詞 | 00948；02615；02706；02720；02721；02731；02779；02809*2；02835；02839；03732；03907；03950；03976；04099；04104；04123；04237；04262；04328*2；04341；04459；04579；04580；05387；05410；05411；05424；05979；05983；05986；05995；06005；06008；06015；09451；10174； 10285*2；《近出》0042；《近出》1003； | |
| | | 人名 | 10176； | |
| | | 通縱 | 02841；04292；04340；04469；02841； | |
| 30 | 區 | | 02839*2； | |
| 31 | 阜 | | 02839； | |
| 32 | 啓 | | 00147；04242；04322；04326；09896；00246；00253；10360；《近出》0027； | |
| | | 人名 | 05410；05983*2； | |
| 33 | 逋 | | 《近出》0043； | |
| | | 通逋 | 02581*2；02832； | |
| 34 | 毁 | 通簋 | 03977；04125；04165；04251；04298；04318；06001；04109；04184；04216；04256；04261；04268；04274；04279；04293；04328；04100；04267；04327；00746；03954；03979；04188；04271；03748；04023；04073；04091；04123；04156；04160*2；04244；04250；04276；04300；04330；04047；04071；04089；03920；04108；04122；04137；04240；04242；04302；04343；04136；04194；04197；04199；04202；04208；04253；04257；04321；04322；10164*2；04196；04214；04219；04243； | |

| | | | | |
|---|---|---|---|---|
| | | | 04258；04262；04283；04288；04311；04312；04313；04316；04324；04342；03827；03950；04134、04195；04213；04323；04011；04051；04124；04147；04203；04225；04294；04326；02705；04045；04246；04255；02676；04021；04067*2；04272；04286；04317；04169；04182；04209；03732；04191；04273；04285；04340；04107；04139*2；04157；04159；04170；04462；04215；04168；04296；04331；《近出》0352；《近出》0478；《近出》0481；《近出》0483；《近出》0484*2；《近出》0487；《近出》0489；《近出》0490；《近出》0491； | |
| | | 通廏 | 04112； | |
| 35 | 𠜱 | 人名<br>通俎 | 02789；04206； | |
| 36 | 望 | | 10170； | |
| | | 通朢 | 04206；04251；09454；02735；04287；02755；04244；05432；06002；02748；02838；04089；05426；02789；05415；02695；04312；04316；04342；02814；02836；02819；04269；04340；02815；10166；04205；《近出》0035；《近出》0357； | |
| | | 人名<br>通朢 | 02812*4；04272*3； | |
| 37 | 軛 | 通厄 | 04318；02841；04302；04326； | |
| 38 | 勒 | | 04318；02841；04287；02816；09898；10169；04302；09728；02805；04253；04257；04321；02830；04258；04283；04288；04312；04324；04468；06015；02814；02819；02827；06013；04209；04469；04285；02815；04462；《近出》0490； | |
| | | 通鋈 | 04341； | |
| | | 通革 | 02786； | |
| 39 | 婦 | | 04137；04269；04300；10152； | |
| | | 人名 | 05375；04292*2； | |
| 40 | 婀 | 人名 | 05375； | |
| 41 | 替 | | 02660； | |
| | | 通禮 | 09454 | |
| 42 | 豚 | 通腞 | 09454； | |
| 43 | 陵 | 地名 | 09726；10176； | |
| 44 | 翌 | 通昜 | 02839；06015； | |

| | | | | |
|---|---|---|---|---|
| 45 | 敏 | | 02837*2；00356；04322；04324； | |
| | | 通誨 | 04328； | |
| | | 地名 | 04323； | |
| | | 通每 | 04261；04269；06014； | |
| 46 | 魚 | | 00753；02720；02841；04258；04326； | |
| | | 地名 | 04169； | |
| | | 通漁 | 02720； | |
| 47 | 貫 | 地名 | 00949；02751； | |
| | | 通毌 | 04343； | |
| 48 | 埶 | 通執 | 00949；02751*2；06514； | |
| 49 | [illegible] | | 00949； | |
| | | 通庚 | 04261； | |
| 50 | [illegible] | | 02719*2； | |
| 51 | [illegible] | 人名 | 02719；05431；04225*4； | |
| | | 人名<br>通紀 | 06511； | |
| | | 地名 | 04313； | |
| | | 族徽 | 02702； | |
| 52 | 國 | | 05419； | |
| | | 通戜 | 04313； | |
| | | 地名 | 10152； | |
| | | 通或 | 00260*2；00949；02740；02751；02833*3；02841*2；04029；04320；04341*2；05415；06014；《近出》0035*2；《近出》0357；《近出》0489； | |
| 53 | 師 | 地名<br>通次<br>通餗 | 02785； | |
| 54 | 許 | | 02832；02841；02838*2；00061；02818； | |
| | | 人名 | 04292； | |
| 55 | 陶 | 人名 | 02832； | |
| | | 地名 | 04328； | |
| | | 通匋 | 02774； | |
| 56 | [illegible] | 通寓 | 02832；00246；00256；00252； | |
| | | 通家 | 02836； | |

| 57 | 寓 | 人名 | 02718*2；02756*3； | |
|---|---|---|---|---|
| | | 通寓 | 02832；00246；00256；00252； | |
| 58 | 閈 | | 02841； | |
| 59 | 堇 | 人名 | 02703*2； | |
| | | 通謹 | 05410；04464； | |
| | | 通勤 | 00082；00260；02841；02774； | |
| | | 通覲 | 04292；04213；02825；02827；09456； | |
| 60 | 虖 | 歎詞<br>通呼 | 02824*2；02833；02841；04330*2；04341；05392；05428；05433；06014； | |
| 61 | 動 | 通童 | 02841； | |
| 62 | 欲 | 通俗 | 04464； | |
| | | 地名 | 04323； | |
| 63 | 惕 | 通睗 | 02841；02833； | |
| | | 通狄 | 10175； | |
| 64 | 庸 | | 04321；00062； | |
| | | 人名<br>通墉 | 02830； | |
| | | 地名<br>通章 | 04241； | |
| | | 通章 | 02841；04292；04237；02774； | |
| | | 人名<br>通章 | 04169； | |
| 65 | 埶 | | 02751*2；2841 | |
| | | 通藝 | 02841；06013； | |
| | | 通褻 | 02841； | |
| 66 | 推 | 通頧 | 02841； | |
| 67 | 陷 | 通函 | 02841；04328；04342；《近出》0038； | |
| | | 通臽 | 00260； | |
| 68 | 族 | | 02841*2；06514；04029；04089；04288；04341；04326；《近出》0043；《近出》0489*2； | |
| | | 人名 | 04343； | |
| 69 | 敔 | 通吾 | 02841；04342； | |
| | | 人名 | 03827；04323*6；《近出》0483*4； | |
| 70 | 責 | 通徵 | 02841；02838*2； | |
| | | 通賚 | 10174*2；《近出》0030； | |

| 71 | 旇 | 人名 | 04216*2；04279*2； | |
|---|---|---|---|---|
| 72 | 敗 | | 04216； | |
| 73 | 差 | | 00949；04216；04328；02835*2；02779； | |
| 74 | 減 | 地名 | 04279；04340；09455； | |
| | | 人名 | 02819； | |
| 75 | 造 | 通俈 | 09901*2；05428；02779； | |
| | | 通艁 | 02827； | |
| 76 | 婚 | | 05401； | |
| | | 通𡡉 | 04331；04465； | |
| | | 通䎽 | 09713； | |
| 77 | 麥 | 地名 | 09893； | |
| | | 人名 | 02706*2；09451*3；06015*3； | |
| 78 | 淮 | 族名 | 10174*2；02734；02833；05419；02824；04313*2；04323；04459*2；04435；04464； | |
| | | 地名 | 04464；10176； | |
| 79 | 處 | | 00109；10175*2；04237；02838；00260；00252； | |
| 80 | 卿 | | 02803；02810；04273；05401；09453； | |
| 81 | 敔 | | 02803； | |
| 82 | 畢 | 人名 | 04030；04208；04272；04205； | |
| | | 地名 | 10322；04208；10360；《近出》0364； | |
| 83 | 寀 | | 04327； | |
| | | 通朱 | 04302； | |
| 84 | 圉 | | 10175； | |
| 85 | 韶 | 通昭 | 10175； | |
| 86 | 圖 | 通宇 | 10175； | |
| 87 | 复 | | 《近出》0350； | |
| | | 通腹 | 10175； | |
| 88 | 粦 | 通粦 | 10175； | |
| | | 通隣 | 04343*2； | |
| 89 | 陰 | 通湆 | 10322； | |
| | | 地名<br>通隂 | 04323； | |
| 90 | 祭 | | 《近出》0346； | |
| 91 | 密 | 人名 | 04266；《近出》0489*2；《近出》0491； | |
| 92 | 翏 | 人名 | 02814；02821；04459*2； | |

| | | | | |
|---|---|---|---|---|
| 93 | 軝 | 地名 | 04237*2；05428； | |
| 94 | 淲 | 水名 | 04271； | |
| | | 人名 | 00143； | |
| 95 | 畁 | | 10168； | |
| 96 | 梁 | 人名<br>通沥 | 00187*5；00188*2；02768；04446；09716；04147； | |
| 97 | 通 | | 00188；02827；04182；00247； | |
| 98 | 痲 | | 《近出》0604； | |
| 99 | 衰 | | 02816；09898；09728；02830；04340； | |
| 100 | 逑 | 通求 | 04178； | |
| 101 | 閉 | 人名 | 04276*4； | |
| 102 | 絻 | | 04330*2； | |
| 103 | 捷 | 通𨐋 | 02731；09689； | |
| 104 | 旃 | | 09898； | |
| 105 | 寇 | | 02781；02838*2；09694； | |
| 106 | 眔 | | 02838*2；02809；04313； | |
| 107 | 覓 | | 02818；02838；04341； | |
| 108 | 赦 | 通赦 | 10285*2； | |
| 109 | 鹿 | | 04112；05409；《近出》0356； | |
| 110 | 敖 | | 02831； | |
| | | 人名 | 04213*4； | |
| 111 | 曹 | 人名 | 02783*3；02784*3； | |
| 112 | 絅 | | 04288； | |
| | | 通冂 | 02837；06015； | |
| | | 通问 | 02783；02813；02836；04279；04296；04321；05418；06516； | |
| 113 | 軛 | 通較 | 02831； | |
| 114 | 陳 | | 02831； | |
| 115 | 惟 | 助詞<br>通叀 | 02831；06014； | |
| 116 | 商 | 人名 | 02831*3；05997； | |
| | | 地名 | 04191；04466； | |
| | | 國名 | 06512；04131*2；04320*2；06014；04059； | |
| | | 通賞 | 02612；02702*2；02774；04020；04300；05333；05352；05391；05986； | |

| | | | | |
|---|---|---|---|---|
| 117 | 盛 | | 02532；09713；04579；02780； | |
| | | 通成 | 04628；04627； | |
| 118 | 訟 | | 02837；02838；04294；04215；10285； | |
| 119 | 庶 | | 02837；02841*2；04320；04343*3；09456； | |
| 120 | 亯 | 通稟 | 02837； | |
| 121 | 𣪕 | 通毀 | 06001； | |
| 122 | 紬 | 通臤 | 06512； | |
| 123 | 偈 | 人名 | 02832； | |
| 124 | 偪 | | 04343； | |
| 125 | 授 | 通受 | 00247；00254；02819；02827；04240；04323；09456； | |
| 126 | 烄 | 人名 | 05428*2；10176；《近出》0347； | |
| 127 | 䣕 | 人名 | 10152； | |
| | | 地名 | 10152； | |
| 128 | 鹵 | | 10161； | |
| 129 | 堂 | 地名<br>通臺 | 02789；04322； | |
| 130 | 姱 | 通考 | 04194； | |
| 131 | 啚 | 通符 | 04199； | |
| | | 通鄙 | 02531；04059*2；04246；《近出》0487； | |
| 132 | 符 | 通啚 | 04199； | |
| 133 | 笭 | 族名 | 04321； | |
| 134 | 側 | 族名<br>通㑌 | 04321； | |
| | | 通㑌 | 02814； | |
| 135 | 欵 | 通款 | 04322； | |
| 136 | 𥈱 | 通視 | 06014； | |
| 137 | 視 | 通𥈱 | 06014； | |
| | | 地名 | 02695； | |
| 138 | 梯 | | 02831； | |
| 139 | 瓶 | | 02831； | |
| 140 | 琜 | | 02841；04326； | |
| 141 | 豙 | | 02841；04326； | |

| | | | | |
|---|---|---|---|---|
| 142 | 奉 | | 02733；02735；02841；04073；04258；04268；04317；04331；04448；09456*2； | |
| | | 通百 | 06516； | |
| | | 通賁 | 09721； | |
| | | 人名 | 02825； | |
| | | 通𥜿 | 00935；04132；09104； | |
| | | 通幩 | 02831*2； | |
| | | 通鞛 | 04302*2；04318；04326；04343；04468；04469；09898*2； | |
| 143 | 雩 | 助詞<br>通粵 | 00251；02833；02837*2；02839；02841*2；04238；04273；04342；04343；04469；05432；06015*3；10175； | |
| | | 通越 | 02841；05430；10176； | |
| | | 連詞<br>通與 | 02837；02841；02820；04331； | |
| 144 | 晨 | 人名<br>通晨 | 02816*2； | |
| | | 人名<br>通曟 | 02817*4；04251； | |
| | | 通辰 | 02837； | |
| | | 通晨 | 06515； | |
| 145 | 將 | | 《近出》0346； | |
| | | 通[illegible] | 02841*2；10173； | |
| | | 通[illegible] | 04311； | |
| | | 通[illegible] | 04327； | |
| 146 | 第 | | 02841； | |
| 147 | 堣 | 通[illegible] | 04229； | |
| 148 | 衒 | 助詞<br>通率 | 02841； | |
| 149 | 帶 | | 04258； | |
| 150 | 淖 | | 《近出》0040*2； | |
| 151 | 教 | 人名 | 10176； | |
| | | 通學 | 04273； | |
| 152 | 袲 | | 04167； | |
| 153 | 𨸏 | 通哲 | 02812； | |
| 154 | 救 | 人名<br>通𣪘 | 04243*2； | |

<table>
<tr><td>155</td><td>殹</td><td>人名</td><td>04262；</td><td></td></tr>
<tr><td>156</td><td>偏</td><td>通扁</td><td>04311*2；</td><td></td></tr>
<tr><td>157</td><td>㞐</td><td>通沙</td><td>04311；</td><td></td></tr>
<tr><td>158</td><td>液</td><td>人名</td><td>04312；</td><td></td></tr>
<tr><td>159</td><td>組</td><td></td><td>04313；</td><td></td></tr>
<tr><td>160</td><td>戚</td><td></td><td>04313；</td><td></td></tr>
<tr><td>161</td><td>巢</td><td>地名</td><td>04341；02457；</td><td></td></tr>
<tr><td>162</td><td>或</td><td>族名</td><td>04341；《近出》0038；</td><td></td></tr>
<tr><td>163</td><td>逌</td><td>通攸</td><td>04341；</td><td></td></tr>
<tr><td>164</td><td>革</td><td>地名</td><td>《近出》0036；</td><td></td></tr>
<tr><td>165</td><td>逐</td><td></td><td>04469；《近出》0043；</td><td></td></tr>
<tr><td>166</td><td>帚</td><td>通寢</td><td>06015；09897；</td><td></td></tr>
<tr><td>167</td><td>紭</td><td>人名</td><td>02457；</td><td></td></tr>
<tr><td>168</td><td>盒</td><td>人名</td><td>02671；</td><td></td></tr>
<tr><td>169</td><td>曼</td><td></td><td>02718；</td><td></td></tr>
<tr><td>170</td><td>犲</td><td></td><td>02779；</td><td></td></tr>
<tr><td rowspan="2">171</td><td rowspan="2">琟</td><td>人名<br>通鴻</td><td>03950；</td><td rowspan="2"></td></tr>
<tr><td>地名</td><td>10176*2；</td></tr>
<tr><td>172</td><td>渚</td><td>地名<br>通沫</td><td>04059；</td><td></td></tr>
<tr><td>173</td><td>遈</td><td>人名</td><td>04059；</td><td></td></tr>
<tr><td>174</td><td>萳</td><td>人名</td><td>04195*3；</td><td></td></tr>
<tr><td>175</td><td>屛</td><td>人名</td><td>04213*4；</td><td></td></tr>
<tr><td>176</td><td>敍</td><td>地名</td><td>04323；</td><td></td></tr>
<tr><td>177</td><td>葡</td><td>族徽</td><td>05410；05983；</td><td></td></tr>
<tr><td>178</td><td>旋</td><td></td><td>06015；09451；10360；</td><td></td></tr>
<tr><td>179</td><td>淖</td><td></td><td>02836；</td><td></td></tr>
<tr><td>180</td><td>敊</td><td>通播</td><td>02809*2；</td><td></td></tr>
<tr><td>181</td><td>圉</td><td>人名</td><td>00935；</td><td></td></tr>
<tr><td>182</td><td>莫</td><td></td><td>10176；</td><td></td></tr>
</table>

| 183 | 𢦏 | | 02740； | |
|---|---|---|---|---|
| 184 | 㕁 | | 04041； | |
| 185 | 峕 | 通復 | 06015； | |
| 186 | 寇 | | 04294； | |
| 187 | 棄 | | 10176； | |
| 188 | 根 | 地名 | 10176； | |
| 189 | 畾 | 人名 | 10176； | |
| 190 | 㕟 | 地名 | 05409； | |
| 191 | 偁 | 通爯 | 04317；09456； | |
| 192 | 都 | | 00260； | |
| 193 | 晝 | | 04317； | |
| 194 | 湑 | 人名 | 04436； | |
| 195 | 畎 | | 05979； | |
| 196 | 婪 | | 06011； | |
| 197 | 酓 | 通飲 | 02739；02810；《近出》0605； | |
| 198 | 淖 | | 04169； | |
| 199 | 辜 | 通故 | 04469； | |
| 200 | 盄 | | 04269； | |
| 201 | 剢 | 通璲 | 04273； | |
| 202 | 珋 | 通昭 | 10166； | |
| 203 | 造 | 通出 | 04159； | |
| 筆劃：十二劃 | | | | |
| 序號 | 字例 | 通用釋例 | 使用器號 | 備註 |
| 1 | 粦 | | 00949；《近出》0106；《近出》0491； | |
| | | 人名<br>通鄰 | 02831； | |
| | | 通吝 | 10175； | |
| | | 通瞵 | 00754； | |
| 2 | 啻 | 通敵 | 02731；04322； | |
| | | 通嫡 | 04321；04288；04316*2；04266； | |
| | | 通禘 | 02776*2；02839；04165；05430；10166； | |
| 3 | 喜 | | 00065；00141；00143；00147；00188；00246；00356；04137；《近出》0106； | |
| | | 通饎 | 04261； | |
| | | 人名 | 02831； | |

| | | | | |
|---|---|---|---|---|
| 4 | 無 | 動詞 | 02775；02796；02836*3；02837*2；02841；04328；10174；00109；02762；02777；04229；10175*2；02743；02821；04188；00187；00188；02768*2；04160*2；04628；09716；09725；02838；04108；04580；00181；04322；04627；00141；04241；04313；04124；04147；04465；02790；02731；09718；04182；10173；04153；04198；04273；04107；04168；00246；00255；06005；04296；《近出》0033；《近出》0049；《近出》0086；《近出》0486；《近出》0490；《近出》0605； | |
| | | 人名 | 02814*3；04225*4；04466； | |
| | | 地名 | 04162； | |
| | | 通廡 | 04287； | |
| | | 通亡 | 00103；00147；00187；00188；00238；00260；02660；02812；02836；02841*2；04140；04205；04207；04317；04341*5；04342*3；04464；05430；05431；06005；06014；06015*3； 09897；10174；10175*2； | |
| 5 | 曾 | 人名 | 02678；04051；04203； | |
| | | 地名 | 00949；《近出》0357； | |
| | | 通贈 | 04208；《近出》0943； | |
| | | 通增 | 04286；04209； | |
| 6 | 喪 | | 02678；02833；02837；02841；04327；04342；04469； | |
| | | 通爽 | 02839；04240； | |
| 7 | 惠 | | 02841；02830；04292； 04317； | |
| | | 人名 | 04147*2；09456； | |
| | | 通叀 | 02836；04302；04342；10175；《近出》0346*3； | |
| | | 人名<br>通叀 | 00238*2；02814*3；02818；04182；04198；04271；04285；04466； | |
| 8 | 智 | | 02836； | |
| | | 通知 | 0284100841；《近出》0490； | |
| | | 通智 | 02841； | |
| 9 | 量 | 通糧 | 00949；02836；04251； | |
| | | 地名<br>通糧 | 04294； | |
| 10 | 黹 | | 02781；02813；02814；02815；02819；02821；02825；02827；02831；04243；04250；04257；04258；04268；04286；04317；04321；10170； | |
| | | 人名 | 02819； | |

| | | | | |
|---|---|---|---|---|
| 11 | 尊 | | 09726；02720；05384；《近出》0486； | |
| | | 通障 | 02532；02712；02556；02775；02839*2；04125；04165；04201；04238；04298；04692；05375；09454；06001；06512；02696；02785；02841；04020；04184；04261；04268；04279；04328；09901；06514；09713；09893；02762；02777；02778；04267；04327；05998；10175；10322；02655；02743；03979；05398；02821；02835；04188；04237；04271；06007；10168；02755；02758；02763；02768；02791；02804；02816；04023；04091；04131；04244；04300*2；05400；05407；05427；05432；05993；06002；09689；09716；09725；09898；10170；02612；02674；03942；04108；04132；04137；04240；04242；04454；04302；04320；04343；05399；05418；05419；05426；05968；09104；09455；09728；02628；02776；02789；02805；02824*2；03907；04042；04136；04194；04321；04322*2；05401；05415；06014；02728；02730；02779；02809；02812；02813；02817；02830；04121；10164；04214；04219；04277*2；04283；04288；04312；04313；04316；04324；05431；05433；09897；02703；02718；02756；02786；03976；04044；04059；04134；04195；04323；05410；05997；09300；09721；00935；06015；02740；02749；02814；02820；02825；04124；04147；04225；05391；05411；05977；02531；02553；02790；02818；02819；02827；04045；04167；04246；05409；09453；02731；04021；04286；06011；06013；09896；10321；02661；02739；04169；04182；04209；02702；02810；04198；04207；04273；04285；04340；02614；02765；04266；05430；04107；05403；05985；06516；05986；02729；05425；04168；06005；04296；04331；《近出》0343*2；《近出》0350；《近出》0356；《近出》0357；《近出》0364；《近出》0478；《近出》0485；《近出》0489；《近出》0491；《近出》0502；《近出》0503；《近出》0604；《近出》0605；《近出》0942；《近出》0943；《近出》0969；《近出》0971*2； | |
| 12 | 揚 | | 02783；02784；09723；02581；02775；02792；02807；02836；04165；04201；04206；04251；04298；04318；06001；09726；00753；00754；02720；02735；02841；04060；04184；04256；04261；04268；04274；04279；04293；09901；02778；02803；04267；04327；10175；10322；05398；02821；02835；04271；05405；05423；06007；10168；02754；02755；00187；00205；02758；02791；02804；02816；04178；04244；04250；04276； | |

| | | | | |
|---|---|---|---|---|
| | | | 04300；05400；05407；05432；06002；09725；09898；10169；10170；02781；02833；04122；04162；04240；04626；04302；04320；04343；05399；05418；05419；05426；06008；09455；09728；00133；00181；02776；02789；02805；02824；04136；04194；04197；04199；04202；04208；04253；04321；04322；02812；02813；02817；04121；04196；04214；04219；04243；04258；04277；04283；05995；04288；04311；04312；04316；04324；05431；04342；04468；05433；02718；02786；04134；04195；04323；09721；09897；06015；02749；02814；02820；02825；04046；04225；05411；04294；04465；00092；00108；02819；02827；04167；04246；04255；05409；05424；09453；04192；04272；04286；06011；06013；10321；00238；02721；04099；04169；04209；04469；02810*2；04207；04269；04273；04285；04340；05408；05974；00143；02765；02815；04266；05430；02725；06516；02729；04159；05425；04462；04215；06005；04296；04331；《近出》0029；《近出》0046*2；《近出》0106；《近出》0356；《近出》0357；《近出》0364；《近出》0481；《近出》0483；《近出》0485；《近出》0487；《近出》0489；《近出》0490；《近出》0491；《近出》0506；《近出》0605；《近出》0943； | |
| | | 人名 | 04294*4；10285*2；《近出》0045； | |
| | | 通晨 | 02702；04300*2； | |
| | | 人名通玥 | 02612*2； | |
| | | 通昜 | 02678；04216；04287； | |
| 13 | 晝 | | 02831；09723；02839；04201；04318*2；02841*2；04216；04268；02816；09898；04302*2；04343；04468*2；04326*2；04469*2； | |
| 14 | 琥 | 通虎 | 09456； | |
| 15 | 敢 | | 02783；02784*2；02678；02792；02836；02837*2；04251；04298*2；04318；09726；02735；02832；02841*5；04184；04216；04256；04268；04274；04279；04292；04293；09901*2；10174*4；00109；04267；04327*3；10175；00746；05384；02821；02835；00187；00205*2；02816；04178；04244；04250；04276；04300*2；04330*2；05427；09725；09898；10169；10170；02833*2；04302；04343*4；05419；09455；09728；00181；04197；04199；04208；04253；00063；02812*2；02817；02830*2；04214；04219；04241； | |

| | | | | |
|---|---|---|---|---|
| | | | 04243；04277；04283；04311*2；04312；04313；04316；04324；04341；04342；04468；05433；09897；02786；04323；00048；02814；02820；02825*2；04225；04294；04326*2；04465；00092；00108；02819；02827；04167；04246；05424；00260；04286；06011；06013*2；10321；00238；04169；04209；04464*2；04469；02810；04207；04269*2；04273；04285*2；04340*4；05408；00143；02815；06516；04170；04462；00247*2；10285*2；10360；06005；04296；04331；《近出》0046；《近出》0106*2；《近出》0343；《近出》0364；《近出》0481；《近出》0483；《近出》0487；《近出》490*2；《近出》0491*2；《近出》0943； | |
| 16 | 厥 | 連詞<br>通氒 | 00109；00187；00238；00247*2；00252；00260；00273；00949*5；02457；02532；02655；02660*2；02674；02705*2；02712；02729；02730；02765*3；02774；02789；02791；02807*2；02809*5；02812*2；02824*3；02830；02831*2；02832*5；02833；02836*6；02837*3；02838*5；02839；02841*3；03747；03827；03954；03979*2；04020；04023；04042；04059；04073*2；04100*2；04108；04121；04136；04140；04162*2；04167；04192*2；04194*3；04198；04205；04219；04238；04241；04244；04257；04262*2；04271*2；04293；04313*4；04320*5；04322*4；04323；04326*2；04340*2；04341*3；04342*2；04343*2；04464*4；04466*3；04469*3；05405；05424*3；05426；05427*3；05431；05433；05993*2；05995*2；05998；06005；06011；06516；09451；09456；09689；09705；09827；09893；10174；10175*2；10176*2；10322*7；《近出》0027；《近出》0030*2；《近出》0038；《近出》0097*3；《近出》0106*4；《近出》0343；《近出》0364*5；《近出》0484；《近出》0491*3；《近出》0502； | |
| 17 | 猭 | 通盠 | 02831； | |
| 18 | 祼 | | 02839*3；02735；02778；10168；02763；02748；04121；02812；02841；10166*2； | |
| 19 | 戟 | 通戜 | 02813；02814；02819；02839；04216；04257；04258；04268；04286；04311；04321；10170； | |
| 20 | 偉 | 通幃 | 02831； | |
| | | 通韠 | 02816； | |
| 21 | 㸑 | | 00205；02833；02838；04242；04321；02817；04342；00082；02682 | |
| | | 地名 | 02775；04626； | |

| | | | | |
|---|---|---|---|---|
| | | 地名通鄭 | 04165；09726；04320；05418； | |
| | | 人名通鄭 | 02786；02815；02819；04454； | |
| 22 | 復 | 副詞 | 04238；00949；03747；02835*2；02487；03748；02838*2；02824；06014；04323；04011；10176；04466*4；04469；04191；《近出》0036*2；《近出》0364； | |
| | | 通寚 | 06015 | |
| | | 通㿼 | 06015； | |
| | | 人名 | 04466； | |
| | | 地名 | 04466； | |
| | | 通湔 | 《近出》0484； | |
| | | 通㝛 | 04241；10285； | |
| | | 通寎 | 05428； | |
| | | 通遉 | 04300； | |
| 23 | 䂂 | 通昏 | 02831*2； | |
| 24 | 臺 | | 02839；02780； | |
| 25 | 幃 | 通偉 | 02831； | |
| 26 | 朝 | | 02655；02837；04030；04089；04131；04465；09901； | |
| | | 通廟 | 04266；04331； | |
| 27 | 㫗 | 地名通次通㫗 | 02785； | |
| | | 通次 | 00949；10174； | |
| 28 | 絲 | | 02712；10168；02838*3；02718； | |
| | | 通兹 | 05997； | |
| | | 通茲 | 02838；《近出》0352； | |
| 29 | 買 | 人名 | 00949； | |
| 30 | 貯 | 通賓 | 00949；02832*2；10174*3；04330；04262；02825；02827*2；09456；09896；04099； | |
| | | 人名通賓 | 04047； | |
| 31 | 鈞 | | 09721； | |
| | | 單位通勻 | 00048；02696；02835；04213；《近出》0493； | |

| | | | | |
|---|---|---|---|---|
| 32 | 爲 | | 02696；04293；05998；02838*2；05428*2；10152；06015；02531；02705*2；《近出》0086；《近出》0526；《近出》0603；《近出》0971； | |
| 33 | 貿 | 人名 | 02719； | |
| 34 | 飲 | | 02724；04020；09672；04627； | |
| | | 通酓 | 02739*2；02810；《近出》0605； | |
| | | 通㱃 | 06511；02825； | |
| | | 通⿸厂酓 | 05431； | |
| 35 | 貺 | 人名<br>通兄 | 02785*2；06514；06002； | |
| | | 通兄 | 02671；02704；02705；04300； | |
| | | 通⿰虫兄 | 05427；05428；02774； | |
| 36 | ⿰貝京 | 人名 | 02832；09456*2； | |
| 37 | ⿱宁貝 | 通貯 | 00949；02832*2；10174*3；04330；04262；02825；02827*2；09456；09896；04099； | |
| | | 人名<br>通貯 | 04047； | |
| 38 | 猒 | 通厭 | 02841；04330； | |
| 39 | 集 | | 02841； | |
| 40 | 睪 | 通襄 | 02841； | |
| 41 | 湛 | | 02841；10285； | |
| | | 通甚 | 《近出》0503； | |
| 42 | 童 | | 04326； | |
| | | 通動 | 02841； | |
| | | 通東 | 10175； | |
| 43 | ⿸厂咸 | 通緘 | 02841； | |
| 44 | 越 | 通雩 | 02841；05430；10176； | |
| | | 通戉 | 10175； | |
| 45 | 厤 | 通歷 | 02841； | |
| | | 通曆 | 02748； | |
| | | 通⿱秝日 | 10175； | |
| 46 | 善 | 通譱 | 02841；04327；02695；04311；02825；04465；04469；04285；04340；《近出》0491； | |
| | | 人名<br>通譱 | 02820*2； | |

| | | | | |
|---|---|---|---|---|
| 47 | 遣 | 通錯 | 02841；04326； | |
| 48 | 弼 | 通弜 | 《近出》0347； | |
| | | 通弻 | 04326； | |
| 49 | 登 | 通弄 | 04216；04341；10176*2； | |
| | | 人名<br>通鄧 | 09104；《近出》0343； | |
| 50 | 備 | | 04279；《近出》0603； | |
| | | 通葡 | 04243； | |
| | | 通箙 | 04322； | |
| | | 人名 | 10169*2；《近出》0356； | |
| 51 | 貳 | | 04292*2； | |
| 52 | 報 | | 04292；04293；04300*2；02830；04213； | |
| 53 | 員 | | 10174*2；04313； | |
| 54 | 䀅 | | 05986； | |
| 55 | 害 | 通憲 | 00109*2；10175；02825；04317； | |
| | | 人名 | 02749*2；04294； | |
| | | 人名<br>通憲 | 《近出》0027； | |
| 56 | 祿 | 通彔 | 00188；00246；00247；00356；02777；02827；04182；04331；05427；09718；10175； | |
| 57 | 馭 | 通駿 | 02803； | |
| 58 | 甹 | 借屏 | 10175；00063；04341；04326；00251； | |
| | | 人名<br>通甹 | 00048*2； | |
| 59 | 淵 | | 10175； | |
| | | 地名 | 04330； | |
| 60 | 啻 | 通億 | 10175；《近出》0969； | |
| | | 人名<br>通意 | 02831； | |
| 61 | 寏 | 通完 | 10175； | |
| 62 | 屢 | 通纘 | 10175； | |
| 63 | 逨 | | 09453；09455；10175； | |
| | | 地名 | 10176*2；04169； | |
| | | 人名 | 《近出》0106*5； | |
| | | 通來 | 00082； | |

| | | | | |
|---|---|---|---|---|
| 64 | 猶 | 通髮 | 10175*2； | |
| 65 | 陽 | | 10173； | |
| | | 地名 | 04323； | |
| | | 通昜 | 10322； | |
| | | 通場 | 02805*2； | |
| 66 | 湯 | | 02835；《近出》0030； | |
| | | 人名 | 00746；02780； | |
| 67 | 幾 | 人名 | 03954*2；04331；09721*3； | |
| 68 | ⿸厂尃 | 通搏 | 04237； | |
| 69 | 焚 | | 02835； | |
| 70 | 徙 | | 02835； | |
| 71 | ⿱左女 | 通佐 | 04271*2；04342； | |
| 72 | 場 | 通昜 | 04271； | |
| | | 通陽 | 02805*2； | |
| 73 | 閑 | 通閒 | 04271； | |
| 74 | 閒 | 通閑 | 04271； | |
| | | 通間 | 00260； | |
| 75 | 毳 | | 10168； | |
| 76 | 辝 | | 《近出》0027；《近出》0028； | |
| 77 | ⿰鬲欠 | | 《近出》0027；《近出》0029； | |
| 78 | 朁 | | 04326；《近出》0029； | |
| 79 | ⿰丰袁 | | 《近出》0031*2 | |
| 80 | 珷 | 通武 | 02837；02785；04131；04320；06014*2；02661；04331； | |
| 81 | 閞 | 通關 | 02837；04302； | |
| 82 | 鄉 | 介詞<br>通嚮 | 02783；02805；02815；02819；02825；02836；02839*2；04243；04255；04256；04268；04271；04272；04287；04312；04316；04342；06013；09898；10170；《近出》0037；《近出》0487；《近出》0490； | |
| | | 通饗 | 02783；02784；02807；04201；06001；09726*2；02832；04020；04261；00746；02655；03747；02487；02804；03748；04160；04300；04330；02674；02838；04320；05428；09455；04627；05433；09897；02706；09456；02733；10173；04191；04207；《近出》0484； | |
| | | 通享 | 《近出》0097； | |

| | | | | |
|---|---|---|---|---|
| 83 | 順 | | 00260； | |
| | | 人名通瀕 | 02816； | |
| | | 通瀕 | 04241； | |
| | | 通訓 | 06014； | |
| 84 | 逦 | | 02837； | |
| 85 | 進 | | 02839*2；04327；04469；10174；10360； | |
| | | 人名 | 02725； | |
| 86 | 梳 | 人名 | 04073；04091； | |
| 87 | 戠 | 人名 | 04262； | |
| | | 通織 | 04276；04626；04197；04255；06516； | |
| | | 通識 | 06014； | |
| 88 | 寛 | 人名 | 04438； | |
| 89 | 須 | 通盨 | 04438；04446；《近出》0503； | |
| 90 | 椝 | 通梁 | 04628； | |
| 91 | 锑 | | 05427； | |
| 92 | 彭 | 地名 | 02612； | |
| 93 | 斯 | 通廝 | 02833； | |
| | | 通其 | 02809； | |
| | | 語助詞通囟 | 04342； | |
| 94 | 訽 | | 02838*2； | |
| 95 | 裁 | 通才 | 02838； | |
| | | 通裁 | 04311； | |
| 96 | 舄 | | 02831；09723；02837；04274；02816；09898；09728；04253；04257；02817；04316；04324；04468；06015；04469；；04340； | |
| 97 | 畯 | 助詞通畂 | 00181；02836；02837；10175；02821；02768；04091；04446；04219；04277；04465；02827；00260；04317；《近出》0033；《近出》0106； | |
| 98 | 鈑 | 通反 | 02831；《近出》0486*2； | |
| 99 | 極 | 通亟 | 02841；04341；04446；10175； | |
| 100 | 畲 | 地名 | 《近出》0364； | |

| | | | | |
|---|---|---|---|---|
| 101 | 犅 | | 04165； | |
| | | 人名 | 05977； | |
| 102 | 禽 | | 06015； | |
| | | 人名 | 04041*3； | |
| | | 通擒 | 02835；04323；04328*2；《近出》0352； | |
| 103 | 敦 | | 《近出》0038； | |
| | | 通辜 | 04328；02833；00260；05392； | |
| 104 | 𤔲 | | 04326； | |
| | | 通亂 | 04343； | |
| 105 | 期 | 通其 | 02776；05428*2； | |
| 106 | 復 | 通復 | 05428； | |
| 107 | 拜 | 通拜 | 04194； | |
| 108 | 𡨦 | 人名 | 04199； | |
| 109 | 鈧 | | 04257； | |
| 110 | 博 | 通搏 | 04313；04322*2； | |
| 111 | 款 | | 02830； | |
| | | 通款 | 04322； | |
| 112 | 銃 | | 04627； | |
| 113 | 隊 | | 《近出》0484； | |
| 114 | 䖒 | 人名 | 10285； | |
| | | 通䚄 | 05427；05428；02774； | |
| 115 | 倂 | | 02832； | |
| | | 通賸 | 02831； | |
| 116 | 遅 | | 09893；04229；06015*2； | |
| 117 | 散 | 人名 | 02832*2；10176*8； | |
| 118 | 萬 | 數詞 | 02532；09723；00147；02807；02836*3；02839；03977；04201；04251；04318；06001；09726；02696；02832；04109；04184；04274；04293；09713；10174；00109；02777；04229；04327；05416；10175*2；10322；00746；02734；02743；03979；02821；04287；06007；02660；00188；00205；02768；02791；02804；04073；04091；04115；04156；04160；04244；04250；04276；04446；04448；10170；02781；02833；02838；04108；04240；04580；04626；04343；05418；05426；09827*2；10161；09728；00181；03805；02824；04136；04199；04202；04253；04257；04321；04322；00141；02780；02812； | |

| | | | | |
|---|---|---|---|---|
| | | | 02813；02817；04196；04219；04243；04283；04288；04311；04312；04324；05431；04468；02786；06511；09897；02749；02814；04051；04124；04203；04225；04294；04465；06515；02790；02827；09456；00103；00260；04067；04192；04286；04317；06013*2；09896；00238；04169；04182；04464；10173；04153；04198；04269；04273；04285；04340；02815；04107；04157；04159；02742；04170；04462；06004；04168*2；00246；00247；00251；00254；06005；《近出》0033；《近出》0086；《近出》0106；《近出》0478；《近出》0485；《近出》0487；《近出》0490；《近出》0491；《近出》0969； | |
| | | 人名 | 06515； | |
| | | 通邁 | 04279；04267；02655；04188；03920；04137；04242；04302；10164；04262；05433；04459；09721；02819；04045；04246；02767；06011*3；09433；09718；04209；04469；02810；04266；04296；04331；《近出》0048；《近出》0097*2；《近出》0350；《近出》0483；《近出》0503；《近出》0971； | |
| | | 通禡 | 02831；02796；04125；02762 ；04271；02816；05993；02776；04208；02830；04313；04342；04323；02820；02818；04272；05430；《近出》0502； | |
| 119 | 鄂 | 通咢 | 00949； | |
| | | 通噩<br>地名 | 02810；02833*6；《近出》0357； | |
| 120 | 痻 | 人名 | 02841*8； | |
| 121 | 就 | | 《近出》0346； | |
| 122 | 剸 | | 02660； | |
| 123 | 㪤 | 通槃 | 02763； | |
| 124 | 龕 | | 09726； | |
| | | 通矢 | 09456； | |
| 125 | 詔 | 通召 | 04251； | |
| 126 | 毗 | 通峻 | 02836； | |
| 127 | 象 | | 02780； | |
| 128 | 割 | 通萛 | 04241； | |
| 129 | 痟 | 族名 | 04341； | |
| 130 | 湄 | 地名 | 04323； | |
| 131 | 裕 | 通谷 | 02841*2；04342；06014； | |
| 132 | 烋 | 地名 | 04323*2； | |

| | | | | |
|---|---|---|---|---|
| 133 | 㳚 | | 04323； | |
| 134 | 搜 | | 05410； | |
| 135 | 貸 | 通忒 | 05997； | |
| 136 | 賁 | 通奉 | 09721； | |
| 137 | 寒 | | 02836； | |
| | | 地名 | 02785； | |
| 138 | 單 | 人名 | 00082；04294；06512；09456*3； | |
| | | 族徽 | 05401；《近出》0604； | |
| 139 | 華 | | 02792；02836*3； | |
| | | 人名 | 10321； | |
| | | 族名 | 04321； | |
| | | 地名 | 04112；04202； | |
| 140 | 琱 | | 02813；02814；02819；04216；04250；04257；04258；04286；04321；06015；10170； | |
| | | 通周 | 04269； | |
| | | 通戙 | 04311； | |
| | | 地名 | 02748； | |
| | | 人名 | 04292*2；04293；04324；10164*2； | |
| 141 | 晦 | | 04104*2；04313；10174； | |
| 142 | 堰 | | 04243； | |
| 143 | 貂 | | 04331*2； | |
| 144 | 粵 | 通雩 | 00251；02833；02837*2；02839；02841*2；04238；04273；04342；04343；04469；05432；06015*3；10175； | |
| 145 | 筍 | 地名 | 02835*2； | |
| 146 | 戙 | 通琱 | 04311； | |
| 147 | 遇 | 人名 | 00948*4； | |
| 148 | 寧 | 人名 | 02740*3； | |
| 149 | 封 | 人名 | 04124； | |
| 150 | 稭 | 人名 | 05411*2； | |
| 151 | 椎 | 人名<br>通雍 | 05411*2； | |
| 152 | 番 | 人名 | 04326*2；09705； | |
| 153 | 軫 | | 04326； | |

| 154 | 弻 | 通弼 | 04326； | |
|---|---|---|---|---|
| 155 | 莽 | | 04326； | |
| 156 | 堳 | 通履 | 10176*4； | |
| 157 | 郿 | 通履 | 10176； | |
| 158 | ⿰阝美 | 地名 | 10176*2； | |
| 159 | 楮 | | 10176； | |
| 160 | 湶 | 地名 | 10176； | |
| 161 | 葘 | | 10176； | |
| 162 | 棫 | 地名 | 10176； | |
| 163 | ⿰卑兄 | 地名 | 10176； | |
| 164 | 欽 | | 《近出》0097； | |
| 165 | 間 | 通閒 | 00260； | |
| 166 | ⿰酉百 | 地名 | 02615； | |
| 167 | ⿰日帚 | | 02676； | |
| 168 | 趙 | | 05992； | |
| 169 | ⿸厂貝 | 人名 | 09718； | |
| 170 | 晦 | | 04104； | |
| | | 通賄 | 04104； | |
| 171 | 黑 | 地名 | 04169； | |
| | | 族徽 | 05985； | |
| 172 | 尞 | 通燎 | 04169； | |
| 173 | 援 | 通爰 | 04469； | |
| 174 | 劉 | 人名 | 04273； | |

筆劃：十三劃

| 序號 | 字例 | 通用釋例 | 使用器號 | 備註 |
|---|---|---|---|---|
| 1 | 福 | | 02712；00147；04692；04328；00109；00356；02762；10175*2；00188；02768；04330*2；04446；04628；05993；09716；04242；05428；10152；09728；02824；04322；04627；06014；04241*2；05410；02820；04465；00103；00260*2；02676；04021；04317；00238；02661；02733；04182；00143；04198；04170；00246*3；00247；00253；00254；00255；《近出》0029；《近出》0048；《近出》0086；《近出》0106；《近出》0343；《近出》0502； | |
| | | 通富 | 09718*2； | |

| | | | | |
|---|---|---|---|---|
| 2 | 鼎 | | 02712；02783；02784；02831；02581；02678；02792；02807；02837；00753；02720；02724；02832；02841；02762；02777；02778；02655；02734；02743；02821；02835；02487；02755；02758；02768；02804；02816；04131；02781；02833；02838；04454；02774；02789；02805；02779*2；02812；02813；02817；10164*2；02457；02671；02706；02718；02786；02740；02814；02825；02705；02790；02818；02819；02827；02615；02676；02767；02721；02739；02810；02815；04159；02742；《近出》0346；《近出》0350；《近出》0364； | |
| | | 通鼑 | 02748； | |
| 3 | 新 | | 02784；02839；02595；02780；04214；10176；02682*2；02827；04272；05985；《近出》0487；《近出》0491； | |
| | | 族名通薪 | 04321； | |
| | | 通薪 | 04288； | |
| 4 | 叡 | 歎詞 | 02809；02831；02837；04140；04238；04330；05419；10285； | |
| | | 地名 | 10176； | |
| | | 人名通虘 | 00089； | |
| | | 人名 | 00092； | |
| | | 通阻 | 04469； | |
| | | 通且 | 《近出》0031； | |
| | | 通祖 | 04100； | |
| 5 | 溓 | 人名通濂 | 02831*2；02730； | |
| | | 人名 | 02740；02803； | |
| | | 地名 | 02803； | |
| 6 | 徲 | | 09723；《近出》0486； | |
| | | 地名通夷 | 02818；02821；《近出》0364； | |
| | | 人名 | 04287； | |
| 7 | 辟 | | 00187；00238；00247；02796；02812；02824*2；02830*5；02833；02836*2；02837*2；02841；04071；04170；04205*2；04342*2；04343；04469；04628；05428；05432；05997；06015*3；09893；10175*3；10360；《近出》0106*2；《近出》0356*3；《近出》0942； | |

| | | | | |
|---|---|---|---|---|
| | | 地名<br>通璧 | 06015； | |
| | | 通廦 | 04469； | |
| | | 人名 | 04237*2；《近出》0484； | |
| 8 | 裔 | | 04331； | |
| 9 | 肆 | 助詞<br>通隸 | 04159； | |
| | | 助詞<br>通肄 | 00110÷；00949*2；02725；02833*5；02836*2；02837；02841；04269；04237；04317；04342；06014；《近出》0097； | |
| | | 助詞<br>通䋣 | 04261； | |
| | | 助詞<br>通絺 | 02724；《近出》0491； | |
| 10 | 經 | | 10173； | |
| | | 通巠 | 02836；02837；02841；04317；《近出》0027； | |
| 11 | 聖 | | 00109；00246；00754；02836；02833；02812；02830；04341；04342； | |
| | | 通耶 | 04140；04157；10175； | |
| 12 | 鼓 | | 00247；00356；02836；04324； | |
| | | 人名 | 04047； | |
| 13 | 微 | 通𨒌 | 02836； | |
| | | 人名<br>通𨒌 | 10321； | |
| | | 通黴 | 05416； | |
| | | 通𢼸 | 06004；10175；《近出》0942； | |
| | | 人名<br>通𢼸 | 02790；09456；00251；04331*2；10175；10176*2； | |
| 14 | 敬 | | 00063；00252；02836；02841；04216；04279；04288；04311；04324；04340；04342；04464；04468；04469*2；05428*2；《近出》0106；《近出》0486； | |
| | | 通苟 | 04341；04343；06014； | |
| | | 通𡚂 | 04300； | |
| | | 通𦫳 | 02837*2；04140； | |
| 15 | 嗣 | | 02837*2； | |
| | | 通𤔲 | 04285； | |

| | | | | |
|---|---|---|---|---|
| | | 通司 | 00260；0284； | |
| | | 通訇 | 02816；04197； | |
| 16 | 傳 | | 00949；10176； | |
| | | 人名 | 04206*3；04108； | |
| 17 | 道 | | 02721；04469；10176*9； | |
| | | 通導 | 04298； | |
| | | 人名 | 05409；《近出》0364*2； | |
| 18 | 較 | 通較 | 04318；02841；02816；09898；04343；04468； | |
| | | 通較<br>通轂 | 04302； | |
| 19 | 裏 | | 04318；02841；09898；04302；04343；04468；04326；04469； | |
| | | 通里 | 02816； | |
| 20 | 旂 | 通祈 | 04692；04628； | |
| 21 | 豊 | 通豐 | 05352； | |
| | | 通禮 | 04261；06014； | |
| 22 | 㲉 | 通殷 | 05403；09454； | |
| 23 | 䐁 | 通豚 | 09454； | |
| 24 | 靳 | | 04469；09898； | |
| | | 通袞 | 04462； | |
| | | 通䩞 | 04318；02841；04302；04343；04468；04326； | |
| 25 | 旐 | | 00949； | |
| 26 | 絺 | 助詞<br>通肆 | 02724；《近出》0491； | |
| 27 | 頵 | 人名 | 02832； | |
| 28 | 勤 | 通堇 | 02841；02774；00082；00260； | |
| | | 通𧧗 | 《近出》0097； | |
| 29 | 嗚 | 歎詞<br>通烏 | 02824*2；02833；02841；04330*2；04341；05392；05428；05433；06014； | |
| 30 | 睗 | 通惕 | 02841；02833； | |
| | | 通賜 | 04267；05416；04342；04294；10173*3； | |
| 31 | 歲 | | 02841；04131；02838*2； | |
| 32 | 園 | 通還 | 04279； | |

| | | | | |
|---|---|---|---|---|
| 33 | 亂 | | 04292； | |
| | | 通𤔔 | 04343； | |
| 34 | 稟 | | 04293； | |
| 35 | 賚 | 通責 | 10174*2；《近出》0030； | |
| 36 | 御 | | 02833*2；05428；02776；04044；04134；09451；02827；00238*2；04207；10285*2；《近出》0106；《近出》0491*2； | |
| | | 地名<br>通馭 | 04328； | |
| | | 人名<br>通馭 | 02833*4；03976；09300；02810*6； | |
| | | 通馭 | 02837；04311；04313；04341；04469；《近出》0942； | |
| | | 通禦 | 04328；05998；02824； | |
| | | 通卸 | 02837； | |
| 37 | 媾 | 通顜 | 09713； | |
| | | 通遘 | 04331；04465；05401； | |
| 38 | 頌 | | 00252； | |
| | | 人名 | 02827*2；04229*2； | |
| 39 | 農 | | 00187； | |
| | | 人名 | 05424*3；10176； | |
| | | 通䢉 | 02803；10175； | |
| 40 | 會 | | 10285； | |
| | | 地名 | 《近出》00489； | |
| | | 地名<br>通鄶 | 05387； | |
| | | 通迨 | 05415；06015； | |
| 41 | 䛐 | 人名 | 04030*2； | |
| 42 | 載 | | 04286； | |
| | | 通𢦏 | 04327；04342； | |
| | | 通𢦔 | 04316； | |
| 43 | 粱 | 通沕 | 04579；04627；《近出》0526； | |
| | | 通梁 | 04628； | |
| 44 | 賄 | 通友 | 04466*3；05416； | |
| 45 | 筭 | 通筮 | 09714； | |
| 46 | 腹 | 通复 | 10175； | |

| | | | | |
|---|---|---|---|---|
| 47 | 㝅 | 地名 | 10360； | |
| 48 | 𤔲 | 人名<br>通釐 | 《近出》0502； | |
| 49 | 達 | | 10175； | |
| | | 人名 | 04313；《近出》0506*3； | |
| 50 | 遂 | | 02729；《近出》00489*2； | |
| | | 通述 | 02814；10321； | |
| | | 通徣 | 04169；04320； | |
| | | 通墜 | 10168； | |
| | | 通㒸 | 10175；02812； | |
| 51 | 趄 | 人名 | 04124； | |
| | | 通桓 | 00246*2；02833*2；10173*2；10175；《近出》0027*2； | |
| 52 | 馭 | 人名 | 10175； | |
| 53 | 甄 | 通𤔲 | 10175； | |
| 54 | 義 | | 05427；06015；10173；《近出》0086； | |
| | | 人名 | 09453*2； | |
| | | 通宜 | 00246；00255；02809；10175；10285*2； | |
| | | 通儀 | 00238；00247；04170；04242； | |
| 55 | 禋 | | 09718；10175； | |
| 56 | 誎 | | 10175； | |
| 57 | 嗇 | 人名 | 10285； | |
| | | 通穡 | 10175； | |
| | | 通積 | 04330； | |
| 58 | 違 | | 02595；04341； | |
| 59 | 搏 | 通匽 | 04237； | |
| | | 通䡈 | 02835*3；10173； | |
| | | 通博 | 04313；04322*2； | |
| 60 | 楊 | 地名 | 02835； | |
| 61 | 嗵 | | 02835； | |
| 62 | 㚔 | | 10168； | |
| 63 | 幹 | | 《近出》0028； | |
| 64 | 歆 | | 04213； | |
| | | 通言 | 02456； | |
| 65 | 鈇 | | 00188*2； | |

| | | | | |
|---|---|---|---|---|
| 66 | 僺 | 通保 | 02758；04132*2；02703*；02749；02765；《近出》0942； | |
| | | 人名<br>通保 | 05400； | |
| 67 | 與 | | 02763； | |
| 68 | 溼 | 地名 | 02791； | |
| 69 | 盟 | | 04241； | |
| | | 通明 | 02791；02812； | |
| 70 | 楚 | 地名 | 02775*2；02841；04100；10175；04330；03950；03976；04255；《近出》0097*4； | |
| | | 人名 | 04246*3； | |
| | | 通埜 | 04041；05977； | |
| | | 通胥 | 04253； | |
| 71 | 娼 | 人名 | 02775； | |
| | | 人名<br>通妘 | 04459； | |
| | | 人名<br>通嫞 | 10164*2； | |
| 72 | 亘 | 地名 | 02816*2； | |
| 73 | 晨 | 人名<br>通晨 | 02816*2； | |
| | | 通晨 | 06515； | |
| 74 | 綏 | 通妥 | 00246；00247；00253；02820；02824；02830；04021；04115；04170；04198；04330*2；04342；06015；《近出》0502； | |
| 75 | 號 | 通效 | 02820；04115； | |
| 76 | 睦 | 通價 | 04178； | |
| 77 | 艅 | 人名<br>通俞 | 04276；04277*5；05995*3； | |
| | | 地名<br>通俞 | 04328； | |
| 78 | 愛 | 通哀 | 04330； | |
| 79 | 睘 | | 05407*2；05989； | |
| | | 通環 | 04326； | |
| | | 人名 | 《近出》0352*2； | |
| 80 | 嗌 | 人名 | 02838；05427*3 | |
| 81 | 雷 | | 02809；06011；06012； | |

<table>
<tr><td>82</td><td>遐</td><td>通叚</td><td>02833；04313；</td><td></td></tr>
<tr><td rowspan="2">83</td><td rowspan="2">罬</td><td></td><td>04047；</td><td rowspan="2"></td></tr>
<tr><td>地名</td><td>《近出》0357；</td></tr>
<tr><td>84</td><td>當</td><td>通尙</td><td>02838；</td><td></td></tr>
<tr><td>85</td><td>縿</td><td></td><td>《近出》0356；</td><td></td></tr>
<tr><td rowspan="4">86</td><td rowspan="4">雁</td><td>通應</td><td>02807；</td><td rowspan="4"></td></tr>
<tr><td>地名<br>通應</td><td>《近出》0503；</td></tr>
<tr><td>人名<br>通應</td><td>00107*2；00108；02553；02780；04045；《近出》0485；</td></tr>
<tr><td>通膺</td><td>02841*2；02830；04342；04468；04331；《近出》0347；</td></tr>
<tr><td>87</td><td>猒</td><td></td><td>00260；02836；02841；04317；04342；10175；《近出》0027；</td><td></td></tr>
<tr><td>88</td><td>䎽</td><td>通聞</td><td>02837；</td><td></td></tr>
<tr><td>89</td><td>稟</td><td>通亯</td><td>02837；</td><td></td></tr>
<tr><td>90</td><td>禘</td><td>通啻</td><td>02776*2；02839；04165；05430；10166；</td><td></td></tr>
<tr><td rowspan="2">91</td><td rowspan="2">㯱</td><td>通量</td><td>00949；02836；04251；</td><td rowspan="2"></td></tr>
<tr><td>地名<br>通量</td><td>04294；</td></tr>
<tr><td>92</td><td>頊</td><td></td><td>02836；</td><td></td></tr>
<tr><td rowspan="3">93</td><td rowspan="3">鈴</td><td></td><td>04341；04326；</td><td rowspan="3"></td></tr>
<tr><td>通鑰</td><td>02841；</td></tr>
<tr><td>人名</td><td>04313；</td></tr>
<tr><td>94</td><td>團</td><td>通團<br>地名</td><td>05416；</td><td></td></tr>
<tr><td>95</td><td>路</td><td></td><td>09714；</td><td></td></tr>
<tr><td>96</td><td>筮</td><td>通筭</td><td>09714；</td><td></td></tr>
<tr><td>97</td><td>槃</td><td>通河</td><td>04271；</td><td></td></tr>
<tr><td>98</td><td>隔</td><td>通嗣</td><td>05405；</td><td></td></tr>
<tr><td>99</td><td>瑗</td><td></td><td>《近出》0364；</td><td></td></tr>
<tr><td>100</td><td>皐</td><td></td><td>04343；04469；</td><td></td></tr>
<tr><td>101</td><td>祫</td><td></td><td>02789；</td><td></td></tr>
<tr><td>102</td><td>過</td><td>地名<br>通過</td><td>03907；</td><td></td></tr>
<tr><td>103</td><td>䇂</td><td>通烝</td><td>04208；05431；04317；</td><td></td></tr>
</table>

| | | | | |
|---|---|---|---|---|
| 104 | ⿺辶倉 | | 04208； | |
| 105 | 詢 | 人名<br>通訇 | 04321*4；04342*5； | |
| 106 | ⿱盾手 | 通盾 | 04322； | |
| 107 | 裨 | | 04322； | |
| 108 | ⿸广尃 | 地名 | 《近出》0484； | |
| 109 | ⿰阝尃 | | 02836； | |
| 110 | 意 | 人名<br>通啻 | 02831； | |
| 111 | 筩 | 通⿰彳甬 | 02831； | |
| 112 | ⿱罒要 | | 04296； | |
| 113 | 豦 | | 02831； | |
| | | 人名 | 04167*3；06011； | |
| 114 | 幎 | 通冟 | 02831*3；04318；02841；02816；09898；04302；04343；04468；04326；04469； | |
| 115 | 裘 | | 02831*2；04251；04060；05405；04331*2；《近出》0347*2；《近出》0483； | |
| | | 人名 | 02831*2；02832*2；04256；08456*2； | |
| 116 | ⿰飠刃 | 通即 | 04300；04627； | |
| 117 | 掔 | 通臤 | 04330；02824； | |
| 118 | ⿰止重 | 通踵 | 02841； | |
| 119 | [illegible] | | 02841； | |
| 120 | 概 | 通⿱既貝 | 02809；10285； | |
| 121 | 雩 | 地名 | 04262； | |
| 122 | 董 | 通東 | 04311； | |
| 123 | 寰 | 人名 | 02819*4；04313*2； | |
| 124 | 睱 | 通叚 | 04313； | |
| 125 | ⿱癶夌 | 人名 | 04324*6；04286*4； | |
| 126 | ⿸厂畲 | 通飲 | 05431； | |
| 127 | 蜀 | 地名 | 04341； | |
| 128 | 靖 | 通靜 | 04341； | |
| 129 | 鉞 | 通戉 | 04468；10173； | |
| 130 | ⿰王面 | | 09897； | |

| 131 | 傭 | 通章 | 《近出》0490； | |
|---|---|---|---|---|
| 132 | 飴 | | 02703；04195； | |
| 133 | 詣 | | 04213； | |
| 134 | 諱 | | 04323； | |
| 135 | 嗝 | 通融 | 02706；09451*2； | |
| 136 | 融 | | 09893*2； | |
| | | 通贊 | 06015； | |
| | | 通嗝 | 02706；09451*2； | |
| | | 人名 | 02818*4；04466*8； | |
| 137 | 勵 | | 00246；00253；04188；04242； | |
| | | 通樂 | 00147；00188；02790；02796； | |
| | | 通擢 | 02836；04242；04326； | |
| 138 | 貉 | | 03977；《近出》0356； | |
| | | 人名 | 05409*2； | |
| | | 通貊 | 02831； | |
| 139 | 虞 | | 10176*2； | |
| | | 地名 | 09694； | |
| | | 通吳 | 04271；04626；《近出》0106； | |
| | | 通永 | 04199； | |
| 140 | 貃 | | 《近出》0483； | |
| 141 | 媿 | 人名 | 04011；04067； | |
| 142 | 媵 | 人名 | 04011； | |
| | | 通賸 | 04067；09705； | |
| 143 | 棼 | 地名<br>通楚 | 04041；05977； | |
| 144 | 逌 | | 02814； | |
| 145 | 電 | | 04326； | |
| 146 | 溥 | 通専 | 04326； | |
| 147 | 賊 | | 10176； | |
| 148 | 鳶 | | 02705； | |
| 149 | 雍 | 通雘 | 02841；02660；04342； | |
| | | 地名<br>通雝 | 06015； | |

| | | | | |
|---|---|---|---|---|
| | | 地名<br>通[illegible] | 10321； | |
| | | 人名<br>通誰 | 00948*2；02721； | |
| | | 人名<br>通椎 | 05411*2； | |
| | | 人名<br>通䣧 | 06008；02531*2； | |
| | | 人名<br>通誰 | 04122；05419；《近出》0364*3； | |
| | | 通誰 | 02841；《近出》0030*2； | |
| | | 通詻 | 02837； | |
| | | 通雔 | 《近出》0106*2； | |
| 150 | 窸 | | 02705； | |
| 151 | 𢧜 | 人名 | 04255*3； | |
| 152 | 旉 | 地名 | 04466； | |
| 153 | 罝 | 地名 | 04466； | |
| 154 | 麀 | | 09456； | |
| 155 | 滆 | 地名 | 《近出》0506； | |
| 156 | 雉 | | 00260*2； | |
| 157 | 䰙 | | 05392； | |
| 158 | 𧥮 | | 05392； | |
| 159 | 𢟪 | 通殹 | 00187；00238；02812；02836；10174； | |
| 160 | 𢒃 | 通搏 | 02835*3；10173； | |
| 161 | 厨 | 地名 | 10173； | |
| 162 | 楷 | 人名<br>通槁 | 02704；04139*2；02729；04205*2； | |
| 163 | 䣭 | 通酖 | 02704； | |
| 164 | 超 | 人名 | 10285； | |
| 165 | 睦 | 人名<br>通䧍 | 05986； | |
| | | 人名<br>通𡗂 | 05986； | |
| 166 | 𣡕 | | 00247； | |
| | | 通懋 | 04170； | |

| 筆劃：十四劃 | | | | |
|---|---|---|---|---|
| 序號 | 字例 | 通用釋例 | 使用器號 | 備註 |
| 1 | 捧 | 通拜 | 02783；02784；09723；02775；02807；02836；02839；04165；04251；04298；04318；09726；00753；00754；02735；04184；04256；04268；04274；04279；04328；02803；04327；09714；10322；04237；04287；05423；02755；02804；04244；04276；04330；09898；10170；02781；02838；04302；04343；05419；06008；09728；00133；00181；02789；02805；02824；04199；04202；04253；04322；00063；02780；02813；02817；02830；04214；04241；04243；04277；04283；04288；04311；04312；04316；04324；04341；09897；02756；02786；09721；00048；02820；02825；04225；05411；04294；04465；02819；02827；04246；04255；05424；04272；04286；06011；06013*2；04469；02810；04207；04273；04285；04340；05408；00143；02765；02815；04266；05430；06516；02742；04215；04296；04331；《近出》0044；《近出》0045；《近出》0364*2；《近出》0483；《近出》0487；《近出》0490；《近出》0491；《近出》0506；《近出》0605； | |
| 2 | 對 | | 02783；02784*2；09723；02775；02792；02807；02836；02837；04140；04165；04251；04298；04318；06001；09726；00753；00754；02720；02785；02841；04060；04256；04268；04274；04279；04293；02778；02803；04267；04327；09714；10175；10322；05398；02821；02835；04271；04287；05405；05423；06007；10168；02754；02755；00187；00205；02791；02804；02816*2；04244；04250；04276；09725；09898；10169；10170；02748；02781；02833；04122；04132；04162；04240；04626；04302；04343；05399；05418；05419；05426；06008；09455；09728；00133；00181；02776；02789；02805；02824；04042；04194；04197；04199；04202；04208；04253；04321；04322；02809；02812；02813；02817；02830；04121；04196；04214；04219；04241；04243；04258；04283；05995；04288；04311；04312；04316；04324；05431；04342；04468；05433；02718；02756；02786；04195；04323；04459；09721；09897；02814；02820；02825；04046；04225；05411；04294；04326；04465；00092；00108；02819；02827；04167；04255；05409；05424；09453；00260；04192；04272；04286；05992；06011；06013；10321；00238；02721； | |

| | | | | |
|---|---|---|---|---|
| | | | 04209；04469；02704；02810；04191；04207；04273；04285；04340*2；02765；05408；05974；00143；02614；02815；04266；05430；10166；02725；06516；02729；04159；04205；05425；04170；04462；04215；00246；00247；06005；04296；04331；《近出》0029；《近出》0106；《近出》0356；《近出》0364；《近出》0481；《近出》0483；《近出》0485；《近出》0487；《近出》0489；《近出》0490；《近出》0491；《近出》0506；《近出》0605；《近出》0943； | |
| | | 通疐 | 04246； | |
| | | 人名 | 《近出》0350；《近出》0503； | |
| 3 | 壽 | | 02796；04125；02724；04109；04328；09713；10174；00356；02762；02777；00746；02743；02821；04188；06007；00188；02768；02833*2；03920；04108；04091；04156；04160；04276*2；04330；04446；04448；04628；09716；09725；09936；04343；09728；00181；04627；00141；02813；04219；04277；04459；06511；04011；02814、02825；04051；04124；04147*2；04203；00108；02790；02827；09694；00103；00260；02767；04067；04317；04436；09433；09718；02733；04182；04198；04269；04340；02815；04107；04157；04168；00246；04296；04331；《近出》0032；《近出》0086；《近出》0097；《近出》0106；《近出》0350；《近出》0478；《近出》0483；《近出》0971； | |
| | | 人名 | 02831*3； 09726；04060； | |
| 4 | 僰 | | 09723；05431；04468； | |
| | | 地名 | 04313； | |
| | | 人名 | 《近出》0489；《近出》0971； | |
| 5 | 遣 | | 00260；04238；02763；02835；05432；02833；04242；09300；《近出》0040；《近出》0603；《近出》0605； | |
| | | 通𧽊 | 04029； | |
| | | 人名<br>通𧽊 | 04162；04042；04341； | |
| | | 人名 | 09433；10322； | |
| | | 通譴 | 02775；04207； | |
| 6 | 與 | | 《近出》0086； | |
| | | 通雩 | 02837；02841；02820；04331； | |

| 7 | 榮 | 通𤇾 | 02837；02839； | |
| --- | --- | --- | --- | --- |
| | | 人名<br>通𤇾 | 04327*4；10322；04271；04257；04121*2；04241；04342；02786；04323；00107；09456*2；04192；04286；04209；《近出》0490； | |
| 8 | 罰 | | 02837；02838；02809*2；04215；10176*2；10285*2； | |
| 9 | 朢 | 通望 | 02836；04206；04251；09454；02735；04287；02755；04244；05432；06002；02748；02838；04089；05426；02789；05415；02695；04312；04316；04342；02814；02819；04269；04340；02815；10166；04205；《近出》0035；《近出》0357； | |
| | | 人名<br>通望 | 02812*4；04272*3； | |
| | | 通忘 | 00754；02833；02774；04167；06011；04269；02765；10360；04331；《近出》0485　；《近出》0491； | |
| 10 | 賓 | | 00089；00143；02839*8；03954；04195*2；04229；04298*3；04627；05407；05415；05989；09104；《近出》0086；《近出》0364*4； | |
| 11 | 職 | | 02839*6；02835； | |
| | | 通戒 | 10173； | |
| | | 通鹹 | 04322； | |
| 12 | 趬 | | 02839； | |
| 13 | 劓 | | 02839*2； | |
| 14 | 醫 | | 02839； | |
| 15 | 臧 | | 02839； | |
| 16 | 聞 | 通[illegible] | 02837； | |
| | | 通[illegible] | 《近出》0490； | |
| | | 通[illegible] | 00062；04131；04340； | |
| 17 | 睽 | 人名 | 04298*6； | |
| 18 | 熏 | | 09898；04343； | |
| | | 通纁 | 04318；02841；04468；04326；04469； | |
| 19 | 漁 | | 00753；02720； | |
| | | 通[illegible] | 04207； | |
| | | 通魚 | 02720； | |
| 20 | 鳳 | | 02751； | |
| 21 | 厲 | | 《近出》0364； | |
| | | 人名 | 02832*11； | |

| | | | | |
|---|---|---|---|---|
| 22 | 誓 | | 02832；02818*2；10176*4；10285*7； | |
| | | 通哲 | 04326； | |
| 23 | 厭 | 通猒 | 02841；04330； | |
| 24 | 肈 | 助詞 | 00141；04330；06007；10101； | |
| | | 通⿰耳攴 | 04330； | |
| | | 助詞<br>通肇 | 00082；00187；00238；00252；00260；02614；02731；02733；02812；02820；02824；02830；02835；02841；04021；04091；04115；04242；04302；04312；04313；04328；05968；09455；09896；10175；《近出》0502；《近出》0605； | |
| 25 | 肇 | 助詞<br>通肇 | 00082；00187；00238；00252；00260；02614；02731；02733；02812；02820；02824；02830；02835；02841；04021；04091；04115；04242；04302；04312；04313；04328；05968；09455；09896；10175；《近出》0502；《近出》0605； | |
| | | 人名<br>通婜 | 04047； | |
| 26 | 寡 | | 02841；05427； | |
| | | 人名 | 05392； | |
| 27 | 靻 | 通齟 | 02841； | |
| 28 | 箙 | 通葡 | 02841；04326； | |
| | | 通備 | 04322； | |
| 29 | 齊 | | 《近出》0097； | |
| | | 人名 | 00103；09896； | |
| | | 地名 | 00103；04123；04216；04313；《近出》0483；《近出》0489*2； | |
| | | 通櫅 | 00246；10175； | |
| 30 | 緌 | 通沙 | 04216；04268；04257；04321；00062；02814；02819；04286； | |
| 31 | 監 | | 04261；04030；03954；02820；02827； | |
| | | 人名 | 04188； | |
| 32 | 僕 | | 00048；02765；04266；04273；04292；02803；09725；00062；02809；04258；04311；09721；《近出》0042；《近出》0043；《近出》0490；《近出》0604； | |
| 33 | 誨 | | 02615； | |
| | | 通敏 | 04328； | |
| | | 通謀 | 10175； | |
| | | 通每 | 02838； | |

| | | | | |
|---|---|---|---|---|
| 34 | 碩 | 人名 | 02777；02825； | |
| 35 | 䡅 | | 00109；04323；04317； | |
| | | 通對 | 04246； | |
| | | 人名 | 02838；02721； | |
| 36 | 綰 | | 04108； | |
| | | 通錧 | 00188；02777；10175；02825；04198；00246； | |
| 37 | 綽 | | 02777；00188；04108；04198； | |
| | | 通鞞 | 00246；02825； | |
| | | 通韓 | 《近出》0032； | |
| 38 | 徫 | 通省 | 04229；04123； | |
| 39 | 耤 | | 02803；04343； | |
| | | 通藉 | 04255； | |
| | | 人名 | 04257*2； | |
| 40 | 誥 | 通㝬 | 04030；06014*2； | |
| 41 | 夢 | | 04327； | |
| 42 | 穀 | | 02810；04327； | |
| 43 | 團 | 地名<br>通團 | 05416； | |
| | | 人名 | 06004； | |
| 44 | 綬 | 通䋪 | 10175； | |
| 45 | 徹 | 通㪉 | 10175； | |
| | | 通融 | 06014； | |
| 46 | 䏻 | 通能 | 10175； | |
| 47 | 緐 | | 《近出》0030； | |
| | | 通䌓 | 10175； | |
| | | 通繁 | 04242；04316*2； | |
| | | 地名<br>通繁 | 04341； | |
| 48 | 嫠 | 通釐 | 10175；04242； | |
| 49 | 爾 | | 10175；05401；06014*2；00246*2；00254 | |
| | | 人名 | 02781*2； | |
| 50 | 湆 | 通陰 | 10322； | |

| 51 | 䜌 | 人名 | 10322； | |
|---|---|---|---|---|
| 52 | 㬎 | 通眉 | 00746；04156；04446；02814；04051；04203； | |
| 53 | 蔑 | | 《近出》0346； | |
| 54 | 鄙 | | 《近出》0489； | |
| | | 通啚 | 040595*2；02531；04246；《近出》0487； | |
| 55 | 奪 | | 02835；04323；04469； | |
| 56 | 遲 | 人名 | 04188；00103；04436； | |
| 57 | 䜭 | | 04330； | |
| | | 通懿 | 02830；04341； | |
| | | 人名<br>通懿 | 05423； | |
| 58 | 舞 | | 05423； | |
| 59 | 䨓 | | 10168； | |
| 60 | 㯱 | | 《近出》0033； | |
| 61 | 㲼 | 通叚 | 00205；02819； | |
| 62 | 綮 | 通㪤 | 02763； | |
| 63 | 𩏂 | 通庸 | 02841；04292；04237；02774； | |
| | | 人名<br>通庸 | 04169； | |
| | | 地名<br>通庸 | 04241； | |
| | | 通傭 | 《近出》0490； | |
| | | 通壺 | 09725； | |
| 64 | 緇 | 通載 | 02783；02813； | |
| 65 | 鞃 | 通㔯 | 02831*2；04318；02841；09898；04302；04343；04468；04326；04469； | |
| 66 | 需 | 通繻 | 04628； | |
| | | 地名 | 04162； | |
| 67 | 㒒 | 通撲 | 02833； | |
| 68 | 肅 | | 02833； | |
| 69 | 䇷 | | 02838； | |
| 70 | 䛜 | 人名 | 02838*7； | |
| 71 | 榜 | | 02838； | |
| | | 通榜 | 04323； | |

| | | | | |
|---|---|---|---|---|
| 72 | 旗 | | 《近出》0356； | |
| 73 | 廏 | | 04112； | |
| 74 | 緙 | 人名 | 04192； | |
| | | 助詞<br>通肆 | 00110；00949*2；02725；02833*5；02836*2；02837；02841；04269；04237；04317；04342；06014；《近出》0097； | |
| 75 | 遠 | | 02836；04317；04326；10175；《近出》0037； | |
| 76 | [illegible] | | 02836*2； | |
| 77 | 康 | 通康 | 02836；04317； | |
| 78 | 漢 | 地名 | 00949； | |
| 79 | 寠 | 地名 | 02720； | |
| 80 | 隡 | 地名 | 02751； | |
| 81 | 諫 | 通諫 | 04292；04293； | |
| 82 | 獄 | | 04293；04340；04469； | |
| 83 | 嘗 | | 04293； | |
| | | 地名 | 05433； | |
| 84 | 毓 | | 04341；10175； | |
| 85 | 圖 | | 02814；02825；04320*2；10176； | |
| 86 | 戱 | | 04320； | |
| 87 | 寏 | | 04343； | |
| 88 | 僨 | | 04343；04294；04326；04246；04255；04266；04215； | |
| 89 | 寍 | 通予 | 05399； | |
| 90 | 險 | 單位 | 10161； | |
| 91 | 潰 | | 05410；《近出》0491； | |
| 92 | 察 | 人名 | 04253*3； | |
| 93 | 嫡 | 通啻 | 04321；04288；04316*2；04266； | |
| 94 | 臺 | 地名<br>通堂 | 02789；04302； | |
| 95 | 鄒 | 通禦 | 04322；04323； | |
| 96 | 敵 | 通徹 | 06014； | |
| 97 | 實 | | 04317；10176；《近出》0526； | |
| 98 | 稱 | | 《近出》0486； | |

| | | | | |
|---|---|---|---|---|
| 99 | ⿱林亩 | 通林 | 00141； | |
| | | 通廩 | 05424； | |
| 100 | ⿰坴凡 | | 04298*2； | |
| 101 | 廣 | | 00147；04328；10175；02835；02833；04341；04326；00246；00253；《近出》0489；《近出》0027； | |
| 102 | ⿸厂敢 | 通嚴 | 00147； | |
| | | 通玁<br>族名 | 04328*2；10173；10174； | |
| 103 | 壺 | | 09726；04292；09713；09714；09672；09716；09728；06511；09721；09705；09694；09718；02810；《近出》0969；《近出》0971； | |
| | | 通⿰金壺 | 10164； | |
| | | 通⿱亯十 | 09725； | |
| 104 | 獄 | | 10175；《近出》0347； | |
| 105 | ⿰阝虎 | 人名 | 02831； | |
| 106 | ⿰米隹 | 通⿰米焦 | 04628； | |
| 107 | ⿱既貝 | 通概 | 02809；10285； | |
| 108 | ⿰王系 | | 02830； | |
| 109 | ⿰鼎冊 | | 02830*2； | |
| 110 | 禕 | | 02830； | |
| 111 | 墉 | 人名<br>通庸 | 02830； | |
| 112 | ⿱亞皿 | | 04262； | |
| 113 | 鳿 | 人名 | 02615；04288； | |
| 114 | 輔 | | 04324*2；04286*2；04469； | |
| | | 人名 | 04324； | |
| 115 | 疑 | | 05431； | |
| 116 | 潢 | | 04342； | |
| 117 | 鄦 | | 《近出》0045； | |
| 118 | 寑 | 通⿱宀帚 | 06015；09897； | |
| 119 | 誕 | 助詞<br>通延 | 04059；04237； | |
| 120 | 截 | 通⿱艹截 | 04323； | |
| 121 | 陰 | 地名<br>通陰 | 04323； | |

| 122 | 遼 | | 05983； | |
|---|---|---|---|---|
| 123 | 箸 | 地名 | 04328； | |
| 124 | 䳕 | | 02792； | |
| | | 人名 | 00260；00948；02767*3；02830；04067*2；04317*3； | |
| | | 地名<br>通胡 | 02721；04122；04322； | |
| 125 | 寧 | | 02841；10175；09104；06015；06515；《近出》0502； | |
| | | 人名 | 05384；04021； | |
| | | 通盂 | 02836； | |
| 126 | 豙 | 人名 | 02831；06011*7；06012；06013*6； | |
| | | 通豫 | 02831； | |
| 127 | 雒 | | 04203； | |
| 128 | 韓 | 人名 | 《近出》0347； | |
| 129 | 棗 | 地名 | 10176； | |
| | | 人名 | 10176； | |
| 130 | 䵼 | 地名 | 10176； | |
| 131 | 㙲 | 地名 | 10176； | |
| 132 | 槀 | 人名 | 10176； | |
| 133 | 雉 | | 《近出》0106*2； | |
| 134 | 𡚁 | 人名 | 04466； | |
| 135 | 𪁪 | 地名 | 04466； | |
| 136 | 鳴 | | 《近出》0086； | |
| 137 | 䰞 | | 09456； | |
| | | 人名 | 10321*3； | |
| 138 | 弛 | 人名 | 02676； | |
| 139 | 哭 | 人名 | 05979； | |
| 140 | 賢 | | 05979； | |
| 141 | 隮 | 地名 | 10321； | |
| 142 | 僚 | 通寮 | 10321*2； | |
| 143 | 維 | | 10173； | |
| 144 | 嘉 | | 10173； | |
| 145 | 僑 | 地名 | 02810； | |
| 146 | 媠 | 通髮 | 00246；06004； | |
| 147 | 鄦 | 人名<br>通鄦 | 04296*6； | |

<table>
<tr><td>148</td><td>樹</td><td>地名<br>通射</td><td>04296；</td><td></td></tr>
<tr><td rowspan="2">149</td><td rowspan="2">遘</td><td></td><td>02765；04205；05415；</td><td rowspan="2"></td></tr>
<tr><td>通媾</td><td>04331；04465；05401；</td></tr>
<tr><td colspan="5">筆劃：十五劃</td></tr>
<tr><th>序號</th><th>字例</th><th>通用<br>釋例</th><th>使用器號</th><th>備註</th></tr>
<tr><td rowspan="3">1</td><td rowspan="3">蔑</td><td></td><td>00187；02712；00753；00754；04261；05405；02748；09455*2；04194；04208；04122；05418；04165；04238；10175；05419；05426；05415；02812；02830；04277；09897；02756；04314；04323；00948；05411；09453；04192；02721；06516；05425；《近出》0604；《近出》0356；</td><td rowspan="3"></td></tr>
<tr><td>通穫</td><td>02839；05426；06008；10161；05416；10166；</td></tr>
<tr><td>地名</td><td>04330；</td></tr>
<tr><td>2</td><td>賜</td><td>通易</td><td>02783；02784；09723；02581；02775*2；02792*2；02807；02836*13；02837*4；04125；04140；04165；04201；04238*2；04251；04298*3；04318；06001；06512；09726*2；00753；00754；02696；02720；02735；02785；02841*2；04020；04109；04184；04256；04268；04274；04279；04328；09901*2；06514；09893；10174；02778；04030；04100；04327*6；09714；10322；02595；02743；05384；05398；02821；02835*2；04188；04287；05405*2；06007；10168；02754；00204；02791；02804；02816；04131；04156；04244*2；04276*2；05400；06002*2；09725；09898；10169；10170；02748；02781；03942；02838*2；04112；04122；04162*2；04240；04626；04302；04320*5；04343*2；05418；05419；05426；06008；10161；09728；00133；02776；02789；02805；04136；04194；04197；04199；04202；04253；04257；04321；05415；06014；00061；02728；02780；02812；02813；02817；02830；04121；04196；04214；04219；04241；04243；04258*2；04277*2；04283；05995；04288；04311；04312；04316；04324；05431；04341；04468；05433*2；02706；02718；02756；02786；04213*2；04323；09451；09721；09897；00935；06015*3；00048；00948；02749；04041；02814；02820；02825；04051；04203；04225；05391；05411；04326；04465；05977；00107；00108；02705；02790；02819；02827；04167*2；04255；09453；02767；04067；04192；04272；04286*2；05992*2；06011*2；06012；06013；</td><td></td></tr>
</table>

| | | | | |
|---|---|---|---|---|
| | | | 09718*2；00238；02661；02721；04099；04169；04209；04469；02704；02810；04191；04207；04269*3；04273；04285；04340；05408；05974；00143；02815；04266；05430；02725；05403；05985；06516；04159*3；02742；04170；04462；04215；06004；00247；04296；《近出》0044；《近出》0106；《近出》0347；《近出》0350；《近出》0356；《近出》0357；《近出》0483；《近出》0484；《近出》0485；《近出》0486；《近出》0487；《近出》0490；《近出》0491；《近出》0506；《近出》0604；《近出》0605； | |
| | | 通⿰目昜 | 04267；05416；04342；04294；10173*3； | |
| 3 | 稽 | 通⿰旨頁 | 02783；02784；09723；02775；02807；02836；02839；04165；04251；04298；04318；09726；00753；02735；04184；04256；04268；04274；04279；04328；02803；09714；10322；04237；04287；05423；02755；02804；02816；04244；04276；04300；04330；09898；10170；02781；02838*3；04302；04343；05419；06008；09728；00181；02789；02805；02824；04194；04199；04202；04253；04321；04322；00063；02780；02813；02817；02830；04214；04241；04243；04258；04277；04283；04288；04311；04312；04316；04324；04341；04342*2；02756；02786；09721；09897；00048；02820；02825；04225；05411；04294；04465；02819；02827；04167；04246；04255；05424；04272；04286；06011；06013*2；04469；02810；04207；04273；04285；04340；05408；00143；02765；02815；04266；05430；06516；02742；04215；04296；04331；《近出》0044；《近出》0045；《近出》0364；《近出》0483；《近出》0487；《近出》0490；《近出》0491；《近出》0506；《近出》0605； | |
| | | 通⿴囗卜 | 04029； | |
| 4 | ⿰旨頁 | 通稽 | 02783；02784；09723；02775；02807；02836；02839；04165；04251；04298；04318；09726；00753；02735；04184；04256；04268；04274；04279；04328；02803；09714；10322；04237；04287；05423；02755；02804；02816；04244；04276；04300；04330；09898；10170；02781；02838*3；04302；04343；05419；06008；09728；00181；02789；02805；02824；04194；04199；04202；04253；04321；04322；00063；02780；02813；02817；02830；04214；04241；04243；04258；04277；04283；04288；04311；04312；04316；04324；04341；04342*2；02756；02786；09721；09897；00048；02820；02825；04225；05411；04294；04465；02819；02827；04167； | |

| | | | | |
|---|---|---|---|---|
| | | | 04246；04255；05424；04272；04286；06011；06013*2；04469；02810；04207；04273；04285；04340；05408；00143；02765；02815；04266；05430；06516；02742；04215；04296；04331；《近出》0044；《近出》0045；《近出》0364；《近出》0483；《近出》0487；《近出》0490；《近出》0491；《近出》0506；《近出》0605； | |
| | | 通頁 | 04327； | |
| 5 | 魯 | | 00109；00141；00147*2；00181；00188；00238；00246；00247；00356；02790；02791*2；02796；02812；02813；02814；02815；02820；02827；02836；04029；04202；04225；04241；04274；04277；04279；04316；04317；04318；04331*2；04340；04436；04465；04468；04469；05410；05431；09728；10175；《近出》0030；《近出》0046；《近出》0106；《近出》0346；《近出》0364；《近出》0490；《近出》0491； | |
| | | 地名 | 05974；09453； | |
| | | 人名 | 02774；09896*3； | |
| 6 | 𨔝 | 通逋 | 02581*2； | |
| | | 通𧺆 | 02832； | |
| 7 | 璋 | 通章 | 02792；02825；02827；04195；04229；04292；04298*3；04327；05425；09456；09897；《近出》0364*2； | |
| | | 通𩏂 | 02748； | |
| 8 | 樂 | | 00089；00143；00356*2；00246；00247；《近出》0086；《近出》0503； | |
| | | 通觻 | 05423； | |
| | | 通𠡦 | 00147；00188；02796；02790； | |
| 9 | 誰 | | 02807； | |
| 10 | 德 | | 02836；02837*2；02841*2；00109*2；10175；00187*2；02660；04115；04242；06014；02812；02830*7；05995；04341；04342；06511；06015；00082；02820；04326*3；00238；02614；00247；00251；《近出》0106； | |
| | | 人名<br>通徝 | 02661；03942； | |
| | | 人名 | 00141；04198； | |
| 11 | 嬖 | 通辪 | 02836*2；02841*2；04342；05428；06014； | |
| 12 | 覒 | | 02836；00109；04229；10175；04219； | |
| 13 | 悳 | 通恖 | 02836；02841； | |

| 14 | 廢 | 通灋 | 02836；02837；02816；04343；04199；00063；04288；04316；04324；04468；04469；04340；《近出》0029；《近出》0526； | |
|---|---|---|---|---|
| 15 | 墜 | | 04317； | |
| | | 通述 | 02837；04238； | |
| | | 通遂 | 10168； | |
| | | 通家 | 00063；00205；02841；04241；04302；04313；04464；06516；10175；《近出》0106； | |
| 16 | 遷 | | 04320； | |
| | | 通鄦 | 02837；06014； | |
| 17 | 賞 | | 04206；09901；04100；02682； | |
| | | 通賁 | 04044；02729； | |
| | | 通償 | 02838*4； | |
| | | 通賫 | 02839；09454；02778；02758；05432；02074；04132；02628；02703；04134；05997；02739；05425；10360； | |
| | | 通商 | 02612；02702*2；02774；04020；04300；05333；05352；05391；05986； | |
| 18 | 賫 | 通賞 | 02839；09454；02778；02758；05432；02674；04132；02628；02703；04134；05997；02739；05425；10360； | |
| 19 | 鄭 | 地名通奠 | 04165；09726；04320；05418； | |
| | | 人名通奠 | 02786；04454；02819；02815； | |
| | | 人名 | 04454； | |
| | | 通酉 | 10322； | |
| 20 | 隮 | 通尊 | 02532；02712；02556；02775；02839*2；04125；04165；04201；04238；04298；04692；05375；09454；06001；06512；02696；02785；02841；04020；04184；04261；04268；04279；04328；09901；06514；09713；09893；02762；02777；02778；04267；04327；05998；10175；10322；02655；02743；03979；05398；02821；02835；04188；04237；04271；06007；10168；02755；02758；02763；02768；02791；02804；02816；04023；04091；04131；04244；04300*2；05400；05407；05427；05432；05993；06002；09689；09716；09725；09898；10170；02612；02674；03942；04108；04132；04137；04240；04242；04454；04302；04320；04343；05399；05418；05419；05426；05968；09104；09455；09728；02628； | |

| | | | | |
|---|---|---|---|---|
| | | | 02776；02789；02805；02824*2；03907；04042；04136；04194；04257；04321；04322*2；05401；05415；06014；02728；02730；02779；02809；02812；02813；02817；02830；04121；04214；04219；04283；04288；04312；04313；04316；04324；05431；05433；02703；02718；02756；02786；03976；04044；04059；04134；04195；04323；05410；05997；09300；09721；09897；10164；00935；06015；02740；02749；02814；02820；02825；04124；04147；04225；05391；05411；05977；02531；02553；02790；02818；02819；02827；04045；04167；04246；05409；09453；02731；04021；04286；06011；06013；09896；10321；02661；02739；04169；04182；04209；02702；02810；04198；04207；04273；04285；04340；02614；02765；04266；05430；04107；05403；05985；06516；05986；02729；05425；04168；06005；04296；04331；《近出》0343*2；《近出》0350；《近出》0356；《近出》0357；《近出》0364；《近出》0478；《近出》0485；《近出》0489；《近出》0491；《近出》0502；《近出》0503；《近出》0604；《近出》0605；《近出》0942；《近出》0943；《近出》0969；《近出》0971*2； | |
| 21 | 虢 | | 09898；04302；04343； | |
| | | 人名 | 09726；04184；04202；00141；04341；02818*2；02827；00238；04182*2；04435；10173；02742；《近出》0086*2；《近出》1003； | |
| | | 通鞹 | 04318；04468；04469；04462； | |
| 22 | 䡅 | | 04343；04468； | |
| | | 通䫵 | 04302； | |
| | | 通轗 | 04318；02841；04326；04469； | |
| 23 | 慶 | | 04293*2； | |
| | | 人名 | 02832；《近出》0347； | |
| 24 | 𠟭 | 連詞<br>通則 | 00252；02818*2；02824；02831；02838*6；04208；04262；04292*3；04293；04321；04342；04468；04469；05995；06011；06014；06515；10174*2；10175；10176*3；10285*2；《近出》0486*2；《近出》0971； | |
| 25 | 賓 | | 02719； | |
| 26 | 寮 | | 02841*2；09901*4；04300；04343；04326； | |
| | | 通僚 | 10321； | |
| | | 通燎 | 02839； | |
| 27 | 審 | | 02832； | |

| | | | | |
|---|---|---|---|---|
| 28 | 鋚 | 通攸 | 02835；10169；04302；02786；04469；04318；02841；04287；02816；09898；09728；02805；04253；04257；04321；02830；04258；04288；04312；04324；04468；02814；02819；02827；06013；04209；04285；02815；04462；《近出》0490； | |
| 29 | 鞏 | 通巩 | 02841*2； | |
| 30 | 惷 | | 02841*2；02833； | |
| 31 | ⿱曲丂 | 通屛 | 02841； | |
| 32 | 緘 | 通臧 | 02841； | |
| 33 | 憂 | | 02841；05427；05410； | |
| 34 | 賦 | | 02841； | |
| 35 | 䎽 | 通聞 | 《近出》0490； | |
| | | 通昏 | 02841*2； | |
| | | 通婚 | 09713； | |
| | | 通輡 | 04302； | |
| 36 | ⿱⿰知于曰 | 通智 | 02841； | |
| | | 通知 | 00062； | |
| 37 | 敷 | 通尃 | 00205；02830；02841*4； | |
| | | 通匍 | 00261；02837；04468；10175； | |
| | | 通夫 | 《近出》0097； | |
| 38 | 徵 | 通責 | 02841；02838*2； | |
| | | 人名<br>通長 | 06007； | |
| 39 | 鋝 | 單位<br>通寽 | 02841；02838*3；04343；02809；05997；04041；05411；04294；04326；04246；04255；04266；04215；10285； | |
| 40 | 載 | | 00133；04256；04286；04321；06516；《近出》0491； | |
| | | 通緇 | 02783；02813； | |
| 41 | ⿱夙女 | 人名 | 04328*3； | |
| 42 | 擒 | 通禽 | 02835；04328*2；04323；《近出》0352； | |
| 43 | 𦎫 | | 02756； | |
| | | 通敦 | 04328；02833；00260；05392； | |
| 44 | ⿰衤桒 | | 00246；09901*2；《近出》0356*4； | |
| | | 通桒 | 00935；04132；09104； | |
| 45 | ⿰坴允 | 族名<br>通狁 | 10173；10174； | |

| 46 | 𦊊 | 地名 | 10174； | |
|---|---|---|---|---|
| 47 | 諆 | | 05428；04313；04021； | |
| | | 人名 | 06515； | |
| | | 地名 | 02803*2；10321； | |
| 48 | 撲 | | 10174； | |
| | | 通𨪐 | 10176； | |
| | | 通戣 | 00260； | |
| | | 通㒒 | 02833； | |
| 49 | 盤 | | 10173； | |
| | | 通般 | 10174；10169；10170；10161；10164；09456；《近出》1003； | |
| 50 | 穌 | 人名<br>通蘇 | 04229*2；《近出》0036；《近出》0037*2；《近出》0038；《近出》0040；《近出》0044*2；《近出》0045*2；《近出》0046；《近出》0048； | |
| 51 | 𢦏 | | 04330；《近出》0491； | |
| | | 人名 | 02830*6； | |
| | | 通載 | 04327；04342； | |
| | | 地名<br>通戲 | 04327； | |
| 52 | 稻 | | 04627； | |
| | | 通旝 | 04579；《近出》0526； | |
| | | 通䆃 | 04628； | |
| 53 | 髮 | | 05416； | |
| | | 通媋 | 00246；06004； | |
| | | 通猶 | 10175*2； | |
| 54 | 慕 | | 02833；04317； | |
| | | 通謨 | 10175； | |
| 55 | 𩟍 | 通農 | 10175； | |
| 56 | 𣫭 | 通厤 | 10175； | |
| 57 | 寬 | | 《近出》0489； | |
| 58 | 毆 | | 02835； | |
| 59 | 𢑴 | 通無 | 04287； | |
| 60 | 鋪 | | 《近出》0031*2； | |
| 61 | 禩 | 通異 | 02758； | |
| 62 | 韔 | 通幃 | 02816； | |

| | | | | |
|---|---|---|---|---|
| 63 | 鵃 | 通嬗 | 04330； | |
| 64 | 禝 | | 02674； | |
| 65 | ⿰革凡 | 通璋 | 02748； | |
| | | 通贛 | 10166； | |
| 66 | 鼑 | 通鼎 | 02748； | |
| 67 | 廝 | 通斯 | 02833； | |
| 68 | 幩 | 通奉 | 02831*2； | |
| 69 | 麃 | 通鑣 | 02831； | |
| 70 | 鋞 | 通鑊 | 02831； | |
| 71 | ⿱罒首 | 通首 | 02839*6；04313； | |
| 72 | 輛 | 通兩 | 02839*2； | |
| 73 | ⿰彳萬 | 通萬 | 02831；02796；04125；02762；04271；02816；05993；04137；02776；04208；02830；04313；04342；04323；02820；02818；04272；05430；《近出》0502； | |
| 74 | 鄧 | | 00949； | |
| | | 人名 | 04011； | |
| | | 人名<br>通羿 | 09104；《近出》0343； | |
| 75 | 鈙 | 通鎜 | 10175； | |
| 76 | 搼 | 通䜌 | 10175； | |
| 77 | 毅 | 人名 | 《近出》0364*3； | |
| 78 | ⿱艹盈 | 人名 | 04273；《近出》0364*2； | |
| 79 | 儀 | 通義 | 00238；04170；04242；00247； | |
| 80 | ⿰車敎 | 通較<br>通較 | 04302； | |
| 81 | 隣 | | 02830；04266； | |
| | | 通吝 | 04343*2； | |
| 82 | 鄰 | 人名<br>通粦 | 02831； | |
| 83 | 墮 | 通吹 | 05428； | |
| 84 | 叡 | 地名 | 04322； | |
| 85 | 敵 | 通啻 | 02731；04322； | |
| 86 | 畱 | 人名 | 00060； | |

| | | | | |
|---|---|---|---|---|
| 87 | 貴 | | 04331； | |
| 88 | 鬲 | 通瓚 | 02835；02841；04327；04320；04121；04342；04323； | |
| 89 | 膚 | | 02831； | |
| 90 | 衛 | | 04341； | |
| | | 人名 | 02831*6；02832*5；04256*4；04044；02818*3；09456*5；02733；04209*5； | |
| | | 地名 | 02832；04059；04104； | |
| 91 | 嬰 | 人名 | 10152； | |
| 92 | 履 | | 02831；02832；《近出》0364； | |
| | | 通堳 | 10176*4； | |
| | | 通郿 | 10176； | |
| | | 人名 | 10176；10322； | |
| 93 | 𢦏 | | 02837； | |
| 94 | 𠑹 | | 00147*2； | |
| 95 | 葊 | 地名<br>通鎬 | 04206；09454；02720；04293；04327*3；09714；02791；02756；04253；06015；04246；04207；04273；05408；10166；02725；10285；《近出》0356；《近出》0364； | |
| 96 | 達 | 通率 | 04238；10322*2；02833*2；02824；04322；04313；04464；《近出》0036；《近出》0038；《近出》0041； | |
| 97 | 璜 | | 04292； | |
| | | 通黃 | 04269； | |
| 98 | 稷 | | 10175； | |
| 99 | 趠 | 人名 | 02730*2； | |
| 100 | 鋪 | | 02779； | |
| 101 | 劍 | | 02779； | |
| 102 | 播 | 通敹 | 02809*2； | |
| | | 地名 | 10176； | |
| 103 | 𪓅 | | 04317；04468； | |
| | | 通令 | 02830； | |
| 104 | 蓁 | | 《近出》0943； | |
| 105 | 親 | 人名 | 04283； | |
| 106 | 瘨 | 人名 | 04283*4； | |
| 107 | 闇 | | 04312； | |
| 108 | 聝 | 通國 | 04313； | |
| 109 | 毆 | | 04313； | |

| | | | | |
|---|---|---|---|---|
| 110 | 䜌 | | 《近出》0347； | |
| | | 通臘 | 04313； | |
| 111 | 謀 | 通誨 | 10175； | |
| | | 通某 | 04041；04285； | |
| 112 | 奭 | | 04341； | |
| 113 | 億 | 通音 | 10175；《近出》0969； | |
| 114 | 餗 | 通鬻 | 02703； | |
| | | 通鬻 | 02702； | |
| 115 | 諺 | 人名 | 03950； | |
| 116 | 遽 | | 04323； | |
| 117 | 歙 | 通飲 | 02825；06511； | |
| 118 | 趞 | | 02783*3；02784*2； | |
| 119 | 廟 | | 00060；02739；02805；02814；02831；02836；02839*4；04240；04271；04274；04279；04288；04318；04323；04340；06013；09898；10173； | |
| | | 通朝 | 04266；04331； | |
| 120 | 諸 | 通者 | 02831；02839；09901*2；09713；10174；03954*2；04628*2；04627；02706；《近出》0526*3；06015；09453；09456；04464；04215；04331； | |
| 121 | 駒 | | 02831；10174；02816；04468；06011*4；06012*2；04469；04464*2；《近出》0044*2；《近出》0506*2； | |
| | | 人名 | 02813；04464*2； | |
| 122 | 匽 | 通匽 | 02837； | |
| 123 | 竭 | 通翌 | 02839；06015； | |
| 124 | 禍 | 地名 | 02785*3； | |
| 125 | 質 | 通哲 | 00109； | |
| 126 | 瓞 | | 《近出》0943； | |
| 127 | 輽 | | 02671； | |
| 128 | 雒 | | 《近出》0106*2； | |
| | | 人名<br>通雍 | 00948*2； | |
| 129 | 膴 | 地名 | 02740； | |
| 130 | 趁 | 人名 | 04465； | |
| 131 | 澅 | 水名 | 10176*2； | |
| 132 | 豬 | 地名 | 10176； | |

| 133 | 縷 | 通要 | 10176； | |
|---|---|---|---|---|
| 134 | 蔡 | 人名 | 00089；00092；04198；04340；05974； | |
| | | 地名 | 04464； | |
| 135 | 頪 | 通拜 | 04167； | |
| 136 | 軨 | | 09456； | |
| 137 | 增 | 通曾 | 04209；04286； | |
| 138 | 黃 | | 04317； | |
| 139 | 劇 | 通丮 | 04330； | |
| 140 | 撫 | 通甫 | 05423； | |
| 141 | 餱 | | 04317； | |
| 142 | 鼀 | 地名 | 09718； | |
| 143 | 殿 | 人名 | 02721*2； | |
| 144 | 望 | 人名 | 02739；04469*2； | |
| 145 | 鼓 | 人名 | 04099*3； | |
| 146 | 賢 | 人名 | 04104*2； | |
| 147 | 暴 | 通䖒 | 04469； | |
| 148 | 嬰 | 地名 | 02702； | |
| 149 | 誓 | | 05430； | |
| 筆劃：十六劃 | | | | |
| 序號 | 字例 | 通用釋例 | 使用器號 | 備註 |
| 1 | 衡 | | 02841；04326； | |
| | | 通黃 | 02783；02841；04256；04268；02821；04250；02813；02830；02786；02825；02819；02827；02815；06516； | |
| 2 | 盧 | | 04628；04320； | |
| | | 通廬 | 02784；02780； | |
| | | 地名通廬 | 05423； | |
| | | 地名 | 《近出》0489； | |
| | | 通櫓 | 02784； | |
| 3 | 翻 | 通貉 | 02831； | |
| | | 通恪 | 02841*2；10175；04242；04326；04317；00247； | |

| | | | | |
|---|---|---|---|---|
| 4 | 膳 | 通譱 | 02796；02807；02836*2；04298；02821；02817*2；02825；04147；04466；《近出》0044；《近出》0364*2； | |
| 5 | 遹 | 地名 | 04459； | |
| | | 人名 | 04207*3； | |
| | | 發語詞 | 00204；00260；02796；02837；10175；《近出》0035； | |
| 6 | 學 | | 02837；04324；04273*2； | |
| | | 通教 | 04273； | |
| | | 通效 | 02803； | |
| 7 | 穆 | | 02836*3；00109*2；04287；00187*2；05993*2；09725；02824*2；02812*2；04326*2；00103*2；00238*2；04207*6；《近出》0027；《近出》0029*2； | |
| | | 地名 | 04465；02819；02702； | |
| | | 人名 | 00754*2；00356；10175；02833；02838；04255；06013；04191*3； | |
| | | 穆王 | 09455*3；02830；02814； | |
| 8 | 靜 | | 02835*2；02836；02841；04316；04342；10161； | |
| | | 人名 | 04273*4；05408*2；《近出》0357*4； | |
| | | 通靖 | 04341； | |
| | | 通青 | 10175； | |
| 9 | 諫 | | 02836；02837；04326； | |
| | | 人名 | 04237*3；04285*4； | |
| | | 通闌 | 02837； | |
| 10 | 彊 | 通疆 | 02836*3；02837；02832*4；04328；10174；00109；02762；02777；04229；10175；10322*2；02743；02821；04188；04287；02660；00188；02768*2；04160；04628；09716；09725；04108；04580；04627；00141；09897；04124；04147；04465；10176；02790；00103；09718；04182；10173；04153；04198；04107；04168；00246；00255；04296；《近出》0033；《近出》0049；《近出》0086；《近出》0364*9；《近出》0526； | |
| 11 | [illegible] | 人名 | 04298*2； | |
| 12 | 燎 | | 《近出》0484； | |
| | | 通尞 | 04169； | |
| | | 通寮 | 02839； | |

| | | | | |
|---|---|---|---|---|
| 13 | 厤 | 通厤 | 02748； | |
| | | 通曆 | 00187；00753；00754；00948；02712；02721；02756；02812；02830；04122；04134；04165；04192；04194；04208；04238；04277；04323；05411；05418；05415；05419；05425；05430；06008；06516；09453；09455；09897；10166；10175；《近出》0356； | |
| | | 人名<br>通曆 | 02614； | |
| 14 | 導 | 通道 | 04298； | |
| 15 | 䁵 | 人名 | 04318； | |
| 16 | 巽 | 族名 | 05375； | |
| 17 | 館 | 通饔 | 09454；02754；05431；06015；《近出》0356； | |
| | | 人名<br>通饔 | 02740； | |
| | | 通官 | 05425；05986；《近出》0605； | |
| 18 | 辨 | | 06001；05432； | |
| 19 | 鬳 | | 《近出》0478；00188； | |
| 20 | 㯱 | 通林 | 00065；00092；00103；00108；00109；00143；00147；00238；《近出》0106； | |
| 21 | 𠵡 | 通訊 | 02779；02832；02835*6；04215；04266；04294；04313；04322；04323*2；04328*2；04343*2；04459；04469；10173；10174；《近出》0037；《近出》0039；《近出》0043*2； | |
| 22 | 褱 | 通懷 | 00246；00254；02841；04115；04330*2；04341；10175； | |
| 23 | 器 | | 02705；04046；04192；04195；04459；05407；10101；10164；10176；《近出》0605； | |
| 24 | 歷 | 通厤 | 02841； | |
| | | 地名 | 02833； | |
| 25 | 𦔻 | 通世 | 06516； | |
| 26 | 𨽍 | 助詞<br>通肆 | 04159； | |
| 27 | 錯 | 通遣 | 02841；04326； | |
| 28 | 踵 | 通㣫 | 02841； | |
| 29 | 鈴 | 通鈴 | 02841； | |
| 30 | 龠 | 族名 | 04020；02612；02674； | |
| 31 | 儕 | 通齎 | 04216； | |

| 32 | 緐 |  | 05416； |  |
|---|---|---|---|---|
|  |  | 人名 | 04195； |  |
|  |  | 助詞<br>通肆 | 04261； |  |
| 33 | 親 |  | 00204；04011；06011； |  |
|  |  | 通襯 | 04268； |  |
|  |  | 通窺 | 09714；02835；05424；02810；04207；《近出》0035；《近出》0036；《近出》0037；《近出》0044；《近出》0045； |  |
| 34 | 錫 | 人名<br>通易 | 04268； |  |
| 35 | 邁 | 通萬 | 04279；04267；02655；04188；03920；04242；04302；10164；04262；05433；04459；09721；04203；02819；04045；04246；02767；06011*3；09433；09718；04209；04469；02810；04266；04296；04331；《近出》0048；《近出》0097*2；《近出》0350；《近出》0483；《近出》0503；《近出》0971； |  |
| 36 | 諫 | 通諫 | 04292；04293； |  |
| 37 | 馭 | 地名<br>通御 | 04328； |  |
|  |  | 人名<br>通御 | 02833*4；03976；09300；02810*6； |  |
|  |  | 通御 | 04311；04313；04341；02837；04469；《近出》0942； |  |
|  |  | 通馭 | 02803； |  |
| 38 | 鼻 | 族名 | 09901；02758；04300； |  |
| 39 | 騬 |  | 06514； |  |
| 40 | 憲 | 通害 | 00109*2；10175；02825；04317； |  |
|  |  | 人名<br>通害 | 《近出》0027； |  |
| 41 | 敹 | 通徹 | 10175； |  |
| 42 | 濕 | 地名 | 09714； |  |
|  |  | 通隰 | 10176； |  |
| 43 | 𩰣 | 通甄 | 10175； |  |
| 44 | 熾 | 通糞 | 10175； |  |
|  |  | 通戴 | 00246； |  |
| 45 | 遲 | 通屖 | 10175； |  |
| 46 | 𢕊 | 通遽 | 10175； |  |
| 47 | 眉 | 通眉 | 00103；02743；04188； |  |

| | | | | |
|---|---|---|---|---|
| 48 | 興 | | 02835； | |
| 49 | 䔖 | | 10168； | |
| 50 | 牆 | | 《近出》0028； | |
| 51 | 㲋 | | 02660；02827；04182；《近出》0106； | |
| 52 | 虢 | 通皋 | 02826； | |
| 53 | 頪 | | 04123； | |
| 54 | 䲨 | 通翰 | 04250； | |
| 55 | 翰 | 通䲨 | 04250； | |
| 56 | 冀 | | 04300； | |
| 57 | 嬗 | 通鶤 | 04330； | |
| 58 | 積 | 通嗇 | 04330； | |
| 59 | 擇 | | 04628；04627； | |
| 60 | 旝 | 通稻 | 04628； | |
| 61 | 遺 | | 00107；02833*2；02838；05427； | |
| 62 | 嬴 | 人名 | 02748； | |
| | | 人名<br>通嬴 | 05426*3； | |
| 63 | 噩 | 地名<br>通鄂 | 02810；02833*6；《近出》0357； | |
| 64 | 諾 | 通若 | 02838； | |
| 65 | 𨧪 | 人名 | 02838； | |
| 66 | 悊 | 通哲 | 02836；10175； | |
| 67 | 龏 | 通烝 | 02837*2；04692； | |
| 68 | 縡 | | 02841；04326； | |
| 69 | 奮 | | 02803*2； | |
| 70 | 廩 | 通㪉 | 04240； | |
| | | 通嗇 | 05424； | |
| 71 | 縣 | 人名 | 04269*5；04343； | |
| 72 | 匋 | | 04343； | |
| 73 | 雝 | 人名<br>通雍 | 02531*2；06008； | |
| 74 | 辥 | | 10152； | |
| 75 | 鍛 | 通素 | 04257； | |
| 76 | 㕚 | 族名 | 04321； | |

| | | | | |
|---|---|---|---|---|
| 77 | 燕 | 地名<br>通匽 | 02628；02703； | |
| 78 | 鼎 | 通員 | 02789； | |
| | | 人名<br>通員 | 02695；05387*3；《近出》0484*2； | |
| 79 | 義 | 地名 | 02805； | |
| 80 | 馘 | 地名 | 04322； | |
| 81 | 窺 | | 04627； | |
| 82 | 選 | | 02831； | |
| 83 | 摣 | 通䖒 | 02556； | |
| 84 | 獸 | 通獸 | 02778*3； | |
| | | 人名<br>通獸 | 02655*2； | |
| 85 | 縈 | | 04267； | |
| 86 | 袶 | | 02830； | |
| 87 | 鄶 | 地名<br>通會 | 05387； | |
| 88 | 旟 | | 05387； | |
| | | 人名 | 02704；02740； 09456； | |
| 89 | 錞 | 通錫 | 04311； | |
| 90 | 磬 | | 04311； | |
| 91 | 質 | | 04313； | |
| 92 | 戴 | 通載 | 04316； | |
| 93 | 鼛 | 通鼛 | 05431； | |
| 94 | 勳 | 地名 | 《近出》0037；《近出》0038； | |
| 95 | 整 | | 《近出》0043； | |
| 96 | 盦 | | 04213； | |
| 97 | 諱 | | 04213； | |
| 98 | 膪 | 人名<br>通腦 | 02532； | |
| 99 | 虡 | | 02831； | |
| 100 | 朁 | 通譖 | 04140； | |
| 101 | 劑 | | 06015； | |
| 102 | 𣁋 | 人名 | 04203*2； | |
| 103 | 疐 | 人名 | 10176； | |

| 序號 | 字例 | 通用釋例 | 使用器號 | 備註 |
|---|---|---|---|---|
| 104 | 遚 | 人名 | 10176； | |
| 105 | 嶌 | 人名 | 10176； | |
| 106 | 頶 | 人名 | 02819； | |
| 107 | 簉 | 通造 | 02827； | |
| 108 | 遹 | 通勤 | 《近出》0097； | |
| 109 | 融 | | 00246；00253；《近出》0097； | |
| 110 | 綕 | | 《近出》0352； | |
| 111 | 戭 | 通撲 | 00260； | |
| 112 | 竇 | 通眉 | 04067； | |
| 113 | 擁 | 通膢 | 04317； | |
| 114 | 頻 | 通瀕 | 04317； | |
| 115 | 駱 | | 06012； | |
| 116 | 頪 | 人名 | 10321； | |
| 117 | 禪 | 通祈 | 04182； | |
| 118 | 辟 | 通辟 | 04469； | |
| 119 | 虣 | 通暴 | 04469； | |
| 120 | 嬰 | 人名 | 02702*2； | |
| 121 | 劆 | 地名 | 02704； | |
| 122 | 興 | 人名 | 04153*2； | |
| 123 | 賰 | | 05986； | |
| 124 | 睪 | 人名<br>通睦 | 05986； | |
| 125 | 鼒 | 介詞<br>通在 | 04208； | |
| **筆劃：十七劃** | | | | |
| **序號** | **字例** | **通用釋例** | **使用器號** | **備註** |
| 1 | 曆 | 通曆 | 00187；00753；00754；00948；02712；02721；02756；02812；02830；04122；04134；04165；04192；04194；04208；04238；04277；04323；05411；05418；05415；05419；05425；05430；06008；06516；09453；09455；09897；10166；10175；《近出》0356； | |
| | | 人名<br>通曆 | 02614 | |

| 2 | 𤔲 | 通嗣 | 04285； | |
|---|---|---|---|---|
| | | 通隔 | 05405； | |
| | | 通𤔲 | 04188； | |
| | | 通司 | 00133；00143；00181；00746；02740；02755；02781；02786；02790；02803；02805*2；02813*2；02814*2；02817*2；02821；02825；02827*2；02831；02832*5；02837*3；02838；02841*2；04059；04170；04184；04197；04199；04215；04240；04243；04244；04246；04250；04255*2；04258；04266；04267；04271；04272；04273；04274；04276*2；04277*2；04279；04283*3；04285*2；04286；04287；04288；04293*2；04294*7；04300；04311；04312*3；04316*2；04318*2；04321；04322；04324*2；04326；04327*3；04340*3；04343；04462；04468；04626*2；05418；06013*6；09453；09456*4；09694；09723；09728；09898；10169；10176*8；10322*2；《近出》0028；《近出》0045；《近出》0106；《近出》0357；《近出》0364*4；《近出》0487；《近出》0490*2；《近出》0491*2；《近出》0942；《近出》0943； | |
| 3 | 賸 | 通倂 | 02831； | |
| | | 通朕 | 02833*3； | |
| | | 通关 | 02841； | |
| 4 | 霝 | 通靈 | 00247；00254；02790；02796；02821；02825；02827；02836；04153*2；04156；04198；04203；04219；04328；04330；09433；09713；10175；《近出》0027； | |
| 5 | 應 | 通雁 | 02807； | |
| | | 地名通雁 | 《近出》0503； | |
| | | 人名通雁 | 02780；02553；00107*2；00108；04045；《近出》0485； | |
| 6 | 襄 | 地名 | 10176； | |
| | | 通𤔲 | 02836； | |
| | | 通學 | 02841； | |
| 7 | 亰 | | 02836； | |
| | | 人名 | 10176； | |
| | | 通京 | 04318；04343；04324；04342；04468；04340；04296；《近出》0490； | |

| | | | | |
|---|---|---|---|---|
| 8 | 龠 | | 02836； | |
| | | 通綸 | 09454； | |
| | | 通踚 | 02731； | |
| 9 | [非廾殳] | | 02836；04244； | |
| | | 人名 | 02755；04123*2； | |
| | | 通兼 | 04318；02841；04277；04468；04326；02790；06013；04285；04340；《近出》0106； | |
| 10 | 獲 | 通隻 | 02457；02839*2；02833；04322；《近出》0343；《近出》0486；《近出》0489； | |
| 11 | 簋 | 通毀 | 03977；04125；04165；04251；04298；04318；02724；04109；04184；04216；04256；04261；04268；04274；03979；04279；04293；04328；04100；04267；04327；00746；03954；04188；04271；03748；03920；04023；04073；04091；04123；04156；04160*2；04244；04250；04276；04300；04330；04047；04071；04089；04108；04122；04137；04240；04242；04302；04343；04136；04194；04197；04199；04202；04208；04253；04257；04321；04322；10164*2；04196；04214；04219；04243；04258；04262；04283；04288；04311；04312；04313；04316；04324；04342；03827；03950；04134；04195；04213；04323；04011；04051；04124；04147；04203；04225；04294；04326；02705；04045；04246；04255；02676；04021；04067*2；04272；04286；04317；04169；04182；04209；03732；04191；04273；04285；04340；04107；04139*2；04157；04159；04170；04462；04215；04168；04296；04331；《近出》0352；《近出》0478；《近出》0481；《近出》0483；《近出》0484*2；《近出》0487；《近出》0489；《近出》0490；《近出》0491； | |
| 12 | 騂 | 通羊 | 04165； | |
| 13 | 懋 | | 04327； | |
| | | 通楙 | 04170； | |
| | | 地名 | 04466； | |
| | | 人名 | 04201；04238*2；05416*2；09714*3；09689；05418；02774；02809*3；04044； | |
| 14 | [宀食] | 通館 | 09454；02754；05431；06015；《近出》0356； | |
| | | 人名<br>通館 | 02740； | |

| | | | | |
|---|---|---|---|---|
| 15 | 禮 | 通替 | 09454； | |
| | | 通豊 | 04261；06014； | |
| | | 通豐 | 06015； | |
| 16 | 緐 | | 09456； | |
| | | 地名 | 00754*2； | |
| 17 | 肇 | 通旅 | 02724；05416；05432；05989；04029；06008；05401；02457；06004； | |
| 18 | 膺 | 通雁 | 02841*2；02830；04342；04468；04331；《近出》0347； | |
| 19 | 斁 | 通昊 | 02841；10175；00188； | |
| | | 通昊 | 04342； | |
| | | 通眔 | 04341； | |
| 20 | 縱 | 通從 | 02841；04292；04340；04469； | |
| 21 | 艱 | 通囏 | 02841*2；04328；04342； | |
| 22 | 頧 | | 02774；； | |
| | | 通推 | 02841； | |
| 23 | 褻 | 通埶 | 02841； | |
| 24 | 環 | | 02841；09897； | |
| | | 通睘 | 04326； | |
| 25 | 簟 | 通簞 | 02841； | |
| 26 | 錫 | | 00062；《近出》0097； | |
| | | 通易 | 04201；04216； | |
| | | 通錞 | 04311； | |
| 27 | 績 | 通速 | 04216； | |
| 28 | 爵 | | 02778；04261；04269；04302；04311；06014；09935； | |
| | | 通䑣 | 04468； | |
| 29 | 還 | | 09689；04626；05431；10176*2；04464；02810；04191； | |
| | | 通園 | 04279； | |
| 30 | 鬳 | | 10174； | |
| 31 | 盩 | | 04342； | |
| | | 地名 | 02728； | |
| 32 | 鍚 | | 02803； | |

<table>
<tr><td>33</td><td>䵼</td><td>通將</td><td>04327；</td><td></td></tr>
<tr><td rowspan="4">34</td><td rowspan="4">戲</td><td></td><td>04316*2；</td><td rowspan="4"></td></tr>
<tr><td>地名<br>通𩁹</td><td>04327；</td></tr>
<tr><td>地名</td><td>《近出》0491；</td></tr>
<tr><td>人名</td><td>04276；</td></tr>
<tr><td rowspan="3">35</td><td rowspan="3">牆</td><td></td><td>04313；</td><td rowspan="3"></td></tr>
<tr><td>人名</td><td>10175*3；</td></tr>
<tr><td>人名<br>通䵼</td><td>04288；</td></tr>
<tr><td>36</td><td>彌</td><td></td><td>02833；04108；04198；09455；10175；</td><td></td></tr>
<tr><td>37</td><td>蔽</td><td></td><td>10168*2；</td><td></td></tr>
<tr><td>38</td><td>遠</td><td></td><td>《近出》0028*2；</td><td></td></tr>
<tr><td>39</td><td>鴆</td><td></td><td>《近出》0031*2；</td><td></td></tr>
<tr><td rowspan="3">40</td><td rowspan="3">趞</td><td>人名<br>通遣</td><td>04162；04042；04341；</td><td rowspan="3"></td></tr>
<tr><td>人名</td><td>02755*2；02731*2；05992*2；</td></tr>
<tr><td>通遣</td><td>04029；</td></tr>
<tr><td>41</td><td>賹</td><td></td><td>《近出》0481；</td><td></td></tr>
<tr><td>42</td><td>幬</td><td></td><td>02816；04302；</td><td></td></tr>
<tr><td>43</td><td>檀</td><td>人名<br>通旟</td><td>04131；</td><td></td></tr>
<tr><td>44</td><td>儥</td><td>通睦</td><td>04178；</td><td></td></tr>
<tr><td rowspan="2">45</td><td rowspan="2">盨</td><td></td><td>04448；04454；04468；04459；04465；04466；04436；<br>04435*2；04464；04469；《近出》0506；</td><td rowspan="2"></td></tr>
<tr><td>通須</td><td>04438；04446；《近出》0503；</td></tr>
<tr><td>46</td><td>䚄</td><td>人名</td><td>05400*2；</td><td></td></tr>
<tr><td>47</td><td>嬯</td><td></td><td>03942；</td><td></td></tr>
<tr><td>48</td><td>獮</td><td>地名</td><td>04029；</td><td></td></tr>
<tr><td>49</td><td>償</td><td>通賞</td><td>02838*4；</td><td></td></tr>
<tr><td>50</td><td>趠</td><td></td><td>02838；</td><td></td></tr>
<tr><td>51</td><td>龍</td><td></td><td>《近出》0356；</td><td></td></tr>
<tr><td>52</td><td>辥</td><td>通嬖</td><td>02836*2；02841*2；04342；05428；06014；</td><td></td></tr>
<tr><td>53</td><td>澽</td><td>人名<br>通溓</td><td>02831*2；02730；</td><td></td></tr>
</table>

| | | | | |
|---|---|---|---|---|
| 54 | 酸 | 通酖 | 02837； | |
| 55 | 翼 | 通異 | 00238；02837；04331；10360；《近出》0047； | |
| 56 | [illegible] | | 02841*2； | |
| 57 | 誣 | | 《近出》0346； | |
| 58 | [illegible] | 通襘 | 10175； | |
| 59 | 繁 | 通緐 | 04242；04316*2； | |
| | | 地名 | 04341； | |
| | | 人名 | 05430*2； | |
| 60 | 薪 | 族名<br>通新 | 04321； | |
| | | 通新 | 04288； | |
| 61 | 馘 | 通職 | 04322； | |
| | | 通減 | 04323； | |
| 62 | 匽 | | 04627； | |
| 63 | 雖 | 通唯 | 06014； | |
| | | 通隹 | 04311；04317； | |
| 64 | 魯 | 人名 | 《近出》0486； | |
| 65 | 駛 | 人名 | 02807； | |
| 66 | [illegible] | 通攄 | 02556； | |
| 67 | 櫜 | | 02841*2； | |
| | | 人名 | 10176； | |
| 68 | [illegible] | 通襄 | 02836； | |
| 69 | [illegible] | 通綰 | 00188；00246；02777；02825；04198；10175； | |
| 70 | 擢 | 通勱 | 02836；；04242；04326； | |
| 71 | 僓 | 借歸 | 02730； | |
| 72 | [illegible] | 通忘 | 02812；02830；04205； | |
| 73 | [illegible] | 人名<br>通晨 | 02817*4；04251； | |
| 74 | [illegible] | | 02830； | |
| 75 | 遽 | 人名 | 04214*2；09897*3； | |
| | | 通[illegible] | 10175； | |
| 76 | [illegible] | | 04262； | |
| 77 | 嗇 | 人名<br>通牆 | 04288； | |

| | | | | |
|---|---|---|---|---|
| 78 | [illegible] | 人名 | 04311； | |
| 79 | [illegible] | 人名 | 04313； | |
| 80 | 諡 | 通益 | 04341； | |
| 81 | 轉 | | 04468； | |
| 82 | 隰 | | 《近出》0503； | |
| 83 | 違 | | 02671； | |
| 84 | 鴻 | 人名<br>通雁 | 03950； | |
| 85 | 裁 | 通截 | 04323； | |
| 86 | 鍰 | 單位<br>通爰 | 02712； | |
| 87 | 臨 | | 02837；02841；04342；《近出》0356*2； | |
| 88 | [illegible] | | 10175； | |
| 89 | 營 | 通熒 | 02832； | |
| 90 | 褏 | 人名 | 02832； | |
| 91 | [illegible] | 通側 | 02814； | |
| | | 族名<br>通側 | 04321； | |
| 92 | 繛 | 通綽 | 00246；02825； | |
| 93 | 燮 | 人名 | 04046； | |
| 94 | 鞞 | | 04273；04326； | |
| 95 | [illegible] | 通撲 | 10176； | |
| 96 | 鮮 | 人名 | 00143*2；10166；10176； | |
| 97 | 褱 | 人名 | 10176*3； | |
| 98 | 謝 | 通射 | 02818； | |
| 99 | 薄 | 地名<br>通專 | 02739； | |
| 100 | 闌 | | 02810； | |
| 101 | [illegible] | 通漁 | 04207； | |
| 102 | 璲 | 通[illegible] | 04273； | |
| 103 | 蟎 | 人名 | 02765*3； | |
| 104 | [illegible] | 人名 | 02815*3； | |
| 105 | [illegible] | 人名 | 04266*3； | |

| 筆劃：十八劃 | | | | |
|---|---|---|---|---|
| 序號 | 字例 | 通用釋例 | 使用器號 | 備註 |
| 1 | 膇 | 人名通膾 | 02532； | |
| 2 | 彝 | | 02532；02712；02556；02775；02796；02836；02839；04140；04201；04238；05352；05375*2；09454；06001；06512；00949；02719；02735；02751；04020；09901；06514；09893；02778；04229；04030；04327；05416；05998*2；10175；02595；03747；03979；05333；05384；05398；04287；05405；05423；06007；02456；02758；02763；02791；04131；04178；05400；05427；05432；05993；09689；09898；02612；02674；03942；04029；04112；04132；04162；04626；04320；05399；05418；05419；05426；05968；09104；05428*2；06008；09455；10152*2；02628；02776；02824；03907；04042；05401；05415；06014；02695；02728；02780；02809；04121；04241；05387；05995；05431；04341；05433；09897；02756；03976；04044；04059；04134；05410；05983；05997；09300；00935；06015；02749；04041；04124；05391；05411；05977；02531；02553、02682；02790；04167；05409；05424；02731；04317；05979；05992；06011；06013；09896；02661；04104；04153；04198；04207；04269；05408；05974；02614；04266；05430*2；04139；05403；05985；06516；05986；02729；04159；05425；06004；10360；06005；《近出》0356；《近出》0357；《近出》0485；《近出》0486；《近出》0502；《近出》0603*2；《近出》0605；《近出》0942；《近出》0943； | |
| 3 | 嚮 | 介詞通鄉 | 02783；02805；02815；02819；02825；02836；02839*2；04243；04255；04256；04268；04271；04272；04287；04312；04316；04342；06013；09898；10170；《近出》0037；《近出》0487；《近出》0490； | |
| 4 | 鞭 | | 02838；10285*4； | |
| | | 通㚇 | 02831； | |
| 5 | 顏 | 人名 | 02831*6； | |
| 6 | 釐 | | 02796；03977；02835；10168；02755；02830；《近出》0352；《近出》0356； | |
| | | 人名通釐 | 02815； | |

| | | | | |
|---|---|---|---|---|
| | | 人名<br>通䖵 | 《近出》0502； | |
| | | 人名 | 00092；04318；02762；02777；04276；04302；09728；02786；04225；《近出》0489； | |
| | | 通𩞄 | 05431； | |
| | | 通𦗄 | 10175；04242； | |
| | | 通𩞄 | 04288； | |
| | | 通𩞄 | 02836；02660；04323；02810； | |
| 7 | 𩞄 | | 04313； | |
| | | 通𩞄 | 02836； 02660；04323；02810； | |
| 8 | 豐 | | 04279；10175； | |
| | | 人名 | 02839；04107；05403*2；10176；《近出》0364*3； | |
| | | 地名 | 04267；05432；02742；09456； | |
| | | 通豊 | 04201；05352； | |
| 9 | 歸 | | 04238；04328；09901；02803；06015；00107；02615；02739；《近出》0043； | |
| | | 人名 | 04331*3； | |
| | | 通儥 | 02730； | |
| | | 通饋 | 02751；04195；05409； | |
| 10 | 𩪘 | | 02724； | |
| 11 | 𤼷 | | 09456； | |
| | | 人名 | 02832； | |
| 12 | 虤 | | 02841； | |
| 13 | 雝 | 通雍 | 00260*2；02841；《近出》0030*2；《近出》0086； | |
| | | 人名 | 04122；05419；《近出》0364*3； | |
| 14 | 簷 | | 02841； | |
| 15 | 簟 | | 04326；《近出》0347； | |
| | | 通簹 | 02841； | |
| 16 | 𡃤 | | 02841； | |
| 17 | 覲 | 通堇 | 02825；02827；04213；04292；09456； | |
| 18 | 璧 | | 04213；04293； | |
| | | 地名<br>通辟 | 06015； | |

| | | | | |
|---|---|---|---|---|
| 19 | 禦 | 通御 | 04328；05998；02824； | |
| | | 通鄉 | 04322；04323； | |
| | | 通禦 | 02763；04317；05427； | |
| 20 | 舊 | | 04324；06011；10174；《近出》0364； | |
| 21 | 彙 | | 00109*2；00188*2；00238*2；00246*2；00248*2；00260*2；04465*2；《近出》0048*2；《近出》0106*2； | |
| | | 地名 | 02820*2； | |
| | | 族名 | 04321；04288； | |
| 22 | 𢡃 | 通懿 | 00082；00251；06511；10175；《近出》0029； | |
| | | 人名通懿 | 02833； | |
| 23 | 縠 | 通綬 | 10175； | |
| 24 | 鯀 | | 10175； | |
| 25 | 謨 | 通慕 | 10175； | |
| 26 | 穡 | 通嗇 | 10175； | |
| 27 | 雚 | 通觀 | 05433；《近出》0036；《近出》0489； | |
| 28 | 瞙 | | 10168； | |
| 29 | 趩 | | 《近出》0027*2； | |
| | | 人名 | 06516*5；《近出》0506； | |
| 30 | 越 | | 《近出》0027； | |
| 31 | [illegible] | | 《近出》0029； | |
| 32 | 鎗 | | 00188*2；《近出》0031*2；《近出》0106*2； | |
| 33 | [illegible] | 通綽 | 《近出》0032； | |
| 34 | [illegible] | 人名 | 02804； | |
| 35 | 織 | 通戠 | 04197；04255；04276；04626；06516； | |
| 36 | 鑪 | 通簠通𠥿 | 04628；04580；《近出》0490；《近出》0526； | |
| 37 | 簠 | 通𠥿通鑪 | 04628；04580；《近出》0490；《近出》0526； | |
| 38 | 𥽧 | | 04627； | |
| | | 通雒 | 04628； | |
| 39 | 魄 | 人名 | 05432； | |
| 40 | [illegible] | 通捷 | 02731；09689； | |
| 41 | 噩 | 地名 | 04238； | |

| | | | | |
|---|---|---|---|---|
| 42 | 䜌 | | 04302；04313；04469； | |
| | | 人名 | 10176； | |
| 43 | 鏤 | | 04627； | |
| 44 | 敾 | 地名 | 02695； | |
| 45 | 傷 | 通邊 | 02837； | |
| 46 | 雝 | 通雍 | 02837； | |
| 47 | 騆 | | 02807； | |
| 48 | 邇 | 通𤔲 | 02836；04326； | |
| 49 | 禬 | 通會 | 10175； | |
| 50 | 萛 | 通割 | 04241； | |
| 51 | 餅 | | 04258； | |
| 52 | 遷 | | 04262； | |
| 53 | 顛 | 人名 | 04312*5； | |
| 54 | 賷 | 通賞 | 02729；04044； | |
| 55 | 謹 | 通堇 | 04464；05410； | |
| 56 | 轃 | 通桒 | 04318；09898*2；04302*2；04343；04468；04326；04469 | |
| 57 | 鎬 | 地名通葊 | 04206；09454；02720；04293；04327*3；02791；04253；02756；09714；06015；04246；04207；04273；05408；10166；02725；10285；《近出》0356；《近出》0364； | |
| | | 地名通蒿 | 02661； | |
| 58 | 𩁹 | | 04320； | |
| 59 | 鞣 | | 04326； | |
| 60 | 騡 | 人名 | 10176； | |
| 61 | 𢍰 | | 10176*2； | |
| 62 | 糧 | | 04104；04167； | |
| 63 | 藉 | 通耤 | 04255； | |
| 64 | 巂 | 人名 | 《近出》0506； | |
| 65 | 旟 | | 04286； | |
| 66 | 雝 | | 06011； | |
| 67 | 蒿 | 地名通鎬 | 02661； | |
| 68 | 樝 | 人名通楷 | 02704；04139*2；02729；04205*2； | |

<table>
<tr><td>69</td><td>鍗</td><td>人名</td><td>02725；</td><td></td></tr>
<tr><td>70</td><td>竈</td><td>人名</td><td>04157；</td><td></td></tr>
<tr><td>71</td><td>[illegible]</td><td>人名</td><td>05985；</td><td></td></tr>
<tr><td>72</td><td>[illegible]</td><td>通眉</td><td>04168；09728；</td><td></td></tr>
<tr><td>73</td><td>擾</td><td>通夒</td><td>10285；</td><td></td></tr>
<tr><td>74</td><td>櫅</td><td>通齊</td><td>00246；10175；</td><td></td></tr>
<tr><td colspan="5">筆劃：十九劃</td></tr>
<tr><th>序號</th><th>字例</th><th>通用<br>釋例</th><th>使用器號</th><th>備註</th></tr>
<tr><td rowspan="4">1</td><td rowspan="4">䜌</td><td>通鑾</td><td>02783；04256；04268；04267；02821；04287；02804；04244；04250；04276；10170；02781；04626；09728；00133；04199；04202；04257；04321；02830；04312；02814；02825；04294；02819；02827；04246；04255；04192；04272；04286；02815；04266；04296；《近出》0491；</td><td rowspan="2"></td></tr>
<tr><td>人名</td><td>02790*4；</td></tr>
<tr><td>通蠻<br>地名</td><td>10174；</td><td rowspan="2"></td></tr>
<tr><td>通蠻</td><td>10173；10175；《近出》0028；</td></tr>
<tr><td rowspan="2">2</td><td rowspan="2">廬</td><td>通盧</td><td>02784；02780；</td><td rowspan="2"></td></tr>
<tr><td>地名<br>通盧</td><td>05423；</td></tr>
<tr><td>3</td><td>櫓</td><td>通盧</td><td>02784；</td><td></td></tr>
<tr><td>4</td><td>[illegible]</td><td></td><td>02831；04318；02841；09898；04302；04326；04469；</td><td></td></tr>
<tr><td rowspan="2">5</td><td rowspan="2">疆</td><td></td><td>00147；02796；</td><td rowspan="2"></td></tr>
<tr><td>通彊</td><td>02836*3；02837；02832*4；04328；10174；00109；02762；02777；04229；10175；10322*2；02743；02821；04188；04287；02660；00188；02768*2；04160；04628；09716；09725；04108；04580；04627；00141；09897；04124；04147；04465；10176；02790；00103；09718；04182；10173；04153；04198；04107；04168；00246；00255；04296；《近出》0033；《近出》0049；《近出》0086；《近出》0364*9；《近出》0526；</td></tr>
<tr><td>6</td><td>麓</td><td></td><td>02775；</td><td></td></tr>
<tr><td>7</td><td>[illegible]</td><td>地名</td><td>02807；04298；</td><td></td></tr>
<tr><td rowspan="3">8</td><td rowspan="3">邊</td><td>通徬</td><td>02837；</td><td rowspan="3"></td></tr>
<tr><td>地名</td><td>10176；</td></tr>
<tr><td>人名</td><td>02734；</td></tr>
</table>

| | | | | |
|---|---|---|---|---|
| 9 | 鄭 | 通遷 | 02837；06014； | |
| 10 | 贊 | | 02839*4； | |
| | | 通尌 | 06015； | |
| 11 | 齵 | 地名 | 04238； | |
| 12 | 譴 | 人名 | 04238； | |
| 13 | 齍 | 通齋 | 00753；00754；02754；02730；02725； | |
| 14 | 麗 | | 04279； | |
| 15 | 鞶 | 通般 | 04279；04462； | |
| 16 | 難 | | 09713； | |
| 17 | 趮 | 通爽 | 00109；00246；10175； | |
| 18 | 獸 | 通戰 | 02778； | |
| | | 通狩 | 02695；《近出》0503； | |
| | | 人名 | 《近出》0490*4； | |
| | | 地名 | 05410； | |
| | | 人名<br>通戰 | 02655*2； | |
| 19 | 窺 | 通親 | 09714；02835；05424；02810；04207；《近出》0035；《近出》0036；《近出》0037；《近出》0038；《近出》0044；《近出》0045； | |
| 20 | 懲 | 通長 | 10175； | |
| 21 | 譖 | | 《近出》0030； | |
| 22 | 鏓 | | 00188*2； | |
| 23 | 瀕 | 人名<br>通順 | 02816； | |
| | | 通順 | 04241； | |
| | | 通頻 | 04317； | |
| 24 | 饎 | | 04071；04627；03827；03732；《近出》0605； | |
| | | 通饎 | 04160； | |
| 25 | 饉 | | 02838； | |
| 26 | 懷 | 通褱 | 00246；00254；02841；04115；04330*2；04341；10175； | |
| 27 | 藝 | 通埶 | 02841；06013； | |
| 28 | 贈 | 通曾 | 04208；《近出》0943； | |

| | | | | |
|---|---|---|---|---|
| 29 | 識 | 通戠 | 06014； | |
| 30 | 𦍒 | 族徽 | 02695；05997； | |
| 31 | 朁 | | 06004； | |
| | | 人名 | 09827； | |
| 32 | 孁 | 人名通娟 | 10164*2； | |
| 33 | 朧 | 通䶂 | 04313； | |
| 34 | 𦅫 | 通勒 | 04341； | |
| 35 | 儥 | | 《近出》0036； | |
| 36 | 齎 | | 《近出》0045； | |
| 37 | 𣚍 | 通榜 | 04323； | |
| 38 | 𩏂 | | 02831； | |
| 39 | 顜 | | 02831；02832； | |
| | | 通媾 | 09713； | |
| 40 | 盟 | 通鑄 | 06015； | |
| 41 | 憂 | 通昏 | 04285； | |
| | | 通婚 | 04331；04465； | |
| 42 | 賸 | 通媵 | 04067；09705*2； | |
| 43 | 隰 | 通濕 | 10176； | |
| 44 | 𢿺 | | 05409； | |
| 45 | 瀘 | 地名 | 04466； | |
| 46 | 窒 | 人名 | 04067； | |
| 47 | 𠾂 | 地名通雍 | 10321； | |
| 48 | 𣛧 | 通釐 | 02815； | |
| 49 | 𨻰 | 人名通睦 | 05986； | |
| 50 | 𢀜 | 地名通坯 | 05425； | |
| 51 | 辭 | 通辥 | 10285*2； | |
| 52 | 鄘 | 人名通鄙 | 04296*6； | |

| 筆劃：二十劃 | | | | |
|---|---|---|---|---|
| 序號 | 字例 | 通用釋例 | 使用器號 | 備註 |
| 1 | 寶 | | 02712；02783；02784；02831*2；09723；00147*2；02556；02581；02678；02775；02792*2；02796*2；02807；02836*3；02837；02839；03977；04125；04201；04206；04238；04251*2；04298；04318；04692；09454；06001*2；06512；09726；00065；00754；00949；02696；02719；02720；02735；02751；02832*2；02841*2；04060；04109*2；04184；04216*2；04256*2；04268；04274；04279；04293；04328；09901；06514；09713；09893；10174；00109；00356；02762；02777；02778；04229；04100；04267；04327*3；04579；09714；10175*3；10322；00746*2；02595；02655*2；02734*2；02743*2；03747；03954；03979；05384；05398；10101；02821；02835；04188；04237；04271*2；04287*2；05405；05423*2；06007*2；10168；02456；02660；02754；02755；00188*2；00205*2；02758；02763；02768；02791；02804；03748；03920；02816；04023；04073*2；04091；04115*2；04123*2；04131；04156*2；04160*2；04244*2；04250*2；04276*2；04300*2；04438；04446；04448*2；04628；05400；05407；05427；05989；05993；06002；09689；09716；09725；09936；09898*2；10169*2；10170；02748；02781；02833*2；03942；02838；04071；04089*2；04108；04112；04122*2；04132；04137*2；04162；04240；04242；04454*2；04626；04302*2；04343*2；05399；05418；05419；05426*2；05968；09104；06008；09827*2；10152；10161；09728；00133；02628；02776；02789*2；02805；02824*2；03907；04194；04197*2；04199*2；04202*2；04253；04257；04321；04322*2；04627；05415；06014；00141；02730*2；02779；02780；02812；02813；02817；04121；10164；04196*2；04214；04219；04243*2；04258*2；04277；04283；05995*2；04288；04311；04312；04313；04316；04324；05431*2；04341；04342*3；04468；05433*2；02671；02703；02718；02786*2；03827；03950；03976；04044；04134；04213*2；04323；04459；05410；05983；05997；09300；09721；09897*2；00935；06015；02740；02749*2；04041；02814；02820*2；02825；04051*2；04124；04147；04203*2；04225；05411*2；04294*2；04326；04465；06515；09705；00089*2；00092；00108；02531； | |

| | | | | |
|---|---|---|---|---|
| | | | 02553；02682；0279；02818；02819；02827*2；04045；04167；04246；04255；05409；04466；05424；09453*2；09456*2；09694*2；00103；00260；02615；02731*2；02767*2；04021；04067*3；04192*2；04272*2；04286*2；04317；04436；05392；05979；05992；06011*2；06013*2；09718*2；09896*2；10321；00238；02661；02721；02733*2；04104；04169*2；04182*2；04209*2；04469*2；10173；02704；02810；04191；04198；04207；04285；04340*2；05408；00143；02614；02765*2；02815*2；04266；05430*2；10166；02725；04107；04139*3；04157；05403；06516*2；05986；02729；04159；05425；02742；04170；04462*2；04215*2；04168*2；00246；00247*2；00256；06005*2；04296；《近出》0030；《近出》0034；《近出》0050；《近出》0086；《近出》0097；《近出》0106*2；《近出》0343；《近出》0346；《近出》0350；《近出》0352；《近出》0356；《近出》0357；《近出》0364；《近出》0478*2；《近出》0481*2；《近出》0484；《近出》0485；《近出》0486；《近出》0487*3；《近出》0489；《近出》0490*2；《近出》0491；《近出》0502；《近出》0503*2；《近出》0526；《近出》0605*2；《近出》0942；《近出》0943；《近出》0969；《近出》0971*2； | |
| | | 通宕 | 02705； | |
| | | 通缶 | 05977； | |
| 2 | 龏 | | 02696；02841*2；06015*2；00103； | |
| | | 人名 | 02827*2；04296； | |
| | | 地名 | 02835； | |
| | | 通恭 | 02784；02836*2；02832；06014； | |
| | | 人名<br>通恭 | 02833；04208； | |
| 3 | 獻 | | 02792；02839；04292；04293；04328；02835*2；09935；04213；04323；04465；10173；《近出》0603； | |
| | | 地名 | 02835*2； | |
| | | 通獻 | 02778*2；02718；02825；04317；04464；04331；《近出》0605*2； | |
| | | 人名<br>通獻 | 04205*2； | |
| 4 | 蘇 | 人名<br>通穌 | 04229*2；《近出》0036；《近出》0037*2；《近出》0038；《近出》0040；《近出》0044*2；《近出》0045*2；《近出》0046；《近出》0048； | |

| | | | | |
|---|---|---|---|---|
| 5 | [illegible] | | 00082； | |
| | | 通恪 | 02841； | |
| | | 通爵 | 04468； | |
| 6 | 䧹 | 通擁 | 04317； | |
| | | 通雍 | 02841；02660；04342； | |
| 7 | 饎 | 通喜 | 04261； | |
| 8 | [illegible] | 人名<br>通城 | 04274；04341； | |
| | | 通城 | 04341； | |
| | | 地名<br>通城 | 10176；《近出》0037；《近出》0038； | |
| 9 | 臍 | | 02835； | |
| 10 | 鐈 | | 02835；04628； | |
| 11 | [illegible] | 通兼 | 00062；04287；04296；04311； | |
| 12 | [illegible] | 地名 | 06007； | |
| 13 | 竉 | | 00187； | |
| 14 | 闌 | 地名 | 04131； | |
| 15 | [illegible] | 通旛 | 04250； | |
| 16 | 糯 | 通需 | 04628； | |
| 17 | [illegible] | 通號 | 04318；04462；04468；04469； | |
| 18 | 纁 | 通熏 | 02841；04318；04326；04468；04469； | |
| 19 | 醴 | | 02807；04191；09726；09455；09897； | |
| 20 | [illegible] | 通蔑 | 02839；05426；05430；06008；10161；10166； | |
| 21 | 鐘 | | 00089；00092；00103；00108；00143；00147；00238；00246；00247；00260；02836；00065；04184；00109；00356*2；02835；00188；00205；04454；00133；00181*2；00141；04311；04324；《近出》0030；《近出》0046；《近出》0050；《近出》0086；《近出》0097；《近出》0106； | |
| 22 | 饋 | 通歸 | 02751；04195；05409； | |
| 23 | 羸 | | 09896； | |
| | | 人名<br>通羸 | 05426*3； | |
| 24 | 襮 | | 02789； | |
| 25 | 鏷 | | 04627； | |

| | | | | |
|---|---|---|---|---|
| 26 | 嚴 | | 00110；00188； 00238；00246；00247；00260；04242；04326；《近出》0047；《近出》0106； | |
| | | 通玁族名 | 02835； | |
| | | 通厰 | 00147； | |
| 27 | 斆 | 通效 | 04330； | |
| 28 | 遺 | 人名 | 04312； | |
| 29 | 𩰫 | 通秬 | 04318；02841；02816；09898；04302；04343；09728；04342；04468；04469；《近出》0045；《近出》0356； | |
| 30 | 競 | | 00260；04322；05431；04341； | |
| | | 地名 | 04466； | |
| | | 人名 | 04134*2；05425*3；06008*2； | |
| | | 通竸 | 02724； | |
| 31 | 譱 | 通膳 | 02796；02807；02817*2；02821；02825；02836*2；04147；04298；04465；04466；《近出》0044；《近出》0364*2； | |
| | | 通善 | 02841；04327；02695；04311；02825；04469；04285；04340；《近出》0491； | |
| | | 人名通善 | 02820*2； | |
| 32 | 雝 | 地名通雍 | 06015； | |
| 33 | 甗 | | 00948； | |
| 34 | 㬎 | 地名 | 02820； | |
| 35 | 旟 | 人名 | 04466； | |
| 36 | 𢿢 | | 04626； | |
| | | 通吝 | 04298； | |
| | | 通廪 | 04240； | |
| | | 通林 | 00205； | |
| 37 | 旛 | | 04326； | |
| | | 人名通檀 | 04131； | |
| 38 | 𨼆 | 地名 | 05424； | |
| 39 | 㬰 | 祭名 | 02739； | |
| 40 | 𪛆 | 人名 | 02729； | |
| 41 | 鼂 | 人名 | 04159*3； | |

| 42 | 盭 | 通戾 | 00251；04229；04317；10175； | |
|---|---|---|---|---|
| 43 | [illegible] | | 02839*2； | |
| 筆劃：二十一劃 | | | | |
| 序號 | 字例 | 通用釋例 | 使用器號 | 備註 |
| 1 | 霸 | | 02783；02784；02831；02807；04298；00753；00754；04216；04256；04279；10174；04327；09714；02821；10168；02754；02758；02791；04276；04300；05432；09725；02781；02838；04626；04343；06008；00060；02813；04196；04214；02756；04134；04195；09897；00948；02749；04203；04294；02827；09453；09456；04192；04286；04207；04157；05403；05425；04462；10285；06005；《近出》0035；《近出》0036*2；《近出》0350；《近出》0364；《近出》0483；《近出》0487；《近出》0506；《近出》0943； | |
| 2 | 饗 | 通鄉 | 02783；02784；02807；04201；06001；09726*2；02832；04020；04261；00746；02655；03747；02487；03748；04160；04300；04330；02674；02838；04320；05428；09455；04627；05433；09897；02706；09456；02733；10173；04191；04207；《近出》0484； | |
| 3 | [illegible] | 人名 | 09723*4；09726*3；02742*2；04170*3；04462*2；00246*4；00246*4；00252；00253；00254；00256； | |
| 4 | 譴 | 通遣 | 02775；04207； | |
| | | 通甾 | 04140； | |
| 5 | 闢 | 通閟 | 02837；04302； | |
| 6 | 醻 | 通[illegible] | 02837； | |
| 7 | [illegible] | 通訊 | 02839； | |
| 8 | [illegible] | 通龠 | 09454； | |
| 9 | [illegible] | 通競 | 02724； | |
| 10 | [illegible] | | 02841；05427； | |
| 11 | 齎 | 通儕 | 04216； | |
| 12 | 襯 | 通親 | 04268； | |
| 13 | 夒 | 通擾 | 10285； | |
| | | 地名 | 02751； | |
| 14 | 纘 | 通屭 | 10175； | |
| 15 | [illegible] | 通[illegible] | 10175； | |

| 16 | 龕 | | 00188； | |
|---|---|---|---|---|
| | | 通龕 | 10175； | |
| 17 | 鏞 | | 00188*2； | |
| 18 | 顧 | | 04330； | |
| 19 | 戰 | 地名 | 04330； | |
| 20 | 邋 | 地名 | 02838； | |
| 21 | 瀸 | | 02835； | |
| 22 | 罍 | | 09827；10164； | |
| 23 | 𧝁 | 通斬 | 04318；04302；02841；04343；04468；04326； | |
| 24 | 䦘 | 通糾 | 02831； | |
| 25 | 壘 | | 02830； | |
| 26 | 𢿢 | 通釐 | 04288； | |
| 27 | 戴 | 通熾 | 00246； | |
| 28 | 儹 | 人名 | 10285*2； | |

筆劃：二十二劃

| 序號 | 字例 | 通用釋例 | 使用器號 | 備註 |
|---|---|---|---|---|
| 1 | 䜌 | | 02831；02719； | |
| 2 | 鑊 | 通鋞 | 02831； | |
| 3 | 𢿿 | | 00147*2；00109*2；00188*2；00238*2；00246*2；00247*2；00260*2；04465*2；《近出》0047*2；《近出》0106*2； | |
| 4 | 龢 | | 00103；00238；00246；00247；00251；00252；02792；10175；00188；04342；《近出》0031；《近出》0046；《近出》0097；《近出》0106； | |
| | | 人名 | 00092；04318；04274；00109；04311；04324； | |
| 5 | 灋 | 通法 | 02837； | |
| | | 通廢 | 02836；02837；02816；04343；04199；00063；04288；04316；04324；04468；《近出》0029；04469；04340；《近出》0526； | |
| 6 | 囊 | | 04261；《近出》0604； | |
| 7 | 𣄰 | 通祈 | 00188；09713；00356；02762；02777；00746；02768；03920；04073；09716；09936；00141；04219；02825；04124；02827；09694；00103；04436；04182；04198；00143；04107；04168；04331；《近出》0032；《近出》0086；《近出》0971； | |

| 序號 | 字例 | 通用釋例 | 使用器號 | 備註 |
|---|---|---|---|---|
| 8 | 𪛖 | | 10174； | |
| | | 通𤔲 | 04188； | |
| 9 | 𩱇 | 通堣 | 04229； | |
| 10 | 𣄴 | 通稻 | 04579；《近出》0526； | |
| | | 通䎓 | 04250； | |
| 11 | 懿 | | 04330； | |
| | | 通𧪹 | 00082；00251；06511；10175；《近出》0029； | |
| | | 通歖 | 02830；04341； | |
| | | 人名通𧪹 | 02833； | |
| | | 人名通歖 | 05423； | |
| 12 | 鑄 | | 02779；《近出》0350； | |
| | | 通盟 | 06015； | |
| | | 通盥 | 02758；05427；04047；04262；09705； | |
| 13 | 鷖 | | 02804；04244；04276；02781；02838；04240；04197；04246；04255；04272； | |
| 14 | 贖 | | 02838*3； | |
| 15 | 𦆑 | 通緐 | 10175； | |
| 16 | 戲 | 地名 | 04267； | |
| 17 | 𨮉 | 通壺 | 10164； | |
| 18 | 䜌 | 通變 | 10176； | |
| 19 | 顨 | | 04466； | |
| 20 | 𪍯 | | 04207； | |
| 21 | 𢿤 | 人名 | 02729； | |
| 22 | 黈 | | 10285； | |

筆劃：二十三劃

| 序號 | 字例 | 通用釋例 | 使用器號 | 備註 |
|---|---|---|---|---|
| 1 | 鑣 | 通麃 | 02831； | |
| 2 | 熡 | | 02831； | |

| 3 | 顯 | | 02807；02836*2；02837；04251；04298；04318；02841*2；04256；04261*2；04268；04274；04279；02778；10175；02821；04287；05423；00187*2；02804；76；04330*2；10169；10170；02833*2；04302；04343；09728；00181；04321；02809；02812*2；02817；04277；04283；04288；04312；04341；04342；04468*2；02786；09897；00082；02814；04294；04326；04465；00092；02819；02827；04246；00103；00260；04272；00238；04209；04469；10173；02810；04273；04285；04340；02815；00247；04331；《近出》0046；《近出》0106*2；《近出》0364；《近出》0485；《近出》0490；《近出》0491；《近出》0502； | |
|---|---|---|---|---|
| 4 | 獸 | 通狩 | 02837； | |
| 5 | 齋 | 通齍 | 00753；00754；02754；02730；02725； | |
| 6 | 㲋 | 通艱 | 02841*2；04328；04342； | |
| 7 | 瓚 | 通鬲 | 02841；04327；04320；02835；04121；04342；04323； | |
| 8 | 玁 | 族名通厰 | 04328*2；10173；10174； | |
| | | 族名通嚴 | 02835； | |
| 9 | 獻 | 通獻 | 02778*2；02718；02825；04317；04464；04331；《近出》0605*2； | |
| | | 人名通獻 | 04205*2； | |
| 10 | 徽 | 通微 | 05416； | |
| 11 | 龔 | 通熾 | 10175； | |
| 12 | 虩 | | 00246；00254；10175； | |
| | | 人名 | 04215*2； | |
| 13 | 龠 | 通龠 | 10175； | |
| 14 | 盡 | | 02835；05427；02830； | |
| 15 | 龔 | | 《近出》0029； | |
| | | 人名 | 《近出》0106； | |
| 16 | 鑄 | 通鑄 | 02758；05427；04047；04262；09705； | |
| 17 | 贊 | 人名 | 02838； | |

| 18 | 襲 |  | 04322； |  |
|---|---|---|---|---|
|  |  | 通⿱龖衣 | 02824； |  |
| 19 | ⿰金膏 |  | 04627； |  |
| 20 | 邐 |  | 《近出》0484； |  |
| 21 | ⿰飠雔 | 地名 | 04466； |  |
| 22 | ⿱宀⿰畐貝 | 通福 | 09718*2； |  |
| 23 | 變 | 通䜌 | 10176； |  |
| 筆劃：二十四劃 |  |  |  |  |
| 序號 | 字例 | 通用釋例 | 使用器號 | 備註 |
| 1 | ⿱將鼎 |  | 02796；02836；04318；02735；02785；04274；04229；04178；02838；04122；04626；10152；02776；02789；02824；02695；02780；04311；04124；02553；02790；04317*2；02733；《近出》0343；04198；02614；04139； |  |
|  |  | 人名 | 04168； |  |
| 2 | 釁 | 通眉 | 02796；04125；04109；04328；09713；10174；02762；02777；10175；04091；09725；09936；04108；00181；00141；02813；04219；04277；04459；02825；04124；04147*2；00108；02790；04436；09718；04198；04340；04107；04157；00247；04296；《近出》0350；《近出》0478； |  |
| 3 | 靈 | 通霝 | 00247；00254；02790；02796；02821；02825；02827；02836；04153*2；04156；04198；04203；04219；04328；04330；09433；09713；10175；《近出》0027； |  |
|  |  | 通㗊 | 《近出》0603； |  |
|  |  | 通⿰霝頁 | 02762； |  |
| 4 | ⿵門劃 | 通諫 | 02837； |  |
| 5 | ⿰⻊⿱夕畾 | 通靼 | 02841； |  |
| 6 | ⿰霝頁 | 人名 | 02762*2； |  |
| 7 | ⿱召皿 | 人名通召 | 04292*2；04293*2；04100；02749； |  |
| 8 | 觻 | 通樂 | 05423； |  |
| 9 | ⿱召⿱酉皿 | 通召 | 04342；《近出》0029； |  |
|  |  | 人名通召 | 10360*2； |  |

| 10 | [illegible] | 通饆 | 04160； | |
|---|---|---|---|---|
| 11 | [illegible] | 人名 | 02838*2； | |
| 12 | [illegible] | 通林 | 00181；00246；00252； | |
| 13 | [illegible] | 通龠 | 02731； | |
| 14 | [illegible] | 人名 | 04273； | |
| | | 地名 | 04266； | |
| 15 | 贛 | 通䩰 | 10166； | |
| 16 | [illegible] | 通升 | 00247；04170； | |

筆劃：二十五劃

| 序號 | 字例 | 通用釋例 | 使用器號 | 備註 |
|---|---|---|---|---|
| 17 | [illegible] | 人名 | 02836；02832； | |
| | | 通申 | 02836；04318；02841*2；04242；04343；04283；04312；04324；04342；04468；02820；04326；04317；04340；04296；《近出》0490；《近出》0491； | |
| | | 人名通申 | 04287； | |
| 18 | [illegible] | | 02841； | |
| 19 | 鑾 | 通䜌地名 | 10174； | |
| | | 通䜌 | 10173；10175； | |
| 20 | 觀 | 通雚 | 05433；《近出》0036；《近出》0489； | |
| 21 | [illegible] | 通眉 | 02768；04628；09716； | |
| 22 | [illegible] | 通聞 | 04131；04340； | |
| 23 | [illegible] | 人名 | 05428； | |
| 24 | [illegible] | 通林 | 00133； | |
| 25 | [illegible] | 地名 | 10176； | |
| 26 | [illegible] | 通餗 | 02702； | |
| 27 | [illegible] | | 05985； | |
| 28 | [illegible] | | 10285*3； | |
| 29 | [illegible] | 人名 | 06005*2； | |

| 筆劃：二十六劃 | | | | |
|---|---|---|---|---|
| 序號 | 字例 | 通用釋例 | 使用器號 | 備註 |
| 1 | ⿰韋襄 | | 02831； | |
| 2 | ⿰卣夒 | 通柔 | 02836；04326； | |
| 3 | ⿰酉夒 | 通醻 | 02837； | |
| 4 | ⿰霝頁 | 通靈 | 02762； | |
| 5 | ⿱𦥑頁 | 通眉 | 04160；04465；02827；09694；04182；02815；《近出》0106； | |
| 6 | ⿰言辥 | 通辭 | 10285*2； | |
| 7 | ⿰鬳殳 | | 10285*2； | |

| 筆劃：二十七劃 | | | | |
|---|---|---|---|---|
| 序號 | 字例 | 通用釋例 | 使用器號 | 備註 |
| 1 | 鑾 | 通緿 | 02783；04256；04268；04267；02821；04287；02804；04244；04250；04276；10170；02781；04626；09728；00133；04199；04202；04257；04321；02830；04312；02814；02825；04294；02819；02827；04246；04255；04192；04272；04286；02815；04266；04296；《近出》0491； | |
| 2 | ⿱𦥑畀 | 通紹 | 02837*3； | |
| 3 | ⿱𦥑召 | 人名通召 | 05416*3；06004*3； | |

| 筆劃：二十八劃 | | | | |
|---|---|---|---|---|
| 序號 | 字例 | 通用釋例 | 使用器號 | 備註 |
| 1 | ⿰車夒 | 通輶 | 04318；02841；04326；04469； | |

| 筆劃：二十九劃 | | | | |
|---|---|---|---|---|
| 序號 | 字例 | 通用釋例 | 使用器號 | 備註 |
| 1 | ⿱㸚㸚云 | | 00247；02831； | |
| 2 | 鬱 | | 04132；05428；06001； | |

| 筆劃：三十劃 | | | | |
|---|---|---|---|---|
| 序號 | 字例 | 通用釋例 | 使用器號 | 備註 |
| 1 | 鬻 | 通餗 | 02703； | |

| 筆劃：三十三劃 | | | | |
|---|---|---|---|---|
| 序號 | 字例 | 通用釋例 | 使用器號 | 備註 |
| 1 | 鱻 | | 02719； | |
| 2 | 雧 | 人名 | 《近出》0605*2； | |

| 筆劃：四十劃 | | | | |
|---|---|---|---|---|
| 序號 | 字例 | 通用釋例 | 使用器號 | 備註 |
| 1 | 𧟌 | 通襲 | 02824； | |

＊本索引字表之隸定字以《殷周金文集成釋文》、《近出殷周金文集錄》中之隸定字爲主，於二書中未隸定之字則暫不予以收錄。

＊索引字表中若有相通之字者，則二字皆收錄其中，如「入」通「納」，則可同時見錄於二劃「入」與十劃「納」。

＊「音讀」主要依據教育部異體字字典之國音音讀所定，空白處爲讀音不明或待考者。

＊「通用釋例」中包含通假字、異體字、分別字、假借字、古今字以及使用之方式等，實際使用情形當視器銘中之字例而定。

＊「使用器號」一欄爲各字於各器中之使用情形及次數，使用次數多於二次以上者以「*」號後加數字表示各字於單一器銘中之使用次數，各字於異器中使用則以「；」隔開以示區別。本文以《殷周金文集成釋文》、《近出殷周金文集錄》二書之器號爲依據，《殷周金文集成釋文》器號以數字直接表示，《近出殷周金文集錄》則縮寫爲《近出》後加器號表示。

## 附錄二：主要著錄資料分期整理資料表

| 序號 | 器名 | 字數 | 兩周金文辭大系圖錄及考釋 | 殷周金文集成釋文 | 西周銅器斷代 | 兩周金文通假字研究 |
|---|---|---|---|---|---|---|
| 1 | 圉甗 | 14 | | 00935／早期 | | |
| 2 | 中甗 | 存95 | P19／成王 | 00949／早期 | （康王／中組） | WE2015／成王 |
| 3 | 伯矩鼎 | 12 | | 02456／早期 | | |
| 4 | 𣪘侯鼎 | 12 | | 02457／早期 | | |
| 5 | 雍伯鼎 | 15 | | 02531／早期 | | |
| 6 | 乃𦟝子鼎 | 15 | | 02532／早期 | | |
| 7 | 雁公鼎*2 | 16 | | 02553～02554／早期 | | |
| 8 | 小臣𧶠鼎（小臣攎鼎） | 17 | | 02556／早期 | P43／成王 | |
| 9 | 小臣逋鼎（小臣逋鼎） | 17 | | 02581／早期 | P55／成王 | |
| 10 | 臣卿鼎 | 18 | | 02595／早期 | P66／成王 | |
| 11 | 揚方鼎*2（玬方鼎） | 19 | | 02612／早期 | | |
| 12 | 厤方鼎 | 19 | | 02614／早期 | | |
| 13 | 𡉥叔鼎 | 19 | | 02615／早期 | | |
| 14 | 匽侯旨鼎 | 22 | | 02628／早期 | | |
| 15 | 先獸鼎 | 22 | | 02655／早期 | | |
| 16 | 辛鼎 | 25 | | 02660／早期 | | |
| 17 | 德方鼎 | 24 | | 02661／早期 | P72／成王 | WL2037／成王 |
| 18 | 㝛父鼎*2 | 24 | | 02671～02672／早期 | | |
| 19 | 征人鼎 | 24 | | 02674／早期 | | |
| 20 | 新邑鼎 | 29 | | 02682／早期 | P64／成王 | |
| 21 | 㚤方鼎 | 28 | | 02702／早期 | | |

| | | | | | | |
|---|---|---|---|---|---|---|
| 22 | 堇鼎 | 27 | | 02703／早期 | | |
| 23 | 𣄴鼎(旟鼎) | 28 | | 02704／早期 | | |
| 24 | 麥方鼎 | 29 | P42／康王 | 02706／早期 | | |
| 25 | 乃子克鼎 | 29 | | 02712／早期 | | |
| 26 | 毛公旅方鼎 | 31 | | 02724／早期 | P131／康王 | |
| 27 | 歸𫹉方鼎（歸𫹉進方鼎）*2 | 31 | | 02725～02726／早期 | | WE4088／昭王 |
| 28 | 歙獻方鼎（獻方鼎、奚方鼎） | 32 | | 02729／早期 | P54／成王 | WE2035／成王 |
| 29 | 原趠方鼎（厚趠齍） | 33 | P29／成王 | 02730／早期 | 成王 | WE2027／成王 |
| 30 | 疐鼎 | 33 | P20／成王 | 02731／早期 | P22／成王 | WE2016／成王 |
| 31 | 塱方鼎 | 35 | | 02739／早期 | P17／成王 | WE2040／成王 |
| 32 | 𡨦鼎*2 | 35 | P28／成王 | 02740～02741／早期 | P23／成王 | WE2024／成王 |
| 33 | 庚嬴鼎 | 37 | P43／康王 | 02748／早期 | P99／康王 | WE3059／康王 |
| 34 | 害鼎 | 39 | | 02749／早期 | P96／康王 | WE3062／康王 |
| 35 | 中方鼎二*2 | 39 | P17／成王 | 02751～02752／早期 | （康王／中組） | WE2013／成王 |
| 36 | 乍冊大方鼎(乍冊大齍）*4 | 41 | P33／康王 | 02758～02761／早期 | P93／康王 | WE3051／康王 |
| 37 | 我方鼎 | 43 | | 02763／早期 | | |
| 38 | 小臣夌鼎 | 49 | | 02775／早期 | | |
| 39 | 史獸鼎 | 50 | | 02778／早期 | P90／成康器 | WE2047／成王 |
| 40 | 中方鼎一 | 57 | P16／成王 | 02785／早期 | （康王／中組） | WE2012／成王 |
| 41 | 伯姜鼎 | 68 | | 02791／早期 | | WM3179／懿王 |

| | | | | | | |
|---|---|---|---|---|---|---|
| 42 | 令鼎 | 69 | P30／成王 | 02803／早期 | | WE2028／成王 |
| 43 | 大盂鼎 | 291 | P33／康王 | 02837／早期 | P100／康王 | WE3052／康王 |
| 44 | 小盂鼎 | 390 | P35／康王 | 02839／早期 | P104／康王 | WE3053／康王 |
| 45 | 鼒簋 | 10 | P54／穆王 | 03732／早期 | | |
| 46 | 仲爯簋 | 11 | | 03747／早期 | | |
| 47 | 伯者父簋 | 10 | | 03748／早期 | | |
| 48 | 敔簋 | 14 | | 03827／早期 | | |
| 49 | 過伯簋 | 16 | P54／昭王 | 03907／早期 | | WE4074／昭王 |
| 50 | 叔德簋（弔徝簋） | 18 | | 03942／早期 | P74／成王 | WE2039／成王 |
| 51 | 天君簋 | 21 | | 04020／早期 | | |
| 52 | 寧簋蓋*2 | 21 | | 04021～04022／早期 | P122／康王 | |
| 53 | 明公簋（魯侯尊） | 22 | P10／成王 | 04029／早期 | P24／成王 | WE2008／成王 WE4086／昭王 |
| 54 | 史䛠彝（史䛠簋）*2 | 23 | P45／康王 | 04030～04031／早期 | 成王 | WE3060／康王 |
| 55 | 禽簋 | 23 | P11／成王 | 04041／早期 | P27／成王 | WE2009／成王 |
| 56 | 易旁鼎*2 | 24 | | 04042／早期 | | |
| 57 | 御正衛簋 | 23 | P24／成王 | 04044／早期 | P34／成王 | WE2019／成王 |
| 58 | 涾𤔲土逘簋（康侯簋） | 24 | | 04059／早期 | P11／成王 | |
| 59 | 不壽簋 | 24 | | 04060／早期 | P176／共王 | |
| 60 | 伯椃簋 | 27 | | 04073／早期 | P338 | |
| 61 | 命簋 | 28 | | 04112／早期 | | |
| 62 | 焚簋（𤇾簋） | 30 | | 04121／早期 | P126／康王 | |

| 63 | 利簋 | 32 | | 04131／早期 | | WE1001／初期武王 |
|---|---|---|---|---|---|---|
| 64 | 叔簋（史叔隋器）*2 | 32 | | 04132～04133／早期 | P76／成康器（成王） | WE2043／成王 |
| 65 | 御史競簋（競簋）*2 | 32 | P66／穆王 | 04134～04135／早期 | P119／康王 | WE3066／康王 |
| 66 | 相侯簋 | 32 | | 04136／早期 | | |
| 67 | 檇侯簋蓋（方簋蓋） | 33 | | 04139／早期 | P128／康王 | |
| 68 | 大保簋 | 34 | P27／成王 | 04140／早期 | P44／成王 | WE2023／成王 |
| 69 | 章伯䚄簋（郭伯䚄簋） | 45 | | 04169／早期 | P137／昭王 | |
| 70 | 小臣宅簋 | 53 | P25／成王 | 04201／早期 | P33／成王 | WE2021／成王 |
| 71 | 甗簋（獻彝） | 52 | P45／康王 | 04205／早期 | P53／成王 | WE3061／康王 |
| 72 | 小臣傳簋 | 存50 | | 04206／早期 | 成王 | |
| 73 | 小臣謎簋*2 | 64 | P23／成王 | 04238～04239／早期 | P20／成王 | WE2018／成王 |
| 74 | 㸓作周公簋（周公簋、井侯簋） | 68 | P39／康王 | 04241／早期 | P81／成康器 | WE3054／康王 |
| 75 | 天亡簋 | 78 | P1／武王 | 04261／早期 | P3／武王 | WE1003／武王 |
| 76 | 作冊夨令簋（令簋）*2 | 110 | P3／成王 | 04300～04301／早期 | P29／成王 | WE2005／成王 |
| 77 | 宜侯夨簋(夨簋) | 存118 | | 04320／早期 | P14／康王 | WE2036／成王 |
| 78 | 沈子它簋蓋（沈子簋、它簋） | 149 | P46／昭王 | 04330／早期 | P113／康王 | WE4075／昭王 |
| 79 | 束作父辛卣 | 9 | | 05333／早期 | | |
| 80 | 小臣豐卣 | 10 | | 05352／早期 | | |

| | | | | | | |
|---|---|---|---|---|---|---|
| 81 | 子作婦⿰女匋卣 | 14 | | 05375／早期 | | |
| 82 | 耳卣 | 17 | | 05384／早期 | P91／成康銅器 | |
| 83 | 員卣 | 17 | P28／成王 | 05387／早期 | 成王 | WE2025／成王 |
| 84 | ⿰幸凡卣 | 20 | | 05391／早期 | | |
| 85 | 盂卣 | 25 | | 05399／早期 | | |
| 86 | 作冊䰧卣（䰧卣、乍冊䰧卣） | 26 | P10／成王 | 05400／早期 | P40／成王 | WE2007／成王 |
| 87 | 壴卣 | 28 | | 05401／早期 | P68／成王 | |
| 88 | 作冊睘卣（睘卣） | 35 | P14／成王 | 05407／早期 | P61／成王 | WE2010／成王 |
| 89 | 靜卣 | 36 | P56／穆王 | 05408／早期 | 成康器 | WM1100／穆王 |
| 90 | 貉子卣 | 36 | | 05409／早期 | P122／康王 | |
| 91 | 啓卣 | 39 | | 05410／早期 | | |
| 92 | 保卣 | 46 | | 05415／早期 | P7／武王 | WE1002／武王 |
| 93 | 召卣 | 46 | | 05416／早期 | P31／成王 | WM4182／中期孝王 |
| 94 | 庚贏卣 | 53 | P43／康王 | 05426／早期 | P98／康王 | WE3058／康王 |
| 95 | 弔趯父卣 *2 | 63 | | 05428～05429／早期 | | WE3067／康王 |
| 96 | 高卣 | 65 | | 05431／早期 | P343 | |
| 97 | 乍冊魖卣 | 63 | | 05432／早期 | P56／成王 | WE2042／成王 |
| 98 | 犅刧尊(岡劫尊) | 16 | | 05977／早期 | P29／成王 | |
| 99 | 熒尊 | 17 | | 05979／早期 | | |
| 100 | 啓作且丁尊 | 21 | | 05983／早期 | | |
| 101 | 嚳士卿父戊尊(士卿尊) | 24 | | 05985／早期 | P65／成王 | WE2029／成王 |

| | | | | | | |
|---|---|---|---|---|---|---|
| 102 | 𨻰作父乙尊（𡨦尊） | 24 | | 05986／早期 | P87／成康銅器 | |
| 103 | 作冊睘尊 | 27 | | 05989／早期 | | |
| 104 | 遣尊（趞尊） | 28 | P15／成王 | 05992／早期 | P60／成王 | WE2011／成王 |
| 105 | 師龢尊(師俞尊) | 32 | | 05995／早期 | P194／懿王 | |
| 106 | 商尊 | 30 | | 05997／早期 | | WE3063／康王 |
| 107 | 由伯尊 | 32 | | 05998／早期 | | |
| 108 | 小子生尊 | 43 | | 06001／早期 | P85／成康器（成王） | WE2046／成王 |
| 109 | 作冊折尊（折觥） | 42 | | 06002／早期 | | WE4084／昭王 |
| 110 | 𨰕尊（召尊） | 46 | | 06004／早期 | P31／成王 | WE2041／成王 |
| 111 | 𡨦尊（何尊） | 121 | | 06014／早期 | | WE2033／成王 |
| 112 | 麥方尊(麥尊) | 167 | P40／康王 | 06015／早期 | 康王（麥組） | WE3055／康王 |
| 113 | 小臣單觶 | 22 | P2／武王 | 06512／早期 | P10／成王 | WE2004／初期成王 |
| 114 | 中觶 | 36 | P18／成王 | 06514／早期 | （康王／中組） | WE2014／成王 |
| 115 | 盂爵 | 21 | P49／昭王 | 09104／早期 | P63／成王 | WE2044／成王 |
| 116 | 㺇駿觥蓋 | 16 | | 09300／早期 | | WE4085／昭王 |
| 117 | 麥盉 | 30 | P42／康王 | 09451／早期 | 康王（麥組） | WE3057／康王 |
| 118 | 士上盉(臣辰盉) | 50 | P32／成王 | 09454／早期 | P41／成王 | WE2031／成王 |
| 119 | 呂行壺 | 21 | P25／成王 | 09689／早期 | 康王 | WE2020／成王 |
| 120 | 井侯方彝 | 37 | | 09893／早期 | | |
| 121 | 矢令方彝（令彝） | 187 | P5／成王 | 09901／早期 | P35／成王 | WE2006／成王 |

| 122 | 仲𡚬臣盤 | 13 | | 10101／早期 | | |
|---|---|---|---|---|---|---|
| 123 | 守宮盤 | 67 | P92／懿王 | 10168／早期 | P185／懿王 | WM3170／懿王 |
| 124 | 𠭰圜器（召圜器、𠭰卣） | 44 | P93／孝王 | 10360／早期 | P51／成王 | |
| 125 | 鄧小仲方鼎 | 24 | | 《近出》0343／早期 | | |
| 126 | 靜方鼎 | 78 | | 《近出》0357／早期 | | |
| 127 | 保員簋 | 46 | | 《近出》0484／早期 | | |
| 128 | 柞伯簋 | 74 | | 《近出》0486／早期 | | |
| 129 | 否叔卣 | 17 | | 《近出》0603／早期 | | |
| 130 | 州子卣 | 31 | | 《近出》0604／早期 | | |
| 131 | 克盉 | 43 | | 《近出》0942／早期 | | |
| 132 | 匍盉 | 44 | | 《近出》0943／早期 | | |
| 133 | 寓鼎 | 29 | | 02718／早期或中期 | P138／昭王 | |
| 134 | 蔡尊 | 16 | | 05974／早期或中期 | P63／成王 | |
| 135 | 䨻方尊 | 存47 | | 06005／早期或中期 | | |
| 136 | 耳尊 | 52 | | 06007／早期或中期 | P89／成康器 | WE2048／成王 |
| 137 | 嗣鼎 | 28 | | 02659／早中期 | P89／成康銅器 | |
| 138 | 戲鐘*4 | 35 | | 00088～00091／中期 | 懿王 | |
| 139 | 𥃝伯鐘 | 25 | | 00092／中期 | 懿王 | |
| 140 | 𤼈鐘甲組 | 105 | | 000247～000250／中期 | | WM2147／恭王 |

| 141 | 㾓鐘丙丁組 | 109 | | 000251～000256／中期 | | WM2148／恭王 |
|---|---|---|---|---|---|---|
| 142 | 㾓鐘戊組 | 103 | | 000246／中期 | | WM2149／恭王 |
| 143 | 中枏父鬲*7 | 39 | | 00746～00752／中期 | P208／懿王 | |
| 144 | 公姞鬲(公姞齊鼎) | 38 | | 00753／中期 | P136／昭王 | WE4080／昭王 |
| 145 | 尹姞鬲(尹姞齊鼎)*2 | 64 | | 00754～00755／中期 | P135／昭王 | WE4079／昭王 |
| 146 | 遇甗 | 38 | P60／穆王 | 00948／中期 | P115／康王 | WE3064／康王 |
| 147 | 伯侌父鼎 | 13 | | 02487／中期 | | |
| 148 | 強伯鼎*2 | 25 | | 02676～02677／中期 | | |
| 149 | 小臣鼎(易鼎) | 25 | | 02678／中期 | P337 | |
| 150 | 員方鼎(員鼎) | 26 | P29／成王 | 02695／中期 | | WE2026／成王 |
| 151 | 內史龏鼎 | 26 | | 02696／中期 | | |
| 152 | 㝉鼎 | 28 | | 02705／中期 | P334 | |
| 153 | 公貿鼎 | 31 | | 02719／中期 | P131／康王 | |
| 154 | 井鼎 | 30 | | 02720／中期 | 昭王 | WE4081／昭王 |
| 155 | 𤔲鼎 | 31 | P59／穆王 | 02721／中期 | P116／康王 | WM1106／穆王 |
| 156 | 旅鼎 | 34 | P27／成王 | 02728／中期 | P19／成王 | WE2022／成王 |
| 157 | 衛鼎 | 32 | | 02733／中期 | | |
| 158 | 仲枏父鼎 | 35 | | 02734／中期 | P246／孝王 | |
| 159 | 不栺方鼎（丕昔方鼎）*2 | 36 | | 02735 ～ 2736／中期 | | WM1120／穆王 |
| 160 | 㾓鼎 | 35 | | 02742／中期 | P336 | |
| 161 | 呂方鼎(呂齋) | 45 | P58／穆王 | 02754／中期 | | WM1103／穆王 |
| 162 | 穴鼎 | 42 | | 02755／中期 | P334 | |

| 163 | 寓鼎 | 存39 | | 02756／中期 | | |
|---|---|---|---|---|---|---|
| 164 | 𧍝鼎 | 46 | | 02765／中期 | | |
| 165 | 師隹鼎 | 47 | | 02774／中期 | | |
| 166 | 刺鼎 | 52 | P59／穆王 | 02776／中期 | P145／穆王 | WM1105／穆王 |
| 167 | 師湯父鼎 | 54 | P70／恭王 | 02780／中期 | P161／共王 | WM2125／恭王 |
| 168 | 庚季鼎(南季鼎) | 55 | P113／夷王 | 02781／中期 | | |
| 169 | 七年趞曹鼎(趞曹鼎一) | 56 | P68／恭王 | 02783／中期 | P147／共王 | WM2123／恭王 |
| 170 | 十五年趞曹鼎(趞曹鼎二) | 57 | P69／恭王 | 02784／中期 | P155／共王 | WM2124／恭王 |
| 171 | 䢅方鼎一 | 65 | | 02789／中期 | | WM1113／穆王 |
| 172 | 大矢始鼎 | 67 | | 02792／中期 | P335 | |
| 173 | 利鼎 | 70 | P79／恭王 | 02804／中期 | P148／共王 | WM2134／恭王 |
| 174 | 己伯鼎(大鼎) *3 | 81 | P88／懿王 | 02806～02808／中期 | P256／孝王 | WM3163／懿王 |
| 175 | 師旂鼎(師旅鼎) | 79 | P26／成王 | 02809／中期 | P113／康王 | WE3050／初期康王 |
| 176 | 師望鼎 | 94 | P80／恭王 | 02812／中期 | | WM2151／恭王 |
| 177 | 師奎父鼎 | 93 | P78／恭王 | 02813／中期 | P152／共王 | WM2132／恭王 |
| 178 | 伯晨鼎(伯晨鼎) | 99 | P115／厲王 | 02816／中期 | | WL1202／厲王 |
| 179 | 師晨鼎(師晨鼎) | 103 | P115／厲王 | 02817／中期 | P187／懿王 | WL1201／厲王 |
| 180 | 善鼎 | 112 | P65／穆王 | 02820／中期 | | WM1116／穆王 |
| 181 | 䢅方鼎二 | 116 | | 02824／中期 | | WM1114　／穆王 |

| 182 | 師𩛥鼎 | 196 | | 02830／中期 | | WM2136 ／恭王 |
|---|---|---|---|---|---|---|
| 183 | 九年衛鼎（九祀衛鼎） | 195 | | 02831／中期 | | WM2140／恭王 |
| 184 | 五祀衛鼎 | 207 | | 02832／中期 | | WM2139／恭王 |
| 185 | 曶鼎（𦣻鼎） | 402 | P96／孝王 | 02838／中期 | P197／懿王 | WM4185／孝王 |
| 186 | 伯百父簋 | 16 | | 03920／中期 | | |
| 187 | 𠂤叔鼎（鴻叔簋）*2 | 18 | | 03950～03951／中期 | | WE4087／昭王 |
| 188 | 䟣駿簋 | 19 | P53／昭王 | 03976／中期 | | WE4073／昭王 |
| 189 | 己侯貉子簋蓋 | 19 | | 03977／中期 | | |
| 190 | 呂伯簋（呂白簋） | 19 | | 03979／中期 | P128／康王 | |
| 191 | 伯中父簋 | 21 | | 04023／中期 | | |
| 192 | 雁侯簋 | 25 | | 04045／中期 | | |
| 193 | 燮簋（燮簋） | 23 | | 04046／中期 | P203／懿王 | |
| 194 | 陵貯簋（陵貯簋） | 23 | P100／孝王 | 04047／中期 | | WM4187／孝王 |
| 195 | 𢾊簋 | 28 | | 04099／中期 | P137／昭王 | |
| 196 | 生史簋*2 | 27 | | 04100～04101／中期 | | WM1121／穆王 |
| 197 | 賢簋*3 | 27 | ？ | 04104～04106／中期 | | |
| 198 | 伯𢦚簋 | 31 | P64／穆王 | 04115／中期 | | WM1112／穆王 |
| 199 | 彔作辛公簋（彔簋） | 32 | P62／穆王 | 04122／中期 | | WM1110／穆王 |
| 200 | 𪓐簋 | 40 | | 04159／中期 | P79／成康器 | WE2045／成王 |
| 201 | 孟簋*3 | 42 | | 04162～04164／中期 | P130／康王 | WE2032／成王 |

| 202 | 大簋(大乍大中簋) | 40 | | 04165／中期 | P168／共王 | WM3162／懿王 |
|---|---|---|---|---|---|---|
| 203 | 豦簋 | 41 | | 04167／中期 | P167／共王 | |
| 204 | 痶簋*8 | 44 | | 04170～04177／中期 | | WM2144／恭王 |
| 205 | 君夫簋蓋（君夫簋） | 44 | P58／穆王 | 04178／中期 | | WM1104／穆王 |
| 206 | 穆公簋蓋 | 45 | | 04191／中期 | | |
| 207 | 肄簋（貄簋、肆簋）*2 | 44 | | 04192～04193／中期 | P133／昭王 | WE4076／昭王 |
| 208 | 春簋（友簋） | 46 | | 04194／中期 | P134／昭王 | WE4078／昭王 |
| 209 | 㒼簋 | 45 | | 04195／中期 | P228／孝王 | |
| 210 | 師毛父簋 | 48 | P76／恭王 | 04196／中期 | P152／共王 | WM2130／恭王 |
| 211 | 恒簋蓋*2 | 51 | | 04199～04200／中期 | | WM2150／恭王 |
| 212 | 適簋 | 58 | P55／穆王 | 04207／中期 | P143／穆王 | WM1098／中期穆王 |
| 213 | 段簋 | 57 | P50／昭王 | 04208／中期 | | WE4071／初期昭王 |
| 214 | 衛簋*4 | 58 | | 04209～04212／中期 | | |
| 215 | 師遽簋蓋 | 57 | P83／懿王 | 04214／中期 | P160／共王 | WM3156／懿王 |
| 216 | 追簋*6 | 60 | | 04219～04224／中期 | | WL3264／幽王 |
| 217 | 臣諫簋 | 存63 | | 04237／中期 | | WE2049／成王 |
| 218 | 免簋 | 64 | P89／懿王 | 04240／中期 | P177／懿王 | WM3164／懿王 |
| 219 | 羖簋蓋 | 69 | | 04243／中期 | | |
| 220 | 即簋 | 72 | | 04250／中期 | | WM2137／恭王 |
| 221 | 大師虘簋*2 | 70 | | 04251～04252／中期 | P190／懿王 | WM3180／懿王 |

| | | | | | | |
|---|---|---|---|---|---|---|
| 222 | 廿七年衛簋 | 73 | | 04256／中期 | | WM1119／穆王 |
| 223 | 格伯簋*4 | 82 | P81／恭王 | 04262～04265／中期 | | WM2135／恭王 |
| 224 | 趞簋 | 83 | P56／穆王 | 04266／中期 | P339 | WM1102／穆王 |
| 225 | 申簋蓋 | 84 | | 04267／中期 | | |
| 226 | 王臣簋 | 85 | | 04268／中期 | | WM3175／懿王 |
| 227 | 縣妃簋 | 88 | P67／穆王 | 04269／中期 | 康王 | WM1117／穆王 |
| 228 | 同簋*2 | 91 | P86／懿王 | 04270～04271／中期 | P221／孝王 | WM3160／懿王 |
| 229 | 朢簋（望簋） | 89 | P80／恭王 | 04272／中期 | 共王 | WM2152／恭王 |
| 230 | 靜簋 | 90 | P55／穆王 | 04273／中期 | 成康器 | WM1099／穆王 |
| 231 | 豆閉簋 | 92 | P77／恭王 | 04276／中期 | P151／共王 | WM2131／恭王 |
| 232 | 師瘨簋蓋*2 | 103 | | 04283～04284／中期 | P163／共王 | WM2122／中期恭王 |
| 233 | 師酉簋*4 | 106 | P88／懿王 | 04288～04291／中期 | P244／孝王 | WL2234／晚期宣王 |
| 234 | 彔伯㦰簋蓋 | 112 | P62／穆王 | 04302／中期 | | WM1111／穆王 |
| 235 | 師虎簋 | 124 | P73／恭王 | 04316／中期 | P149／共王 | WM2128／恭王 |
| 236 | 㦰簋 | 134 | | 04322／中期 | | WM1115／穆王 |
| 237 | 卯簋蓋 | 152 | P85／懿王 | 04327／中期 | P222／孝王 | WM3159／懿王 |
| 238 | 班簋 | 197 | P20／成王 | 04341／中期 | P24／康王 | WE2017／成王 |
| 239 | 牧簋 | 227 | P75／恭王 | 04343／中期 | 共王 | WM2153／恭王 |
| 240 | 瘨盨*2 | 64 | | 04462～04463／中期 | | WM2143／恭王 |

| 241 | 免簠 | 44 | P90／懿王 | 04626／中期 | P182／懿王 | WM3165／懿王 |
|---|---|---|---|---|---|---|
| 242 | 寡子卣 | 18 | | 05392／中期 | | |
| 243 | 同卣 | 25 | | 05398／中期 | P140／昭王 | |
| 244 | 豐卣 | 33 | | 05403／中期 | | |
| 245 | 次卣 | 30 | | 05405／中期 | 昭王 | WE4082／昭王 |
| 246 | 

 卣（

 卣） | 41 | P60／穆王 | 05411／中期 | 康王 | WM1107／穆王 |
| 247 | 免卣 | 49 | P91／懿王 | 05418／中期 | P183／懿王 | WM3168／懿王 |
| 248 | 彔刻卣*2 | 49 | P61／穆王 | 05419～05420／中期 | 康王 | WM1109／穆王 |
| 249 | 匡卣 | 51 | P82／懿王 | 05423／中期 | P177／懿王 | WM3154／中期懿王 |
| 250 | 白

 卣（農卣） | 51 | | 05424／中期 | P343 | |
| 251 | 競卣 | 51 | P66／穆王 | 05425／中期 | P119／康王 | WE3065／康王 |
| 252 | 乍冊益卣 | 63 | | 05427／中期 | P124／康王 | |
| 253 | 繁卣 | 62 | | 05430／中期 | | |
| 254 | 效卣 | 68 | P101／孝王 | 05433／中期 | P120／康王 | WM4189／孝王 |
| 255 | 服方尊 | 14 | | 05968／中期 | | |
| 256 | 作𠂤方尊 | 28 | | 05993／中期 | | |
| 257 | 䧹尊（䧹觶） | 53 | P61／穆王 | 06008／中期 | 康王 | WM1108／穆王 |
| 258 | 盠駒尊（盠尊） | 104 | | 06011／中期 | P169／共王 | WM3172／懿王 |
| 259 | 盠駒尊蓋 | 11 | | 06012／中期 | P173／共王 | |
| 260 | 盠方尊 | 107 | | 06013／中期 | P169／共王 | WM3173／懿王 |
| 261 | 𠭰仲觶 | 14 | | 06511／中期 | | |
| 262 | 萬諆觶 | 36 | | 06515／中期 | P127／康王 | |
| 263 | 趩尊 | 69 | P101／孝王 | 06516／中期 | P184／恭王 | WM4188／孝王 |
| 264 | 遣盉 | 12 | | 09433／中期 | | |

| | | | | | | |
|---|---|---|---|---|---|---|
| 265 | 義盉蓋 | 52 | | 09453／中期 | | |
| 266 | 長由盉 | 56 | | 09455／中期 | P141／穆王 | WM1118／穆王 |
| 267 | 裘衛盉(衛盉) | 132 | | 09456／中期 | | WM2141／恭王 |
| 268 | 番匊生壺 | 32 | P134／厲王 | 09705／中期 | | WL1224／厲王 |
| 269 | 史懋壺 | 41 | P91／懿王 | 09714／中期 | | WM3169／懿王 |
| 270 | 梁其壺*2 | 37 | | 09716～09717／中期 | P277／夷王 | |
| 271 | 幾父壺*2 | 57 | | 09721～09722／中期 | P242／孝王 | |
| 272 | 十三年瘐壺*2 | 56 | | 09723～09724／中期 | | WM2146／恭王 |
| 273 | 三年瘐壺*2 | 60 | | 09726～09727／中期 | | WM2145／恭王 |
| 274 | 曶壺蓋（曶壺） | 102 | P99／孝王 | 09728／中期 | | WM4186／孝王 |
| 275 | 季姛[illegible]罍 | 27 | | 09827／中期 | | |
| 276 | 齊生魯方彝蓋 | 49 | | 09896／中期 | | |
| 277 | 師遽方彝（師遽彝） | 67 | P84／懿王 | 09897／中期 | P159／共王 | WM3157／懿王 |
| 278 | 吳方彝蓋（吳彝、乍冊吳方彝蓋） | 102 | P74／恭王 | 09898／中期 | P157／共王 | WM2129／恭王 |
| 279 | 免盤 | 33 | P90／懿王 | 10161／中期 | P183／懿王 | WM3167／懿王 |
| 280 | 鮮盤（鮮簋） | 44 | | 10166／中期 | | |
| 281 | 呂服余盤 | 66 | | 10169／中期 | | WM3178／懿王 |
| 282 | 走馬休盤（休盤） | 91 | P152／宣王 | 10170／中期 | P288／夷王 | WL2250／宣王 |
| 283 | 史牆盤(墻盤) | 284 | | 10175／中期 | | WM2142／恭王 |

| 284 | ⿺走甫盂 | 49 | | 10321／中期 | | |
|---|---|---|---|---|---|---|
| 285 | 永盂 | 123 | | 10322／中期 | | WM2138／恭王 |
| 286 | 睘鼎 | 43 | | 《近出》0352／中期 | | |
| 287 | 伯唐父鼎 | 65 | | 《近出》0356／中期 | | |
| 288 | 夷伯簋 | 38 | | 《近出》0481／中期 | | |
| 289 | 敔簋蓋 | 46 | | 《近出》0483／中期 | | |
| 290 | 爯簋 | 57 | | 《近出》0485／中期 | | |
| 291 | 殷簋*2 | 82 | | 《近出》0487～0488／中期 | | |
| 292 | 史密簋 | 93 | | 《近出》0489／中期 | | |
| 293 | 宰獸簋 | 129 | | 《近出》0490／中期 | | |
| 294 | 虎簋蓋 | 158 | | 《近出》0491／中期 | | |
| 295 | 應侯爯盨 | 28 | | 《近出》0502／中期 | | |
| 296 | 達盨蓋 | 40 | | 《近出》0506／中期 | | |
| 297 | [illegible]卣 | 55 | | 《近出》0605／中期 | | |
| 298 | 甹鐘 | 15 | | 00048／中晚期 | P304／夷王 | |
| 299 | 雁侯見功鐘*2 | 74 | | 00107～00108／中晚期 | | |
| 300 | ⿰言夫叔鼎 | 47 | | 02767／中晚期 | | |
| 301 | 仲幾父簋 | 18 | | 03954／中晚期 | | |
| 302 | 康鼎 | 62 | P84／懿王 | 02786／中期或晚期 | P220／孝王 | WM3158／懿王 |

| | | | | | | |
|---|---|---|---|---|---|---|
| 303 | 逆鐘*4 | 85 | | 00060～00063／晚期 | | |
| 304 | 兮仲鐘*7 | 29 | | 00065～00071／晚期 | 夷王 | |
| 305 | 單伯昊生鐘（單伯鐘） | 34 | P118／厲王 | 00082／晚期 | P194／懿王 | WL1206／厲王 |
| 306 | 遲父鐘 | 39 | | 00103／晚期 | P227／孝王 | |
| 307 | 井人妄鐘*4 | 90 | P149／宣王 | 00109～00112／晚期 | P302／夷王 | WL2247／宣王 |
| 308 | 柞鐘*7 | 48 | | 00133～00139／晚期 | P303／幽王 | WL3263／幽王 |
| 309 | 師臾鐘 | 48 | | 00141／晚期 | | WM3174／懿王 |
| 310 | 鮮鐘 | 53 | | 00143／晚期 | P245／孝王(伯鮮組) | |
| 311 | 士父鐘*4 | 62 | P127／厲王 | 00145～00148／晚期 | | WL1219／厲王 |
| 312 | 南宮乎鐘 | 68 | | 00181／晚期 | | |
| 313 | 梁其鐘*6 | 148 | | 00187～00192／晚期 | P277／夷王 | |
| 314 | 克鐘*5 | 81 | P112／夷王 | 00204～00209／晚期 | P259／夷王 | WM5195／夷王 |
| 315 | 虢叔旅鐘*7 | 91 | P127／厲王 | 00238～00244／晚期 | 夷王 | WL1228／厲王 |
| 316 | 㝬鐘(宗周鐘) | 122 | P51／昭王 | 00260／晚期 | P310／厲王 | WE4072／昭王 |
| 317 | 井叔釆鐘*2 | 40 | | 00356～00357／晚期 | | |
| 318 | 仲師父鼎*2 | 36 | | 02743／晚期 | | |
| 319 | 史顯鼎 | 43 | | 02762／晚期 | | |
| 320 | 汈其鼎(梁其鼎）*3 | 48 | | 02768～02770／晚期 | P277／夷王 | |
| 321 | 史伯碩父鼎 | 50 | | 02777／晚期 | | |
| 322 | 師同鼎 | 54 | | 02779／晚期 | | WL2254／宣王 |

| | | | | | | |
|---|---|---|---|---|---|---|
| 323 | 微䜌鼎 | 64 | P123／厲王 | 02790／晚期 | P281／夷王 | WL1214／厲王 |
| 324 | 小克鼎*7 | 72 | P123／厲王 | 02796～02802／晚期 | P263／夷王 | WL1213／厲王 |
| 325 | 南宮柳鼎 | 78 | | 02805／晚期 | P229／孝王 | WE3068／康王 |
| 326 | 噩侯鼎(鄂侯御方鼎) | 86 | P107／夷王 | 02810／晚期 | P216／孝王 | WM5192／夷王 |
| 327 | 無叀鼎 | 94 | P151／宣王 | 02814／晚期 | 宣王 | WL2249／宣王 |
| 328 | 趩鼎 | 97 | | 02815／晚期 | P282／夷王 | |
| 329 | 鬲攸从鼎（鬲攸比鼎） | 102 | P126／厲王 | 02818／晚期 | P266／夷王 | WL1218／厲王 |
| 330 | 袁鼎 | 100 | P126／厲王 | 02819／晚期 | | |
| 331 | 此鼎*3 | 112 | | 02821～02823／晚期 | | WL2255／宣王 |
| 332 | 善夫山鼎 | 121 | | 02825／晚期 | P288／夷王 | WL2253／宣王 |
| 333 | 頌鼎*3 | 151 | P72／恭王 | 02827～02829／晚期 | P279／夷王 | WM2127／恭王 |
| 334 | 禹鼎*2 | 207 | | 02833～02834／晚期 | P268／夷王 | WL1233／厲王 |
| 335 | 多友鼎 | 278 | | 02835／晚期 | | WL1210／厲王 |
| 336 | 大克鼎 | 290 | P121／厲王 | 02836／晚期 | P260／夷王 | WL1211／厲王 |
| 337 | 毛公鼎 | 497 | P134／宣王 | 02841／晚期 | P292／夷王 | WL2237／宣王 |
| 338 | 復公子簋*3 | 20 | | 04011～04013／晚期 | | |
| 339 | 曾伯文簋*3 | 25 | | 04051～04053／晚期 | | |
| 340 | 㝬叔㝬姬簋*6 | 48 | | 04062～04067／晚期 | | |
| 341 | 孟姬㴱簋*2 | 24 | | 04071／晚期 | | |
| 342 | 事族簋 | 28 | | 04089／晚期 | | |

| 343 | 白梳盧簋*4 | 28 | | 04091～04094／晚期 | P342 | |
|---|---|---|---|---|---|---|
| 344 | 豐伯車父簋 | 27 | | 04107／晚期 | | |
| 345 | 叔傳孫父簋 | 30 | | 04108／晚期 | | |
| 346 | 芮伯多父簋 | 29 | | 04109／晚期 | | |
| 347 | 妊小簋 | 32 | | 04123／晚期 | P332／宣王 | |
| 348 | 尌仲簋蓋 | 32 | | 04124／晚期 | | |
| 349 | 大簋蓋 | 32 | | 04125／晚期 | | |
| 350 | 叔弋簋 | 33 | | 04137／晚期 | | |
| 351 | 善夫沙其簋*5 | 40 | | 04147～04151／晚期 | | |
| 352 | 㝨簋 | 39 | | 04153／晚期 | P339 | |
| 353 | 伯家父簋蓋 | 38 | | 04156／晚期 | | |
| 354 | 鼄乎簋*2 | 38 | | 04157～04158／晚期 | | |
| 355 | 伯康簋*2 | 40 | | 04160／晚期 | | |
| 356 | 鬻兌簋 | 43 | | 04168／晚期 | | WL1197／晚期厲王 |
| 357 | 虢姜簋蓋 | 44 | | 04182／晚期 | P342 | |
| 358 | 公臣簋*4 | 43 | | 04184～04187／晚期 | | WL1227／厲王 |
| 359 | 仲再父簋 | 44 | | 04188～04189／晚期 | | |
| 360 | 郚智簋（卻䭾簋） | 50 | | 04197／晚期 | P175／共王 | WE4094／昭王 |
| 361 | 蔡姞簋 | 50 | ? | 04198／晚期 | | |
| 362 | 㝠簋（何簋） | 53 | P120／厲王 | 04202／晚期 | P255／孝王 | WL1209／厲王 |
| 363 | 曾仲大父蠡簋*2 | 54 | | 04203～04204／晚期 | | |
| 364 | 屖敖簋蓋 | 57 | | 04213／晚期 | | |

| | | | | | | |
|---|---|---|---|---|---|---|
| 365 | 𪓔簋 | 58 | P119／厲王 | 04215／晚期 | | WL1207／厲王 |
| 366 | 五年師旋簋（師旋簋二、五年師事簋）*3 | 59 | | 04216～04218／晚期 | P204／懿王 | WL1226／厲王 |
| 367 | 無㠱簋（無其簋）*4 | 58 | P120／厲王 | 04225～04228／晚期 | P133／昭王 | WE4077／昭王 |
| 368 | 史頌簋*8 | 63 | P71／恭王 | 04229～04236／晚期 | P306／厲王 | WM2126／恭王 |
| 369 | 叔向父禹簋（叔向父簋） | 67 | P132／厲王 | 04242／晚期 | P219／孝王 | WL1222／厲王 |
| 370 | 走簋 | 75 | P79／恭王 | 04244／晚期 | P153／共王 | WM2133／恭王 |
| 371 | 楚簋*4 | 71 | | 04246～04249／晚期 | | |
| 372 | 弭叔師察簋（弭叔簋）*2 | 72 | | 04253～04254／晚期 | P205／懿王 | WL2236／宣王 |
| 373 | 𢦏簋 | 72 | P150／宣王 | 04255／晚期 | P175／共王 | WL2248／宣王 |
| 374 | 弭伯師耤簋（弭伯簋） | 73 | | 04257／晚期 | P210／懿王 | WL2258／宣王 |
| 375 | 害簋*3 | 74 | | 04258～04260／晚期 | P225／孝王 | |
| 376 | 元年師兌簋（師兌簋一）*2 | 91 | P154／幽王 | 04274～04275／晚期 | P240／孝王 | WL3259／晚期幽王 |
| 377 | 師𩵦簋蓋 | 97 | P116／厲王 | 04277／晚期 | P188／懿王 | WL1203／厲王 |
| 378 | 元年師旋簋（師旋簋一、元年師事簋）*4 | 99 | | 04279～04282／晚期 | P203／懿王 | WL1225／厲王 |
| 379 | 諫簋 | 102 | P117／厲王 | 04285／晚期 | P189／懿王 | WL1204／厲王 |

| 380 | 輔師𠭯簋 | 102 | | 04286／晚期 | P195／夷王 | WL1230／厲王 |
|---|---|---|---|---|---|---|
| 381 | 伊簋 | 104 | P125／厲王 | 04287／晚期 | | WL1216／厲王 |
| 382 | 五年召伯虎簋（召伯虎簋一、琱生簋一） | 104 | P142／宣王 | 04292／晚期 | P231／孝王 | WL2241／宣王 |
| 383 | 六年召伯虎簋（召伯虎簋二、琱生簋二） | 105 | P144／宣王 | 04293／晚期 | P231／孝王 | WL2242／宣王 |
| 384 | 揚簋*2 | 107 | P118／厲王 | 04294～04295／晚期 | P192／懿王 | WL1205／厲王 |
| 385 | 鄁簋*2 | 106 | P154／幽王 | 04296～04297／晚期 | | WL3260／幽王 |
| 386 | 大簋蓋*2 | 107 | P87／懿王 | 04298～04299／晚期 | P257／孝王 | WM3161／懿王 |
| 387 | 師毀簋（師獸簋） | 112 | P114／厲王 | 04311／晚期 | P237／孝王 | WL1200／厲王 |
| 388 | 師顆簋 | 112 | | 04312／晚期 | P341 | |
| 389 | 師寰簋 | 117 | P146／宣王 | 04313～04314／晚期 | | |
| 390 | 㝬簋 | 124 | | 04317／晚期 | | WL1229／厲王 |
| 391 | 三年師兌簋（師兌簋二）*2 | 128 | P155／幽王 | 04318～04319／晚期 | P242／孝王 | WL3261／幽王 |
| 392 | 訇簋（十七祀詢簋） | 132 | | 04321／晚期 | P282／夷王 | WL2239／宣王 |
| 393 | 敔簋 | 140 | P109／夷王 | 04323／晚期 | P229／孝王 | WM5193／夷王 |
| 394 | 師𤸫簋*2 | 141 | P149／宣王 | 04324～04325／晚期 | P236／孝王 | WL2246／宣王 |
| 395 | 番生簋蓋 | 139 | P133／厲王 | 04326／晚期 | | WL1223／厲王 |
| 396 | 不𡢁簋 | 151 | P106／夷王 | 04328～04329／晚期 | P318／宣王 | WM5191／夷王 |

| | | | | | | |
|---|---|---|---|---|---|---|
| 397 | 𢒼伯歸夆簋（𢒼伯簋） | 150 | P147／宣王 | 04331／晚期 | | WL2245／宣王 |
| 398 | 蔡簋 | 159 | P102／夷王 | 04340／晚期 | P193／懿王 | WM5190／中期夷王 |
| 399 | 師訇簋(元年師詢簋) | 213 | P139／宣王 | 04342／晚期 | P307／厲王 | WL2238／宣王 |
| 400 | 虢仲盨蓋 | 22 | P120／厲王 | 04435／晚期 | P317／厲王 | WL1208／厲王 |
| 401 | 遅盨 | 23 | | 04436／晚期 | | |
| 402 | 伯寬父盨*2 | 27 | | 04438～04439／晚期 | | WL2257／宣王 |
| 403 | 伯沙其盨*2 | 31 | | 04446／晚期 | | |
| 404 | 杜伯盨*5 | 30 | P153／宣王 | 04448～04452／晚期 | | WL2252／宣王 |
| 405 | 叔專父盨*4 | 39 | | 04454／晚期 | | |
| 406 | 翏生盨(翏生旅盨)*3 | 50 | | 04459～04461／晚期 | P216／孝王 | WL1231／厲王 |
| 407 | 駒父盨蓋 | 82 | | 04464／晚期 | | WL2256／宣王 |
| 408 | 善夫克盨（克盨） | 107 | P123／厲王 | 04465／晚期 | P264／夷王 | WL1212／厲王 |
| 409 | 鬲比盨(鬲从盨) | 存134 | P124／厲王 | 04466／晚期 | P267／夷王 | WL1215／厲王 |
| 410 | 師克盨*2 | 147 | | 04467～04468／晚期 | P314／厲王 | |
| 411 | 㙇盨 | 156 | P140／宣王 | 04469／晚期 | | WL2240／宣王 |
| 412 | 史免簠 | 22 | P90／懿王 | 04579／晚期 | | WM3166／懿王 |
| 413 | 叔邦父簠 | 22 | | 04580／晚期 | | |
| 414 | 弭仲簠 | 51 | | 04627／晚期 | | |
| 415 | 伯公父簠 | 61 | | 04628／晚期 | | WL3265／幽王 |
| 416 | 大師虘豆 | 28 | | 04692／晚期 | P191／懿王 | WM3181／懿王 |

| 417 | 仲自父壺 | 17 | | 09672／晚期 | | |
|---|---|---|---|---|---|---|
| 418 | 虞嗣寇壺*2 | 24 | | 09694～09695／晚期 | | |
| 419 | 殳季良父壺 | 42 | | 09713／晚期 | | |
| 420 | 䣄史㝬壺 | 46 | | 09718／晚期 | | |
| 421 | 伯克壺(白克壺) | 58 | P110／夷王 | 09725／晚期 | P314／厲王 | WM5194／夷王 |
| 422 | 伯公父勺*2 | 28 | | 09935～09936／晚期 | | |
| 423 | 宗婦都嬰盤（宗婦鼎） | 25 | P156／幽王 | 10152／晚期 | | WL3262／幽王 |
| 424 | 函皇父盤 | 39 | P131／厲王 | 10164／晚期 | P250／孝王 | WL1221／厲王 |
| 425 | 虢季子白盤 | 111 | P103／夷王 | 10173／晚期 | P327／宣王 | WL2235／宣王 |
| 426 | 兮甲盤 | 133 | P143／宣王 | 10174／晚期 | P323／宣王 | WL2243／宣王 |
| 427 | 散氏盤(矢人盤) | 360 | P129／厲王 | 10176／晚期 | P345 | WL1220／厲王 |
| 428 | 儹匜（儹匜） | 157 | | 10285／晚期 | | WL1198／厲王 |
| 429 | 戎生編鐘*8 | 154 | | 《近出》0027～0034／晚期 | | |
| 430 | 晉侯蘇編鐘*16 | 351 | | 《近出》0035～0050／晚期 | | |
| 431 | 虢季編鐘*8 | 51 | | 《近出》0086～0093／晚期 | | |
| 432 | 楚公逆編鐘 | 68 | | 《近出》0097／晚期 | | |
| 433 | 逨編鐘*4 | 128 | | 《近出》0106～0109／晚期 | | |
| 434 | 史惠鼎 | 27 | | 《近出》0346／晚期 | | |
| 435 | 㚔戒鼎 | 25 | | 《近出》0347／晚期 | | |

| 436 | 晉侯對鼎 | 30 | | 《近出》0350／晚期 | | |
|---|---|---|---|---|---|---|
| 437 | 吳虎鼎 | 163 | | 《近出》0364／晚期 | | |
| 438 | 大師小子(豕廾)簋*3 | 33 | | 《近出》0478～0480／晚期 | | |
| 439 | 晉侯對盨*3 | 30 | | 《近出》0503～0505／晚期 | | |
| 440 | 郬召簠 | 23 | | 《近出》0526／晚期 | | |
| 441 | 晉侯(臣斤)壺 | 25 | | 《近出》0969／晚期 | | |
| 442 | 晉侯僰馬壺*2 | 41 | | 《近出》0971～0972／晚期 | | |
| 443 | 虢宮父盤 | 9 | | 《近出》1003／晚期 | | |

# 附錄三：三家韻部對照及其擬音表

| 郭錫良 30 部 | 董同龢 22 部 | 周法高 31 部 |
|---|---|---|
| 東〔oŋ〕 | 東〔ung〕 | 東〔ewng〕 |
| 冬〔əm〕 | 中〔ong〕 | 中〔əwng〕 |
| 陽〔ɑŋ〕 | 陽〔ang〕 | 陽〔ang〕 |
| 耕〔eŋ〕 | 耕〔eng〕 | 耕〔eng〕 |
| 蒸〔əŋ〕 | 蒸〔əng〕 | 蒸〔əng〕 |
| 支〔e〕 | 佳〔eg〕 | 支〔eɤ〕 |
| 錫〔ek〕 | | 錫〔ek〕 |
| 脂〔ei〕 | 脂〔ed；er；et〕 | 脂〔e$^{r}$；er〕 |
| 微〔əi〕 | 微〔ad；əd；ər；er；ət〕 | 微〔ər；ə$^{r}$〕 |
| 物〔ət〕 | | 物〔ət〕 |
| 質〔et〕 | | 質〔et〕 |
| 月〔at〕 | 祭〔ad；at〕 | 祭〔ar〕 |
| | | 月〔at〕 |
| 之〔ə〕 | 之〔əg；ə k〕 | 之〔əɤ〕 |
| 職〔ək〕 | | 職〔ək〕 |
| 魚〔ɑ〕 | 魚〔ag；ak〕 | 魚〔aɤ〕 |
| 鐸〔ɑk〕 | | 鐸〔ak〕 |
| 歌〔a〕 | 歌〔a；aʔ〕 | 歌〔a〕 |
| 真〔en〕 | 真〔en〕 | 真〔en〕 |
| 文〔ən〕 | 文〔ən〕 | 文〔ən〕 |
| 元〔an〕 | 元〔an〕 | 元〔an〕 |
| 宵〔au〕 | 宵〔ɔg；ɔk〕 | 宵〔aw〕 |
| 藥〔auk〕 | | 藥〔awk〕 |
| 幽〔əu〕 | 幽〔og；ok〕 | 幽〔əw〕 |
| 覺〔əuk〕 | | 覺〔əwk〕 |
| 侯〔o〕 | 侯〔ug；uk〕 | 侯〔ew〕 |
| 屋〔ok〕 | | 屋〔ewk〕 |
| 侵〔əm〕 | 侵〔əm〕 | 侵〔əm〕 |
| 緝〔əp〕 | 緝〔əb；ep；əp〕 | 緝〔əp〕 |
| 談〔am〕 | 談〔am；an；ɐm〕 | 談〔am〕 |
| 葉〔ap〕 | 葉〔ad；ab；ap；ɐp〕 | 葉〔ap〕 |

## 附錄四：西周金文通假字索引字表

| 筆畫 | 字例 | 通假方式／序號 | 頁數 |
|---|---|---|---|
| 2 | 匕 | 兩字單通 1 | 81 |
| | 又 | 兩字單通 2 | 82 |
| | 入 | 兩字單通 11 | 89 |
| | 丂 | 群通一字 4 | 155 |
| 3 | 土 | 兩字單通 3 | 83 |
| | 尸 | 兩字單通 4 | 84 |
| | | 兩字單通 18 | 95 |
| | 亡 | 兩字單通 5 | 85 |
| | 工 | 兩字單通 6 | 86 |
| | 子 | 兩字單通 7 | 86 |
| | 巳 | 兩字單通 7 | 86 |
| | 士 | 兩字單通 34 | 108 |
| | 三 | 兩字單通 50 | 119 |
| | 才 | 單通群字 1 | 141 |
| 4 | 弔 | 兩字單通 8 | 87 |
| | 匀 | 兩字單通 9 | 88 |
| | 壬 | 兩字單通 10 | 89 |
| | 內 | 兩字單通 11 | 89 |
| | 毋 | 兩字單通 12 | 90 |
| | 友 | 單通群字 7 | 148 |
| | 夫 | 群通一字 3 | 153 |
| 5 | 功 | 兩字單通 6 | 86 |
| | 母 | 兩字單通 12 | 90 |
| | 申 | 兩字單通 13 | 91 |
| | 田 | 兩字單通 14 | 92 |
| | 同 | 兩字單通 15 | 93 |
| | 右 | 兩字單通 20 | 97 |
| | 正 | 兩字單通 30 | 104 |
| | | 群通一字 2 | 152 |
| | 生 | 兩字單通 47 | 117 |
| 5 | 矢 | 兩字單通 61 | 128 |
| | 且 | 兩字單通 63 | 130 |
| | | 隔字相通 1 | 158 |
| | 永 | 兩字單通 64 | 130 |
| | 令 | 二字互通 1 | 139 |
| | 古 | 單通群字 2 | 142 |
| | 司 | 單通群字 3 | 143 |
| 6 | 有 | 兩字單通 2 | 82 |
| | | 兩字單通 20 | 97 |
| | | 單通群字 7 | 148 |
| | 夷 | 兩字單通 4 | 84 |
| | 任 | 兩字單通 10 | 89 |
| | 刑 | 兩字單通 16 | 94 |
| | 成 | 兩字單通 17 | 94 |
| | 死 | 兩字單通 18 | 95 |
| | 考 | 兩字單通 19 | 96 |
| | | 群通一字 1 | 151 |
| | | 群通一字 4 | 155 |
| | 老 | 兩字單通 19 | 96 |
| | | 群通一字 4 | 155 |
| | 衣 | 兩字單通 21 | 96 |
| | 朱 | 兩字單通 37 | 110 |
| | 在 | 單通群字 1 | 141 |
| | 休 | 單通群字 7 | 148 |
| | 好 | 群通一字 1 | 151 |
| | 各 | 群通一字 5 | 156 |
| 7 | 妣 | 兩字單通 1 | 81 |
| | 甸 | 兩字單通 14 | 92 |
| | 里 | 兩字單通 22 | 98 |
| | 攸 | 兩字單通 23 | 99 |

| 7 | 吳 | 兩字單通 24 | 100 |
|---|---|---|---|
| | 巠 | 兩字單通 25 | 101 |
| | 吾 | 兩字單通 26 | 102 |
| | 言 | 兩字單通 27 | 102 |
| | 求 | 兩字單通 28 | 103 |
| | 吹 | 兩字單通 29 | 104 |
| | 忘 | 兩字單通 68 | 133 |
| | 每 | 單通群字 4 | 144 |
| | 孝 | 群通一字 1 | 151 |
| | | 群通一字 4 | 155 |
| 8 | 叔 | 兩字單通 8 | 87 |
| | | 兩字單通 37 | 110 |
| | 征 | 兩字單通 30 | 104 |
| | | 群通一字 2 | 152 |
| | 者 | 兩字單通 31 | 105 |
| | 或 | 兩字單通 32 | 106 |
| | 隹 | 兩字單通 33 | 106 |
| | 事 | 兩字單通 34 | 108 |
| | | 單通群字 3 | 143 |
| | 奉 | 兩字單通 35 | 108 |
| | 青 | 兩字單通 36 | 109 |
| | 妹 | 兩字單通 38 | 111 |
| | 東 | 兩字單通 54 | 122 |
| | 宜 | 兩字單通 62 | 129 |
| | 命 | 二字互通 1 | 139 |
| | 明 | 二字互通 2 | 140 |
| | 姑 | 單通群字 2 | 142 |
| | 林 | 隔字相通 2 | 159 |
| | 易 | 群字混通 1 | 160 |
| 9 | 神 | 兩字單通 13 | 91 |
| | 封 | 兩字單通 35 | 108 |
| | 昧 | 兩字單通 38 | 111 |
| | 俗 | 兩字單通 39 | 111 |
| | 故 | 兩字單通 40 | 112 |
| 9 | 苟 | 兩字單通 41 | 113 |
| | 剌 | 兩字單通 42 | 113 |
| | 宥 | 兩字單通 43 | 114 |
| | | 單通群字 7 | 148 |
| | 囿 | 兩字單通 43 | 114 |
| | 哀 | 兩字單通 44 | 115 |
| | 曷 | 兩字單通 49 | 119 |
| | 首 | 兩字單通 70 | 135 |
| | 眉 | 兩字單通 71 | 136 |
| | 哉 | 單通群字 1 | 141 |
| | 故 | 單通群字 2 | 142 |
| | 易 | 單通群字 8 | 150 |
| | 政 | 群通一字 2 | 152 |
| | 匍 | 群通一字 3 | 153 |
| | 洛 | 群通一字 5 | 156 |
| | 客 | 群通一字 5 | 156 |
| | 佫 | 群通一字 5 | 156 |
| | 祖 | 隔字相通 1 | 158 |
| | 豙 | 群字混通 2 | 161 |
| | 述 | 群字混通 2 | 161 |
| 10 | 徒 | 兩字單通 3 | 83 |
| | 荊 | 兩字單通 16 | 94 |
| | 殷 | 兩字單通 21 | 97 |
| | 書 | 兩字單通 31 | 105 |
| | 烈 | 兩字單通 42 | 113 |
| | 逆 | 兩字單通 45 | 116 |
| | 朔 | 兩字單通 45 | 116 |
| | 般 | 兩字單通 46 | 116 |
| | 眚 | 兩字單通 47 | 117 |
| | 展 | 兩字單通 48 | 118 |
| | 害 | 兩字單通 49 | 119 |
| | 訓 | 兩字單通 55 | 123 |
| | 茲 | 兩字單通 60 | 127 |
| | 哲 | 兩字單通 67 | 132 |

| | | | |
|---|---|---|---|
| 10 | 效 | 單通群字 6 | 146 |
| 11 | 絅 | 兩字單通 15 | 93 |
| | 盛 | 兩字單通 17 | 94 |
| | 敔 | 兩字單通 26 | 102 |
| | 逑 | 兩字單通 28 | 103 |
| | 國 | 兩字單通 32 | 106 |
| | 唯 | 兩字單通 33 | 106 |
| | 欲 | 兩字單通 39 | 111 |
| | 參 | 兩字單通 50 | 119 |
| | 章 | 兩字單通 51 | 120 |
| | 黃 | 兩字單通 52 | 121 |
| | 商 | 兩字單通 53 | 122 |
| | 爽 | 兩字單通 56 | 124 |
| | 敏 | 單通群字 4 | 144 |
| | 奉 | 單通群字 5 | 145 |
| | 教 | 單通群字 6 | 146 |
| | 婪 | 隔字相通 2 | 159 |
| 12 | 無 | 兩字單通 5 | 85 |
| | 鈞 | 兩字單通 9 | 88 |
| | 辜 | 兩字單通 40 | 112 |
| | 揚 | 兩字單通 48 | 118 |
| | | 單通群字 8 | 150 |
| | 童 | 兩字單通 54 | 122 |
| | 順 | 兩字單通 55 | 123 |
| | 喪 | 兩字單通 56 | 124 |
| | 朝 | 兩字單通 57 | 125 |
| | 博 | 兩字單通 58 | 125 |
| | 奠 | 兩字單通 59 | 126 |
| | 絲 | 兩字單通 60 | 127 |
| | 彘 | 兩字單通 61 | 128 |
| | 弼 | 單通群字 5 | 145 |
| | 陽 | 單通群字 8 | 150 |
| 13 | 裏 | 兩字單通 22 | 98 |
| | 虞 | 兩字單通 24 | 100 |
| 13 | 虞 | 兩字單通 64 | 130 |
| | 經 | 兩字單通 25 | 101 |
| | 歆 | 兩字單通 27 | 102 |
| | 敬 | 兩字單通 41 | 113 |
| | 愛 | 兩字單通 44 | 115 |
| | 搏 | 兩字單通 58 | 125 |
| | 義 | 兩字單通 62 | 129 |
| | 䖒 | 兩字單通 63 | 130 |
| | | 隔字相通 1 | 158 |
| | 辟 | 兩字單通 65 | 131 |
| | 盟 | 二字互通 2 | 140 |
| | 嗣 | 單通群字 3 | 143 |
| | 睗 | 群字混通 1 | 160 |
| | 遂 | 群字混通 2 | 161 |
| 14 | 厥 | 兩字單通 66 | 132 |
| | 誓 | 兩字單通 67 | 132 |
| | 朢 | 兩字單通 68 | 133 |
| | 壹 | 兩字單通 69 | 134 |
| | 對 | 兩字單通 69 | 134 |
| | 誨 | 單通群字 4 | 144 |
| 15 | 鋚 | 兩字單通 23 | 99 |
| | 墮 | 兩字單通 29 | 104 |
| | 盤 | 兩字單通 46 | 116 |
| | 璋 | 兩字單通 51 | 120 |
| | 璜 | 兩字單通 52 | 121 |
| | 賞 | 兩字單通 53 | 122 |
| | 廟 | 兩字單通 57 | 125 |
| | 鄭 | 兩字單通 59 | 126 |
| | 嘼 | 兩字單通 70 | 135 |
| | 禘 | 單通群字 5 | 145 |
| | 敷 | 群通一字 3 | 153 |
| | 賜 | 群字混通 1 | 160 |
| | 墜 | 群字混通 2 | 161 |
| 16 | 靜 | 兩字單通 36 | 109 |

| 16 | 學 | 單通群字 6 | 146 | | 本索引字表僅提供第參、肆兩章「有本字的假借（上）、（下）」查詢使用。通假方式與序號依各字出現之先後次序排列。 |
|---|---|---|---|---|---|
| | 錫 | 群字混通 1 | 160 | | |
| 17 | 錫 | 單通群字 8 | 150 | | |
| 18 | 璧 | 兩字單通 65 | 131 | | |
| 20 | 嚴 | 兩字單通 66 | 132 | | |
| | 懿 | 隔字相通 2 | 159 | | |
| 26 | 鬻 | 兩字單通 71 | 136 | | |